D0992698

Mañana lo dejo

Gilles Legardinier

Mañana lo dejo

Traducción de Paula Cifuentes

ALFAGUARA

Título original: Demain j'arrête
© 2011, Fleuve Noir, Département d'Univers
© De la traducción: Paula Cifuentes
© De esta edición:
    Santillana Ediciones Generales, S. A. de C. V.
    Av. Río Mixcoac 274, Col. Acacias,
    México, D. F., C. P. 03240, México.
    Teléfono 5420 7530
    www.alfaguara.com.mx

ISBN: 978-607-11-2465-4
Primera edición: marzo de 2013

© Diseño:
    Proyecto de Enric Satué

© Imagen de cubierta:
    Emiliano Ponzi

Impreso en México

PRISA EDICIONES

Mañana lo dejo

1

¿Conocéis a alguien que quisiera celebrar su divorcio? Yo sí. Lo normal es que hagan celebraciones quienes se van a casar. Se les oye tocar el claxon los sábados camino del ayuntamiento, o se les ve por la calle, el día antes de su boda, pasar en grupo disfrazados de payaso o casi desnudos. Entre fanfarrias y tambores se enorgullecen de estar sepultando sus vidas de jóvenes solteros (aunque a veces tengan más de treinta y cinco años). Las estadísticas dicen que el diecinueve por ciento de las parejas se separan al cabo de un año, y nadie se dedica a lanzar confeti por ello. Pues Jérôme sí.

No asistí a sus dos primeras bodas, pero sí a la tercera. No es fácil explicar que uno se ha casado y divorciado tres veces a los treinta y dos años. El adagio popular dice que «a la tercera va la vencida», pero a veces los proverbios también se equivocan.

Que quede entre nosotros, la fiesta por su divorcio me pareció mucho más divertida que sus convites de boda. Sin fardar, sin tanta etiqueta ni convenciones sociales, ni colas para saludar a los novios, nada de vestidos que te sofocan, ni zapatos con un tacón altísimo que son un peligro mortal, ni colectas para la iglesia, ni menús llenos de salsas incomestibles o bromas estúpidas de su tío Gérard, quien de hecho ni siquiera estaba invitado. Solo aquellos a los que tenía verdadero afecto y la confianza suficiente como para poder decirles: «Me he vuelto a equivocar, pero quiero seguir contando con vosotros». Me parece que incluso asistió su primera mujer.

Así que un sábado de octubre por la tarde me veo en un apartamento abarrotado, rodeada de gente que se lo está pasando verdaderamente bien gracias a Jérôme. Es todavía temprano. En un ambiente surrealista aunque relajado, sonreímos y hablamos de todas las veces que hemos metido la pata y de las cosas de las que nos arrepentimos. Parecemos un grupo de «fracasados anónimos». Fue Jérôme quien rompió el hielo:

—Muchas gracias a todos por haber venido. Lo único que celebro hoy es el haberos conocido. Cada uno de vosotros forma parte de mi vida. Quiero puntualizar que los regalos que generosamente me hicisteis por cualquiera de mis bodas no los voy a devolver. Esta noche no voy disfrazado, ni cuento con vosotros para poder pagar mi luna de miel, ¡ni siquiera tengo mujer! No sé si es una perversión mía, pero a veces me pregunto si me casé con Marie solo para poder celebrar hoy mi divorcio. Lo asumo. Os regalo la posibilidad de que os comparéis conmigo y así saldréis beneficiados. Si algún día estáis deprimidos y os torturáis por vuestros fracasos pensad en mí y, sinceramente, espero que os vaya mejor.

Todos rieron y aplaudieron, y una chica se puso a contarnos cómo la habían echado del curro hacía tres semanas por haberse reído de un cliente calentón que tonteaba con ella. Creyó que era un comercial lleno de testosterona, pero en realidad era el joven y fogoso director general del cliente más importante de su empresa. A la cola del paro y muerta de risa. Después de ella todo el mundo siguió contando sus desventuras.

De confidencia en confidencia, la velada fluyó con rapidez; la gente tenía cosas que decir. Nadie hablaba de la tele ni de todas esas cosas superficiales que pueblan inútilmente nuestra vida. Nadie necesitó emborracharse para desinhibirse o pasárselo bien. Nos sentíamos miembros de una misma especie, seres humanos con fallos. Cuando uno celebra un cumpleaños, una victoria o un hecho reseñable jamás disfruta de un ambiente como el que ese día pudimos compartir. Siempre hay una estrella o una pareja que son el centro de la fiesta, subidos en su pedestal mientras los demás los contemplan en silencio. Sería más fácil celebrar nuestras caídas. Sin pódiums ni vanaglorias, simplemente alegrarnos del hecho de estar vivos y cerca los unos de los otros. Seguramente son más nuestros fallos que nuestros éxitos. No obstante, aquella noche, y a pesar de las humillaciones de las que fui testigo, no me atreví a pronunciarme. Demasiado miedo, demasiada vergüenza, y eso que tendría mucho que relatar. Si me pusiera a contar todas aquellas decisiones que he tomado y en las que me he equivocado, necesitaría meses, por muy rápido que hablara.

He acudido a la velada para estar con Jérôme, para olvidarlo todo, para disfrutar, y mis expectativas se van cumpliendo. Pero esto no debería ser excusa para bajar la guardia. Nunca se sabe en qué momento el destino te va a jugar una mala pasada, ni de qué forma. A mí me asaltó aquella noche, y su mensajero tenía un aspecto muy raro.

Cuando salgo a fumar al balcón me encuentro con todos los fumadores apoyados en la pared igual que los condenados se apoyan en un paredón de fusilamiento. Ya es de noche y hace un poco de frío. Observo el barrio hundido allí abajo. Como Jérôme vive en un quinto, disfruta de una bonita vista de los tejados y del parque vecino. Me apoyo en la barandilla de aluminio, que está helada. Inspiro profundamente, pero no recibo la bocanada de aire fresco que esperaba, sino un humo negro proveniente de un tipo grande que fuma no muy lejos de mí. Toso y vuelvo a intentarlo. Así sí. Perseverar siempre. El aire fresco llena mis pulmones. Serenidad. Desde donde estoy oigo las risas que se escapan del salón mezcladas con los ruidos de una ciudad que se prepara para irse a dormir. Ligero estremecimiento de felicidad.

Me pongo entonces a pensar en todo lo que he vivido durante los últimos meses. Estoy tan a gusto que por primera vez puedo planteármelo como si fuera la vida de otra, de alguien diferente a mí a quien puedo analizar desde la distancia. Ni hablar de centrarme en las verdaderas preguntas. Con esas nunca me aclaro. Demasiado numerosas, demasiado reales. Simplemente busco una visión de conjunto, neutra, una evaluación fría, por eso de sentirme segura y, por un instante, como un general en el campo de batalla.

Fue entonces cuando sentí que alguien me miraba insistentemente. Me giré y descubrí a un chico joven que llevaba un jersey muy cool. No sé por qué, pero su cara me recordó a la de una ardilla. Dos ojitos negros, una nariz respingona y dientes ideales para partir nueces. Ese era el aspecto del mensajero del destino. Me miraba fijamente.

—Hola.

—Hola, ¿qué tal?

—Me llamo Kevin, ¿y tú?

—Julie.

—¿Eres amiga de Jérôme?

—Sí, como todos los de esta fiesta.

—Oye, Julie, ¿qué es lo más estúpido que has hecho en tu vida?

No fue la pregunta lo que me inquietó sino la rapidez con la que acudieron las respuestas a mi mente. Hubiera podido contarle aquella ocasión en la que me caí por unas escaleras con la cabeza atrapada y los brazos bloqueados en las mangas del jersey que intentaba ponerme. Un brazo roto, dos costillas lesionadas y un moratón en la barbilla que tardó más de un mes en desaparecer. Hubiera podido hablarle de aquella otra ocasión en la que, reparando un enchufe, necesitaba las dos manos libres y se me ocurrió la genial idea de sujetar el cable con la boca. Estuve viéndolo todo amarillo durante más de una hora.

Hubiera podido darle cincuenta respuestas, todas igual de ridículas, pero no dije nada. Su pregunta fue como una bofetada. No sé quién era ese Kevin, creo que de hecho ni le contesté, pero mi cerebro se puso a hervir. ¿Lo más estúpido que he hecho en mi vida? Debía reflexionar porque tenía cientos de ejemplos. Podía hacer una lista por orden alfabético o cronológico. Pero algo estaba claro: por primera vez me debía una respuesta. No podía darme a la fuga. Mi cerebro en esta ocasión no me dejaría encontrar una salida de emergencia. Era como la señal que esperaba para plantearme la pregunta existencial que durante demasiado tiempo me había negado a responder.

Fue entonces cuando decidí contestar sinceramente. Y por eso ahora me dirijo a vosotros. Para contaros lo más estúpido que he hecho en toda mi vida.

2

Es magnífico ver cómo las orcas se sumergen en el agua. La fascinante fuerza del animal, la fluidez y la precisión con la que se hunde para lanzarse tras su presa. Pero ¿contra qué presa lanzarse cuando te acaba de dejar tu novio y no tienes ni fuerzas ni ganas?

Me llamo Julie Tournelle, tengo veintiocho años y estoy agobiada. Y no porque me persiga ninguna orca, sino porque, de momento, mi vida no se parece en nada a aquello que me habían descrito. Lo que es seguro es que nunca hubiera debido aceptar aquella invitación al sur. Me volvieron a timar sin que yo opusiera resistencia. Carole me dijo: «Ven a vernos. Te sentará bien. Hace mucho tiempo que no pasamos un fin de semana juntas. Así tendremos tiempo para hablar. Y, además, podrás ver a tu ahijada. Ha crecido mucho, es una monada y se pondrá muy contenta. Venga, ven».

Es cierto que Cindy ha crecido mucho, y no ha hecho más que empezar. Y es que tiene nueve años. También es cierto que es una monada, pero como he prometido decir toda la verdad, debo precisar que su lado «mono» se esfuma pasada la primera mañana con ella. Es extraño que diga esto ya que adoro a los niños. O por lo menos creo que adoraré a los míos si algún día llego a tenerlos. El caso es que un hermoso sábado de agosto te encuentras en Antibes, en un parque acuático encajado entre dos autopistas, junto a otros miles de personas que se dedican a observar a los peces que saltan encerrados en sus estanques para alcanzar sardinitas. Hace calor, el asfalto se pega a los pies y el precio de la botella de agua es el mismo que el del barril de petróleo. Sales de un parking repleto de coches familiares con asientos para bebés y no puedes evitar preguntarte qué haces allí. La respuesta no tarda en revelarse en cuanto llega el momento de darle un algodón de azúcar a Cindy. De pequeña me encantaba el algodón de azúcar, a pesar de la sensación pegajosa en los labios. Papá, mamá, os debo una disculpa. El algodón de azúcar es un horror, un peligro, una abominación. Un niño nunca es capaz de acabárselo y sus progenitores siempre terminan pringados. No solo se queda pegado a los labios, sino también a la nariz, a la ropa y al pelo. Lo peor ocurre cuando en la cola un tipo enorme me empuja sobre Cindy y su algodón de azúcar se unta en mi camiseta. Una señora encantadora me comenta que se llama «la maldición de Spiderman», porque se pega como una tela de araña. ¡Y pensar que todavía no hemos entrado en el parque!

Antes del gran espectáculo de los delfines, nos metemos en los pabellones didácticos en los que los bichos nadan en tanques al lado de carteles explicativos. «Los animales son nuestros amigos», «Somos responsables de ellos», «La Tierra está en peligro». Todo esto es cierto. Pero también lo es que yo me siento en peligro en ese parque y nadie se ha molestado en hacer carteles.

—¡Oh, mira, madrina! ¡La tortuga se llama Julie, como tú!

—Tiene tus ojos —añade Carole con guasa—. Sin embargo, parece que ella sí que es capaz de conservar a su pareja.

Ignoro de dónde emana la energía capaz de hacerte sonreír cuando lo único que sientes son ganas de echarte a llorar. Sin duda del mismo sitio del que sale esa contención que te impide pegarle un bofetón a tu amiga por su amargo sentido del humor. Hace calor, Cindy tiene sed, Cindy quiere comprar peluches y yo solo me quiero morir.

El resto del fin de semana transcurre como un lento descenso a los infiernos. Te invitan a una verdadera casa familiar rodeada de flores, con el monovolumen aparcado en la entrada, los juguetes campando por el salón, fotos en las paredes y bromas que solo ellos entienden. Y pese a la amabilidad recibida, te sientes ajena a ese mundo lleno de afecto, tan normal para ellos que tienen la suerte de vivir en él.

Cindy toca una pieza con la flauta. No la identifico. ¿Es el *Claro de luna* masacrado? ¿Una traición al *Himno de la alegría*? No, es la sintonía de la nueva serie del californiano con acné cuyos pósters cubren las paredes de su habitación. Tras ello viene la degustación de galletas quemadas. Si algún día tengo cáncer ya sé cuál fue la causa. Finalmente jugamos a maquillarnos. Debería haberle metido hasta el fondo de la nariz la base de maquillaje vista su falta de consideración al rellenarme las orejas con el pintalabios.

Sin embargo, todo aquello no fue lo peor. Carole no mentía cuando dijo que hablaríamos.

—Casi es una suerte que Didier te haya dejado. No era tu tipo. Siempre iba a tener la mentalidad de un niño de diez años y habrías tenido que ocuparte de él toda la vida.

Si en vez de decir Didier hubiera dicho Donovan y si después hubiese añadido: «Solo te quería por tu dinero», bien podría haberse tratado del diálogo de una serie americana. Muchas gracias, Carole, qué haría yo sin ti.

Lloré durante todo el trayecto de vuelta en el tren. Intenté sin éxito dejar de pensar en ello. En la estación, en un momento de flaqueza, me compré una revista que hablaba de los michelines y de los tratamientos de desintoxicación de las famosas. Nunca he entendido que se puedan publicar artículos sobre niños que mueren de hambre y que, en la página de al lado, aparezca una colección de modelos en sus coches de lujo vestidas con trapitos que equivalen al sueldo de seis mil años para aquellos pobres desgraciados que incluso podrían estar muertos cuando se publica esa revista. ¿Cómo podemos aceptarlo sin revolvernos? Pasé las páginas hasta llegar al horóscopo. «Leo: sepa escuchar a su pareja si no quiere que todo acabe en una gran pelea.» ¿Qué pareja? Escucharle, eso fue lo que hice, y todo para nada. «Salud: evite abusar del chocolate.» «Trabajo: le van a hacer una propuesta que no podrá rechazar.» Lo que se llama una revelación absurda. La verdad es que me gustaría saber cómo se puede leer en los astros que no se debe abusar del chocolate. No creo que Plutón o Júpiter sean capaces de decirme lo que tengo que comer, y los que se empeñan en mantener lo contrario son unos charlatanes. Tampoco me importan demasiado los rumores sobre pseudofamosas que hacen declaraciones tan portentosas como: «Soy capaz de cualquier cosa por ser feliz», o bien: «Adoro sentirme amada». Dejé de lado la revista.

Después intenté desentrañar lo que Cindy había querido plasmar en el dibujo que me regaló antes de que me marchara. ¿Un gato apretujado dentro de un Tupper? ¿Un ácaro visto con un microscopio? Nada conseguía distraerme. Me eché a llorar de nuevo. Pensaba en Didier. Me preguntaba qué estaría haciendo en ese mismo momento. ¿Qué habría hecho ese fin de semana? Solo hacía dos semanas que me había dejado pero estaba segura de que ya habría encontrado a alguien. Un músico buenorro y con moto no suele estar demasiado tiempo soltero. ¡Cómo me tomó el pelo! Qué capullo, ¡y me doy cuenta ahora! Lo conocí en un concierto. No en el Zénith, sino en la sala de fiestas de Saint-Martin, el pueblo de al lado. Era el cantante de un grupo de rock alternativo, los Music Storm. Debería haber desconfiado nada más oír ese nombre. Había ido con dos amigas a su concierto. Nos habían regalado las entradas y por eso fuimos. La música estaba demasiado alta y los ojos se me salían de las órbitas por el ruido. Era horrible, pero ahí estaba Didier, bajo el foco, rodeado de sus alterados compañeros que se creían estrellas del rock. Cantaba en un inglés bastante dudoso, pero era guapo. Lo primero en lo que me fijé fue su culo. Mi amiga Sophie suele decir que los chicos malos tienen los culos más bonitos; y el de Didier era soberbio. Tras el concierto reparé en sus ojos y todo fue muy rápido. Todavía no sé cómo consiguió seducirme. Un cuarto de artista maldito, un cuarto de adolescente rebelde y una mitad que todavía no había conseguido identificar. Un auténtico flechazo. Qué asco. Deberíamos quedarnos simplemente con lo que en un primer momento nos sedujo. Hubiera debido conformarme con su culo. Empezamos a salir, yo lo acompañaba a todos sus conciertos. Llevaba veintiséis años sin pisar un bar y en tres meses conocí todos los de la región. Por él abandoné a mis amigas. Decía que me necesitaba. Pero lo peor sucedía cuando «estaba escribiendo». Se ponía de un humor de perros, pero solo conmigo, no con los demás. Podía pasarse horas delante de la tele sin moverse, para de pronto enfadarse. Salía a conducir su moto mientras yo le compraba ropa. Ya había oído decir que cuando los artistas están creando suelen atravesar fases así. Pero creo que solo es cierto para aquellos que no tienen talento. Pasábamos todo el tiempo juntos. Lo escuchaba mientras hablaba de las mil cosas que tenía pensado hacer, le observaba hojear sus revistas de motos, presenciaba cómo me hacía el amor cuando a él le apetecía, lo contemplaba cuando buscaba inspiración en cualquier cosa, ya fuera Internet o un paquete de cereales Miel Pops. ¿Qué inspiración hay en los ingredientes de los Miel Pops? ¿Cómo pude ser tan tonta? Para ayudarlo, terminé por dejar mis estudios y me puse a trabajar en un banco, el Crédito Comercial del Centro. Durante el día acudía a seminarios en los que nos explicaban cómo exprimir a clientes ya arruinados y por las tardes asistía a conciertos y crisis nerviosas. Por no mencionar aquella ocasión en la que Didier, poseído por un espíritu megalomano, decidió lanzarse sobre «su» público para que lo transportaran como si fuese una estrella del rock. El único problema fue que, en la pequeña sala de conciertos de

Monjouilloux, los veinte pelagatos presentes se apartaron y él acabó desparramado en el suelo como un yogur. Debería haber captado la señal de alerta.

Como era de prever, Didier se mudó a mi casa. Yo me hacía cargo de todo. Me trataba como a una groupie. Yo era consciente de ello, pero encontraba excusas para justificarlo. La historia duró dos años. Sospechaba que no podríamos pasar juntos el resto de la vida aunque, a menudo, como ya he confesado, me cuesta enfrentarme a la realidad. Así que ocurrió, el cantante se marchó y yo quedé presa de este trabajo, que solo da para comer, en «el único banco verdaderamente fiable». A partir de entonces todo se derrumbó. Primero vino la soledad y luego las veladas con compañeras tan solteras como yo. Jugábamos a tonterías y nos engañábamos pensando que éramos libres y que se está mejor sin los tíos. Sí, el típico discurso que se desmorona en cuanto una de nosotras al fin se enamora. Cada cual se conforta como puede. Digo «una de nosotras» cuando en realidad debería decir «una de ellas», porque para mí aquello fue como una travesía por el desierto. Nada, *rien de rien*. Cada vez éramos menos las que acudíamos a aquellas veladas. A veces regresaba alguna de las antiguas participantes. Un club de despechadas. La verdad es que, cuando lo pienso fríamente, lo más emocionante era lo que nos callábamos. Aquellas miradas que se salían del rol que desempeñábamos para aguantar el mal trago. Había entre nosotras una especie de afecto compasivo, torpe, sordo, pero real. No acudíamos al grupo por los juegos tontos, sino por esa solidaridad pudorosa. Pero al regresar a casa, las preguntas aguardan: ¿he estado alguna vez enamorada? ¿Me tocará a mí alguna vez? ¿Existe realmente el amor?

Salgo de la estación tras dos horas y diecisiete minutos de lloros en el tren. Cruzo la mitad de la ciudad a pie. Es una hermosa tarde de verano. Tengo ganas de encontrarme en mi calle, en mi pequeño mundo, pero el destino aún me depara un pequeño imprevisto. Creemos conocer el medio en el que nos desenvolvemos, pero a veces un simple detalle cambia y con él toda nuestra vida. Y eso nunca lo vemos venir.

3

Me encanta mi calle. Posee vida propia, un ambiente particular. Los edificios son antiguos y tienen escala humana. En los balcones hay mil cosas: plantas, bicicletas, perros. Hay también todo tipo de tiendas; estamos bien surtidos, tenemos de todo, desde la pequeña librería hasta una lavandería. Como no es una gran arteria, todos los que la transitan siempre lo hacen con un fin determinado. Tiene una ligera pendiente hacia el oeste. Cuando el sol se pone, se podría pensar que un poco más lejos se encuentran el mar, el puerto, el horizonte, aunque la costa más cercana está a cientos de kilómetros. Crecí en una casa que no estaba muy lejos de aquí. Cuando mis padres se marcharon para instalarse en el suroeste tras su jubilación, decidí quedarme. Conozco a todo el mundo y me siento como en casa. La única ocasión en la que tuve ganas de irme fue después de que Didier me dejara. Demasiados recuerdos (sobre todo malos). Pero pronto los buenos ocuparon su lugar natural. Admiro a los que salen a investigar el mundo, a los que hacen la maleta y se van un año a vivir a Chile, a las que se casan con un australiano, a los que van al aeropuerto sin saber cuál es su destino. Yo no soy capaz. Necesito referencias, un universo propio y poblado de gente conocida. Es cierto que cojo cariño con facilidad. Para mí la vida está formada por aquellos que la hacen mejor. Adoro a mi familia, pero solo la veo dos veces al año. A mis amigos en cambio los veo casi todos los días. Cuando se comparten pequeñas cosas cotidianas se crea un vínculo que es a menudo más fuerte que los lazos sanguíneos. Incluso mi panadera, la señora Bergerot, forma parte de esta peculiar familia. Sabe de qué humor estoy según la cara que traiga, habla conmigo, me conoce desde que era pequeña e incluso a pesar de que sepa cuál es mi edad, hay veces que duda si darme caramelos con el cambio. Su tienda está al lado de la de Mohamed, una tienda de ultramarinos que se llama CHEZ MOHAMED. Siempre está abierta. Es el tercer Mohamed que conozco. Creo que solo el primero que abrió la tienda se llamaba así y los que retomaron el negocio prefirieron cambiarse el nombre antes que el corregir el letrero.

Conforme avanzo por mi calle, mejor me siento. Si algún día me vuelvo loca o pierdo la noción del tiempo tengo un truco infalible para saber en qué día de la semana estamos. Es el escaparate del restaurante chino del señor Ping. A veces me pregunto si el suyo es también un nombre falso. En cinco años su francés no ha mejorado nada, pero estoy casi segura de que lo hace a propósito. Para saber el día de la semana solo hay que fijarse en su menú: el viernes es el día de las gambas al natural. El sábado, el de las gambas a la plancha con sal y pimienta. Los domingos, las gambas van con cinco especias, los lunes con salsa agridulce (sobre todo agri), los martes con cayena y, los miércoles, en salsa picante. Si alguna vez venís por aquí, no entréis nunca a partir del domingo. En una ocasión, cuando acababa de mudarme, me pasé un miércoles por la tarde. Casi me muero. Durante tres días estuve encerrada en el cuarto de baño. Llegué incluso a dedicarme a leer el anuario.

Aquel lunes, mientras regresaba, todavía no se había puesto el sol y la temperatura era agradable. Saboreé el momento. Pasé por delante de la casa de Nathalie y las luces estaban encendidas. Cuando me acercaba a mi casa sentí lo mismo que aquel que regresa a casa con los pies cansados y los desliza dentro de sus zapatillas favoritas. Tras tres días con Carole, por fin volvía a sentirme en mi sitio, mi territorio. Creo que incluso el imbécil de Didier sabía que no le interesaba dejarse ver por aquí. Mohamed estaba apilando los albaricoques con dotes de artista.

—Buenas noches, Julie.

—Buenas noches, Mohamed.

Cuando llego a mi portal, todo está en su lugar. Empujo la puerta y me dirijo directamente a los buzones. Dos facturas y publicidad. En una de las cartas unas letras enormes me dicen que puedo ganar un año de comida para gatos. No tengo gatos ni me gusta su comida. Y luego nos dicen que debemos reciclar para salvar el planeta. Si dejaran de inundarnos con esas tonterías.

Mientras cerraba mi buzón me di cuenta del nombre que había en el de al lado. Sabía que la pareja del tercero se había mudado después de que naciera su segundo hijo, pero no que el nuevo ya se hubiera instalado. «Ricardo Patatras.» ¡Vaya apellido! Cualquiera pensaría que hay un circo a la vuelta de la esquina y el payaso vive aquí. Ahora en serio, no está bien reírse de eso, pero es que también... Me quedé un rato releyendo el nombre de mi vecino con una sonrisa estúpida en la cara. La primera del fin de semana.

Subí a casa y llamé a Carole para decirle que había llegado ya y que, qué le vamos a hacer, el morenazo que iba sentado enfrente en el tren no intentó ligar conmigo. Puse una lavadora. Me metí en la ducha y, ¿sabéis qué? No podía dejar de pensar en ese nombre. ¿Cuántos años tendrá el tal Ricardo Patatras? ¿Qué aspecto? Con semejante nombre, era imposible que mi imaginación no echara a volar. Si un «François Dubois» viniese a vivir al piso de abajo, me haría fácilmente un retrato robot, aunque fuera equivocado. Ahora que lo pienso bien, conocí a un François Dubois en el colegio y la última vez que supe de él fue por la florista, que justo llegaba de consolar a la madre porque a él le habían condenado a dos años de cárcel y a una cuantiosa multa por traficar con aceite adulterado. Bueno, no importa. El caso es que el nombre de Ricardo

Patatras es algo diferente: parece distinguido, robusto, podría ser el nombre de un aventurero argentino defensor del orangután, el del inventor del cámping gas o el de un mago español que tuvo que exiliarse por dejar a su ayudante ensartada en las espadas como un pincho moruno, algo por lo que nunca se perdonará porque estaba secretamente enamorado de ella. Es un nombre que implica muchas cosas, y no solo un simple vecino de edificio. Y allí, bajo el agua de la ducha, descubrí que tenía un nuevo fin vital: averiguar cómo era mi nuevo vecino. Cerré el grifo y me envolví en la toalla. Escuché ruidos en la escalera. Me precipité hacia la mirilla para ver si era él. Pero lo hice tan abruptamente que resbalé. Si me gustaran los juegos de palabras diría que hice «patatrás», pero fue más bien un «catapún». Así que allí me vi, despatarrada en el suelo, desnuda y dolorida. ¡Seré bruta! No había visto a ese tío todavía y ya estaba haciendo estupideces. Aquella fue la primera vez. Pero no sería ni la última, ni la peor.

4

No sé si existe alguien sobre la faz de la Tierra a quien le guste trabajar en un banco, pero yo lo odio. Para mí los bancos simbolizan el gran fallo de nuestra civilización: tanto a los clientes como a los trabajadores les desagrada profundamente acudir a ellos, pero no queda más remedio.

Todas las mañanas, nada más llegar al banco, hay que verificar el estado de los cajeros y, si algo no funciona, avisar a los de mantenimiento. En cambio, si solo es un problema de limpieza, nos encargamos nosotros. ¿No es increíble la paradoja? Instalan cajeros automáticos por todas partes para deshacerse de nosotros pero luego nosotros debemos ocuparnos de ellos. Es como si tuviéramos que alimentar, lavar los dientes y poner guapo al parásito extraterrestre que acabará por zamparnos. Esta mañana solo hay una pegatina de un grupo de rap. Y de pronto, me imagino que me encuentro una pegatina de los Music Storm que anuncia su patética gira. En ese caso no habría problema con tener que limpiar el cajero: podría incluso prenderle fuego.

Para entrar en la oficina antes de que haya abierto sus puertas, hay que pasar por la cabina de control. Cada vez que me veo encerrada en esa jaula de cristal me agobio pensando que la pánfila de Géraldine se equivoca y, en vez de accionar el botón que abre la puerta interior, le da al del gas tranquilizante que sale del techo. Me imagino entonces asfixiada como un pez dentro de esas bolsitas de plástico de las ferias, gesticulando. ¿Cuál sería mi último pensamiento? Me gustaría creer que diría algo histórico e inteligente, del tipo: «Menuda capulla, esta Géraldine».

Nunca habría llegado a adjunta si el largo de su falda no fuera inversamente proporcional al de sus piernas.

Aquel día sobreviví a la cabina y la puerta se abrió.

—Buenos días, Julie. ¡Pero bueno, si estás cojeando!, ¿qué te ha pasado?

—Me he resbalado en la ducha.

—¡A tu edad y sigues jugueteando con tu cuerpo!

No le respondo. Pobre Géraldine. Con un físico tan magnífico como el suyo debe de ser difícil ducharse sin juguetear con su cuerpo. Incluso puede que juguetee con su cuerpo cuando baja la basura. En el fondo no creo que sea mala; de hecho me cae bien. Pero cuando conocemos a una chica estupenda que cambia de novio como de camisa y encima triunfa en su carrera, nos encanta decir que es boba, por pura envidia.

Iba a sentarme en mi sitio, tras la taquilla, cuando el señor Mortagne asoma la cabeza por fuera de su despacho.

—¿Podría venir un momento, señorita Tournelle?

Mortagne es el director de la sucursal. Un gallo de corral. Un tocapelotas. A veces tengo la impresión de que de verdad se cree lo que dicen los folletos que damos a los clientes. Su traje parece una armadura. El mundo tiene que estar yéndose al traste para que alguien así haya acabado en un puesto de responsabilidad.

—Siéntese, Julie.

Se sienta en su sillón como un Airbus con los dos reactores estropeados. Entrecierra los párpados para enfocar la pantalla. Es martes por la mañana, el primer día de nuestra semana, el día de su discurso sobre los «objetivos».

—¿Es usted quien gestiona la cuenta de la señora Benzema?

«Pues claro, memo, lo dice bien claro su ficha de cliente.»

—Sí, señor. Soy yo.

—La semana pasada le faltó un pelo para contratar el seguro de coche y de casa con nosotros. Además, quería abrir una cuenta de ahorro para su hija. Y de repente, nada. ¿Llegó a reunirse con ella, verdad?

—Sí, señor. El jueves pasado.

—Entonces, ¿por qué no ha conseguido que firme?

—Me pidió que la aconsejara.

—¡Perfecto! ¡Estamos aquí para aconsejar!

—Estaba dispuesta a contratar todo eso porque usted le había ofrecido una facilidad de pago.

—Así es. Un acuerdo que nos beneficiaba a los dos. Para eso estamos también, ¿no?

Nótese su aspecto de vencedor, su corbatita y su pelo engominado. Pobre imbécil. Sin moral ni sentido común. Si yo fuera un tío, me encantaría levantarme y mear en su mesa, así, tal cual, simplemente para demostrarle de un modo sencillo y primario lo mucho que lo desprecio. De hecho, no estoy segura de que las mujeres en el fondo sean más elegantes que los hombres. Simplemente están más limitadas a la hora de mear.

—¿Me ha oído, señorita Tournelle?

—Sí, señor.

—Entonces explíquemelo.

—No supe cómo obligarla. Me parecía abusar de su confianza.

—Pero ¿dónde se cree que está?, ¿en las hermanas de la caridad? En este mundo solo existe una regla: comer o ser comido. Y cuando se trata de hacer firmar un contrato honesto a los clientes a quienes tenemos la amabilidad de ayudar, no creo que eso signifique abusar de su confianza. Tiene que comprender las sutilezas de este oficio, si no jamás progresará.

Parecía un pitbull con un doctorado en estafa. De golpe, su rictus de odio se convirtió en la sonrisa de los electrocutados y su tono se dulcificó:

—Bueno, no me cebo más. Ya tiene bastante con su aspecto desvalido y la pata coja. Por esta vez voy a hacer la vista gorda, pero la próxima no seré tan benévolo.

Me levanto y salgo. Nunca olvidéis esta verdad absoluta: lo peor que hay en el mundo no son las pruebas, sino las injusticias.

A pesar de un comienzo de día tan desastroso, no tengo tiempo para deprimirme. Solo puedo pensar en una cosa: regresar a casa para montar guardia en la mirilla de mi puerta. En unas cuantas horas sabré cómo es el misterioso Ricardo Patatras.

5

Cuando llego a casa saco el correo del buzón y, tras asegurarme de que nadie baja las escaleras, me pongo de puntillas para ver si el del señor Patatras tiene algo. Hay dos o tres cartas que no ha cogido, lo que me lleva a pensar que aún no ha regresado a casa. Tengo por tanto la oportunidad de verlo cuando pase por mi puerta. A menos que se haya olvidado de recogerlo, y en ese caso tanto quebradero de cabeza no habrá servido de nada.

Dicho y hecho. El programa de la tarde viene cargadito. Me he provisto de bastantes cosas, entre ellas un periódico gratuito con multitud de ofertas de empleo locales. Tras el numerito de Mortagne, empiezo a pensar que es el momento de emprender mi carrera en otro sitio. Me pongo cómoda, el agua para el té ya se está calentando.

Mi plan es tan sencillo que no puede fallar. Me instalo en mi mesa, sin música por una vez, estudio los anuncios y, en cuanto escucho pasos en la escalera, me precipito hacia la puerta (con cuidado de que mis pies estén secos y que no haya nada que me impida llegar hasta la meta). La verdad es que exagero un poco, porque entre mi salón y la puerta debe de haber solo unos dos metros con setenta.

Estoy leyendo las ofertas de trabajo como vendedora puerta a puerta —el horóscopo es un poco más creíble, a decir verdad—, cuando escucho un ruido fuera. Me acerco a hurtadillas y pego la cara contra la puerta para ver por la mirilla. Alguien ha encendido la luz. Veo claramente el hueco de la escalera, deformado, redondo, con efecto ojo de pez. Oigo los pasos de alguien que sube y que arras-

tra algo pesado. Los golpes son regulares. Me dejo los ojos
para ver quién es. ¡Ojalá sea Patatras! Lo que arrastra pueden ser cajas de mudanza. Si es viejo o parece simpático,
salgo a ayudarlo. Se lo debo: no he dejado de pensar en él
durante todo el día. De pronto, en la curva de la escalera,
veo una sombra. Imposible identificar la silueta. Escucho
una respiración fatigada. Entreveo una mano en la barandilla, más pasos. De repente, una cara: la señora Roudan, la
anciana del cuarto. Normalmente me hace ilusión verla,
pero esta vez no. Trae el carro de la compra hasta los topes,
qué raro para una mujer mayor que vive sola. Y no es la
primera vez que la veo cargando. Además, no debe de comer mucho, visto lo delgada que está. ¿Qué hará con toda
esa comida?

Qué decepción y encima qué incómoda me siento.
Si salgo para ayudar a la señora Roudan, se molestará de
que alguien la sorprenda y creerá que me paso el tiempo
espiando las idas y venidas de mis vecinos. Y si no salgo,
tendré mala conciencia por no haberla ayudado con semejante carga. La verdad es que la señora Roudan es un encanto, siempre dispuesta a decir una palabra amable. Jamás la he oído criticar a nadie. Además, le tengo cariño
porque está sola y esa gente siempre me conmueve. Cuando estoy de bajón me da por pensar que dentro de cuarenta años seré como ella: comer para sobrevivir sin esperar a
nadie. A pesar de mi arrebato de ternura, no creo que salir
a ayudarla sea la mejor opción. Mientras me pongo de
acuerdo conmigo misma, a ella le ha dado tiempo de ir a
su casa y volver diez veces. Así que nada.

Vuelvo a sumergirme en los anuncios. Deprimente.
Puedo ir a criar cabras a los Pirineos. Además de queso, se
pueden hacer mantas con su pelaje y, con las sobras, salchi-
chón y paté. No es peor que vender créditos al consumo.

Mientras como una manzana, escucho otro ruido.
Regreso a mi puesto de observación. Los pasos parecen
más vigorosos que la vez anterior. Solo se me ocurre que

sea la chica joven del cuarto, pero juraría que está de vacaciones. Es estúpido, pero el corazón se me ha puesto a latir con más fuerza. Aparece de nuevo una sombra, una mano de hombre. Una silueta bastante grande. Justo voy a verlo cuando se apaga la luz. Todo se vuelve negro y yo sigo sin saber quién es. De repente se cae bien caído. Hace un ruido de mil demonios. Suelta una maldición. No sé lo que dice, pero por el tono, si yo fuera Dios me habría echado a temblar. Quizá la voz tenga un poco de acento. Me pongo como una loca. Quiero abrir la puerta, dar al interruptor y regresar a mi puesto de vigía sin que me vea para poder observar a mis anchas. Tiene que haberse hecho mucho daño. Se frota algo. No sé el qué, todo sigue oscuro. Suelta un par de palabrotas más y comienza a subir a tientas. Le sacaría los ojos al que puso una luz que se apaga tan pronto. Ricardo Patatras está ahí, oigo sus pasos justo al otro lado de la puerta. Presiona el interruptor junto a mi timbre. Vuelve a hacerse la luz, pero es imposible verlo desde ese ángulo. Casi me disloco intentándolo, no hay nada que hacer. Hasta los peces tienen limitaciones. Él continúa su ascenso. Qué asco. Un golpe en el orgullo. Una tarde echada a perder. Una vida malgastada. De todos modos, el universo acabará por explotar.

6

No resulta fácil, pero prometí decir la verdad. Aquí la tienen: a partir de aquel día viví como un animal, presa de la obsesión enfermiza de intentar verlo. Fui al trabajo como una zombi. Ya no sabía ni a quién le dirigía la palabra. Decía sí a todo el mundo. Ni siquiera pagué las facturas. Y todo esto en un día.

Por segunda tarde consecutiva vuelvo corriendo y compruebo que hay correo en su buzón. He perfeccionado la técnica. Levanto la pestaña y con una linterna verifico que no son las mismas cartas del día anterior. ¡Qué locura! Si Hitchcock me hubiera conocido, habría hecho conmigo su mejor película. Monto guardia permanente detrás de la puerta. No como. Intento no ir al baño. Es horrible, pero incluso me he planteado poner un orinal al lado de mi puesto. Juro que no lo he hecho.

Me instalo en mi puesto a las seis y cuarto y no lo abandono hasta las once y media. La vida de un guarda fronterizo en Corea. Vivo el infierno de la espera, la exaltación de la luz de la escalera que se enciende, la excitación de oír pasos. En cada ocasión, la esperanza, las manos húmedas, la adrenalina, el ojo cansado de mirar el mundo como lo ve una trucha. Y, de repente, alguien que aparece y, cada vez, un nervio interior parecido a aquel de cuando tenía seis años y abría los regalos de Navidad esperando encontrar la muñeca que decía «¡yupi!».

Vi pasar a mucha gente. El señor Hoffman, que siempre silba la misma canción, la señora Roudan con su carrito, el profesor de gimnasia del cuarto que se cree un dios del Olimpo, incluso aunque esté solo en la escalera.

No me despegué de la puerta. Tenía las marcas de las molduras grabadas en la mejilla. Podría recitar la lista de las idas y venidas de todo el edificio, minuto a minuto. Todo aquello me sirvió al menos para aprender algo: la mala suerte existe. Porque durante todas esas largas horas de acecho, el señor Patatras pasó por delante de mi puerta varias veces, pero en cada ocasión Dios tuvo a bien castigarme por cada uno de mis pecados.

La primera vez pasó a oscuras. La segunda llevaba una gran caja de cartón que le tapaba la mitad del cuerpo. Le vi las piernas, los pies y cuatro dedos. Otra vez, mi madre llamó por teléfono. Y aunque solo hablamos diez segundos, fue bastante para distraerme y él lo aprovechó. Una auténtica maldición.

Pero no os haré perder el tiempo. Terminé por verlo, sí, aunque de un modo tan ridículo que todavía me duele pensarlo. Fue durante el tercer día y, como cada mañana, acudí a la panadería a tomarme un croissant antes de ir a la oficina.

—Buenos días, Julie. Tienes mejor aspecto hoy.

—Buenos días, señora Bergerot. Sí, hoy me encuentro mucho mejor.

No sé cómo lo hace. Siempre tiene la misma energía, la misma sonrisa y presta la misma atención sincera a todos sus clientes. Es una de las pocas mujeres que conozco enamorada hasta los huesos de su marido. Él hacía el pan, ella lo vendía. Murió hace tres años. Un infarto, cincuenta y cinco años. Es la única vez que la vi llorar. Al día siguiente del entierro, abrió la tienda. No tenía nada que vender, pero igualmente abrió. Aquello duró una semana. Los clientes seguían yendo. Ella continuaba como de costumbre detrás del mostrador, aunque desamparada. Le decíamos alguna frase de consuelo intentando no mirar el escaparate vacío. Durante una buena temporada nadie en el barrio comió pan. Es por eso también que me encanta este sitio. Mohamed no aprovechó para vender biscotes o hacer

caja. La observaba con el rabillo del ojo a través del escaparate. Fue él quien colgó un anuncio y, un mes más tarde, ella contrató a Julien, el nuevo panadero. Es joven y
hace mejor pan, pero nadie se lo reconocerá jamás.

Esta mañana, como de costumbre, huele a bollería
recién hecha. Vanessa, la dependienta, coloca los croissants
en las vitrinas. Siempre me ha gustado ese aroma delicioso y único. A cada hornada, el olor se esparce por la calle.
Hubiera dado lo que fuera por un apartamento en el piso
de arriba y poder respirar ese perfume por las ventanas
abiertas. Intercambiamos algunas palabras y la señora Bergerot me envuelve el croissant. Cuando estoy a punto de
despedirme y salir, me dice:

—Espérame, voy contigo. Tengo que hablar con
Mohamed. Ha vuelto a invadir mi acera con sus verduras.

—Puedo decírselo yo, si quiere.

—No, así hago algo de ejercicio, e intento convencerle de que no está bien colonizar las tierras de los demás.

—No creo que él le lleve la contraria en eso.

—Entonces, ¿por qué coloca sus verduras frente a
mi cartel de helados?

Me sigue fuera y ya me la imagino con ese discurso
socioeconómico con el que le gusta bombardear al pobre
Mohamed. Parecen dos empresas multinacionales que se
disputan mercados de millones de dólares.

De pronto, cambiando de tema, me suelta:

—Por cierto, ¡qué guapo es el nuevo de tu edificio!

—¿Quién?

—Este... Patallas.

Creí que me ahogaba.

«Sea precisa. Se llama Patatras. Descríbamelo en
detalle inmediatamente. ¿No tendrá una foto, verdad? Me
la merezco. Nadie lo ha buscado tanto como yo. ¿Por qué
soy la única que todavía no lo ha visto? ¡Dios mío! ¡Voy a
ser la última en saber cómo es y eso que fui la primera en
reírme de su apellido!»

Me contengo:

—¿Ah sí?, ¿y es simpático?

—Sí, creo que tiene encanto. Viene un poco más tarde que tú. Seguramente pronto te lo cruces.

La frase me deja loca. ¿Soy acaso del tipo de gente que puede esperar lo que dura un «pronto»? Me fijo un ultimátum. Esta misma tarde, no importa cómo, lo veré. Si hiciera falta, me haría la muerta en la escalera hasta que apareciera. Acamparé en su rellano jugando a ser amnésica o, mejor todavía, llamaré a su puerta con el pretexto de venderle un calendario con seis meses de antelación a favor de los bomberos o los conductores borrachos. Da igual cómo, pero me he hecho el solemne juramento de no volver a esperar con el ojo pegado a la mirilla.

Ni siquiera escuché a Mohamed y a la señora Bergerot pelearse como todos los días. Me encaminé hacia la oficina como lo hacen los soldados que van al frente. Aquel día le dije que no a todo el mundo. A la hora exacta de cerrar, recogí mi mesa y me largué pitando. Fue al llegar a mi portal cuando se desencadenó el drama.

7

En primer lugar, la inspección del buzón. Estoy de puntillas. Con la luz de la linterna puedo ver tres cartas. Recibe demasiado correo para alguien que acaba de mudarse. Observo que hay un sobre oficial, seguramente del Ayuntamiento o de un ministerio. ¿Qué puede ser? Si consigo averiguarlo, será mi revancha. Ya que todo el mundo le ha visto la cara antes que yo, seré la primera en descubrir su oficio. Entonces, como quien no quiere la cosa, les diré: «Ah, pero ¿no estaba al corriente?».

Intento iluminar mejor, pero el sobre que está justo encima me impide la lectura. Utilizando la linterna, justo del tamaño para que quepa en la ranura del buzón, creo poder moverlo. Meto la linterna lo más profundo posible. Todavía faltan algunos centímetros. Casi lo toco con los dedos, solo un pequeño esfuerzo más. Y cuando ya estoy a punto... ¡catapún en el buzón de Patatras! De nuevo la maldición. Se me cae la linterna dentro, todavía encendida. De pronto, su buzón se convierte en una pequeña casa de muñecas iluminada. Aquí ponemos la cocina, aquí el salón y la muñeca Yupi, que entrará cuando tenga la llave. ¡Basta de desvaríos! Ya he hecho otra estupidez. Tengo que recuperar la linterna como sea. Meto los dedos, total, no está tan lejos. Seguro que llego, tengo las manos finas. La maldita muñeca Yupi podría echarme un cable. Siento mis dedos bloqueados en la trampa de metal como esos pobres monitos atrapados por cazadores furtivos, que se resisten a soltar los cacahuetes. Toco la linterna, la punta del dedo corazón la roza. Se resbala. ¡Mantenla quieta, Yupi, o te arranco la cabeza! No tengo otra opción, meto más la mano. Casi toda la palma está ya en el interior del buzón, pero la linterna sigue escapándose. No volveré a intentarlo, es la última oportunidad, aunque me haga daño. Me raspo la mano pero entra del todo. Ahora lo que me duele es la muñeca. La ranura metálica me ha levantado la piel. De pronto: la pesadilla, el horror. Oigo el chirrido de la puerta automática. Alguien ha marcado el código y está a punto de entrar. Me va a pillar enganchada como una imbécil al buzón de un vecino. Ya sé lo que siente un conejo cuando ve acercarse el camión que habrá de aplastarlo. ¡Dios mío, por favor, que sea uno de los viejos que no ven tres en un burro!, ¡o hazme invisible! Creo que incluso lo he dicho en voz alta. ¿Os habéis dado cuenta de todas las oraciones estúpidas que recibe al día Dios? Sería mejor que no existiese, sería un testigo menos de nuestra estupidez. La puerta se abre. En la posición en la que estoy me resulta imposible girarme y no sé quién ha entrado.

—¿Qué le sucede?

Una voz de hombre. Es él, está ahí, reconozco sus cuatro dedos y sus zapatos. Creo que voy a desmayarme. El cuerpo se me quedará colgando de la mano presa en su buzón. Titubeo, se me nubla la vista.

—¡Pero si está atrapada! Déjeme ayudarla.

¡Dios mío, por favor, haz que estallemos todos!, ¡que alguien se caiga por la escalera con una bombona de gas! Pero que no sea la señora Roudan, que es demasiado simpática, que sea el idiota del profesor de gimnasia. Pero la suerte se ceba conmigo. Nada explota. ¿Quién es el santo patrón de los acorralados? ¿A qué espera para intervenir?

Se acerca. Es más bien alto. Me coge de la muñeca. Su mano está caliente, es suave. Y la otra también. Está muy cerca. Y dice:

—Pero ¡si es mi buzón!

¿Existe algo más contundente que el desmayo pero no tanto como la muerte? Porque es lo que me va a pasar.

No es mi cerebro el que explota, sino todo mi cuerpo. Por primera vez estoy ante este hombre de apellido divertido, y me siento como un ratón en una trampa. Ahora entiendo a los reyes, caballeros y santos que juraban y perjuraban que si salían de una situación determinada harían erigir una basílica. El problema es que con mis ahorros, lo máximo que podría construir es una caseta de perro o una madriguera. Aun así, prometo hacerlo. Ahora mismo no puedo levantar la mano derecha para jurarlo, pero lo digo de corazón. Es más, cuando la saque, seré una mártir. Estoy a dos pasos de la beatificación. Santa Julie, Nuestra Señora de los Buzones. Hay que rendirse a la evidencia: no creo que pueda sacar la mano en la vida. Es como un arpón. Ha entrado pero no volverá a salir. Doy por hecho que pasaré el resto de mi vida con un buzón como pulsera. ¿Os imagináis el calvario que supondría entrar en un vestido un poco ceñido?

Se coloca detrás de mí y me abraza.

—Voy a auparla. Así se sentirá holgada y podrá soltarse. Pero ¿cómo lo ha hecho?

Sus brazos me rodean y noto su pecho contra mi espalda. Siento su respiración en el cuello. Resulta escandaloso pero en este momento me importa un bledo la mano, así estoy bien. Más tarde la curaré, me pondré compresas frías, pomada, pero ahora mismo paso. Estoy flotando.

—Se ha quedado atascada de verdad. Pero, por favor, hábleme. No se irá a desmayar, ¿no?

Podría quedarme horas pegada a él, con la mano en una trampa para lobos.

—No consigo sacarla. Hace falta alguna herramienta.

Me deposita de nuevo en el suelo. Mi brazo se estira completamente y tengo la sensación de que el buzón me va a arrancar la mano. El dolor me hace volver en mí. Con mis últimas fuerzas, le murmuro:

—En el edificio de al lado, en el 31, hay un patio. Al fondo, en el garaje, está Xavier. Él tiene herramientas.

—¿No prefiere que llame a los bomberos?

—No, vaya a ver a Xavier. Él tiene lo necesario.

—No se preocupe, enseguida vuelvo.

Sus manos se abren, rozándome los antebrazos. Siento cómo se aleja de mí. Tengo frío. Se va corriendo. Me ha tocado, me ha hablado al oído, me ha apretado contra él, pero sigo sin saber cómo es su cara.

8

«Aquí descansa Julie Tournelle, muerta de vergüenza hace una hora.» He aquí el que podría haber sido mi epitafio, y al lado habría placas de mármol de mis conocidos: «Ahora venderé menos croissants» (la panadera). «Así aprenderás a no meterte donde no te llaman» (Géraldine). «Realizó una operación improductiva con su mano» (Mortagne, con el logo del banco).

No estuve mucho rato sola colgada de aquel buzón, pero me pareció una eternidad. Mientras esperaba, decidía cuál sería la actitud más digna a tomar. No había ninguna que me satisficiera. Patatras regresó con Xavier y unas pinzas para cortar metal. Entre los dos se cargaron la puerta y me liberaron. Xavier parecía preocupado pero en cuanto vio que estaba en buenas manos y que sobreviviría, regresó a su quehacer cotidiano. Patatras me llevó a la farmacia más cercana y el señor Blanchard, el dueño, me curó. Mi salvador se comportó con una discreción absoluta y solo comentó que me había herido con una puerta. A la vuelta, me llevaba del brazo bueno como si fuera una abuela.

—También cojea.

«¡Es que la otra tarde me caí en pelotas como una idiota cuando salí corriendo para ver por la mirilla qué aspecto tenías!»

—No es nada, solo una caída.

Cuando entramos en nuestro edificio tuve el reflejo de retroceder al ver a lo lejos los buzones. Ahora sé lo que sienten los que han combatido en Vietnam al ver jaulas de bambú. La puertecita de metal yacía en el suelo, destrozada como si le hubieran puesto una bomba. La colocó en su sitio con elegancia y dijo:

—No voy a dejarla así. Por favor, venga a mi casa.

Me costaba tanto creer que me estuviera invitando que me parecía que hablaba con la puertecita. Y pensé: «¿Por qué la trata de usted, si al fin y al cabo es suya?».

Por eso me encuentro sentada a su mesa y rodeada de cajas. Intento mirarlo sin que se dé cuenta. Me parece que la señora Bergerot se quedó corta diciendo que tenía encanto. ¡Está increíblemente bueno! Los ojos castaños, dos, una mandíbula de tiarrón, una sonrisa sincera, el pelo moreno y corto, pero no demasiado. Y seguro que hace deporte. Nada de machacarse en el gimnasio en plan musculitos, verdadero deporte. ¿Y yo?, ¿qué cara debía de estar poniendo? Como la de un conejillo de Indias que espera su comida.

—Lo siento —me dice—, la cafetera debe de estar por algún sitio, en alguna de estas cajas. Solo puedo ofrecerle café instantáneo.

—Perfecto.

Odio el café. No me gusta su olor y me parece un desastre ecológico. No entiendo cómo ha podido convertirse en un código social tan universal. Algo que uno acepta por seguir la corriente. Pero no le voy a decir eso. Me callaré y me lo beberé.

Se mueve con gestos tranquilos. No duda. Todo lo hace con orden, con seguridad, incluso el sentarse frente a una taza. Se gira y se va hacia el fregadero. Tiene un culo maravilloso. Me invade la angustia. Lo único que falta es que no sea un chico malo.

—¿Toca algún instrumento?

Me lanza una sonrisa por encima del hombro:

—¿Por qué me hace esa pregunta?, ¿acaso le preocupa la tranquilidad del edificio?

—No, simple curiosidad.

—No, no toco nada. Y no se preocupe por el edificio, soy un hombre tranquilo.

Mientras calienta el agua, yo escruto todo lo que hay alrededor. Su ropa está bien doblada. Es la primera vez que conozco a un hombre que dobla la ropa cuando no espera visita. ¿Será gay? Hay una paleta de albañil. ¿Será obrero? Eso le pegaría, un casco y una camisa de cuadros abierta mostrando los pectorales. Sobre una caja hay un portátil abierto. No ha tardado nada en conectarse. ¿Será posible que su pasatiempo consista en jugar en línea?

Regresa a la mesa y se sienta frente a mí. Vierte el agua en mi taza y me la acerca. Cómo apesta el café.

—¿Cuántas cucharadas de azúcar?

«Treinta y ocho, no quiero notar el sabor repugnante.»

—Dos, por favor.

—¿Cómo se siente?

—Mejor. La verdad es que siento muchísimo lo de su...

—No tiene importancia. Algún día me explicará qué es lo que hacía.

—Quería recuperar mi linterna.

No insiste. Me mira, largamente.

—¿Hace mucho tiempo que vive aquí? —me pregunta.

—Siempre he vivido en este barrio, pero solo hace cinco años que estoy aquí. Segundo izquierda.

—Dígame, entonces: ¿a qué se dedica su amigo Xavier? Creí ver en su garaje una especie de coche gigante, como una nave de ciencia ficción. ¿Lo está construyendo él solo?

—Desde que era un crío le apasionan los coches blindados. Lo conozco de la guardería. Hubiera querido entrar en el ejército, pero no superó las pruebas. Un verdadero drama para él. Así que se empeñó en construir su propio coche.

—¿Así, solo?

—Pasa ahí todo su tiempo libre. Es un buen tipo. Ya verá que los hay a cientos en el barrio. Si quiere saber dónde comer, o pasear o lo que sea, solo tiene que preguntarme.

—Muchas gracias. Acabo de llegar y no conozco la ciudad. Voy probando cosas. Por ejemplo, esta tarde he comprado gambas en salsa picante en el chino.

«Adiós, Ricardo. Hasta nunca. Fue un placer conocerte.»

Me trago de un sorbo el café para no decir lo que pienso. Él mira su reloj.

—Pero le estoy haciendo perder el tiempo —dije—. Seguramente tiene muchas cosas que hacer.

—No se preocupe. Nadie me espera. Sin embargo, quizás a usted sí.

—Tampoco me espera nadie.

—Si lo hubiera sabido habría cogido más comida en el chino y la habría invitado.

«¡Asesino!»

—Bastante ha hecho hoy por mí.

Me acompañó hasta la puerta. Parecíamos dos colegas. Para ser sincera, tuve deseos de decirle que no tocara las gambas. No me atreví. La vergüenza todavía me atormenta. Preferí que se pusiera enfermo antes que hacer el ridículo por segunda vez. Qué chungo.

—¡Ah! —exclamó mientras volvía a su mesa—. No olvide su linterna. Debe apreciarla mucho para haberse molestado tanto en recuperarla.

Me pregunto si, a lo mejor por su ligero acento, su frase no tenía un punto de ironía. Sonreí tontamente. Se me da bien. Cogí la linterna y nos separamos. Cerró la puerta. Si fuera él, habría corrido a pegarme a la mirilla.

Mientras bajaba los escalones la mezcla de sentimientos me atormentaba. Por una parte estaba el dolor en la muñeca y el miedo a haber parecido la reina de las tontas. Y a pesar de todo me sentía extrañamente bien. Un poco confusa. No creo que fuera efecto del café.

9

Puede parecer una tontería, pero enseguida lo eché de menos. Quería estar con él. Hubiera podido ayudarle a deshacer cajas. Incluso hubiera podido contentarme con mirarlo. Jamás me había sucedido. Ni fascinada, ni exaltada. Otra cosa. De mi apartamento al suyo, si no se tienen en cuenta el techo o los tabiques, debe de haber unos quince metros. ¿Dónde duerme? ¿Duerme siquiera? Toda la noche estuve preguntándome cómo podría reparar los daños causados a su buzón. En un primer momento pensé en proponerle que compartiéramos el mío, pero enseguida renuncié. Me imagino la cara de los vecinos si apenas una semana después de que él llegara, vieran nuestros apellidos juntos. Adiós a mi reputación. Ni Géraldine va tan rápido.

Hacia las dos de la mañana se me ocurrió la gran idea: le pediría a Xavier que hiciera una nueva puerta y, mientras tanto, Patatras ocuparía mi buzón y yo el suyo. Estaba decidido.

Al día siguiente, antes de salir hacia la oficina, deslicé un mensaje por debajo de su puerta:

«Estimado Patatras,

Le agradezco su gentileza y la ayuda que me prestó ayer. Espero que sepa perdonar... bla bla bla». Y terminaba con: «Le daré la llave de mi buzón hacia las siete. Si no está, por favor, pase por mi casa. Afectuosamente, Julie».

Me costó redactar esta notita más que la tesina de la facultad. Un trabajo de doscientas páginas sobre la «readaptación necesaria de las ayudas en los países en vías de desarrollo» hubiera sido más sencillo que garabatear aquella nota. Una superproducción de Hollywood. Ciento veinticinco borradores, más de seis mil neuronas usadas, tres diccionarios, cinco millones de dudas y más de dos horas para decidir si acabar la carta con un «Hasta pronto» o un «Cordialmente», «Afectuosamente» o «Con todo mi cuerpo y alma».

Luego vino la operación de introducirla en un sobre y deslizarla por debajo de la puerta, o bien cerca del quicio o bien lo más lejos posible hacia el interior. ¿De qué hay más posibilidades: de que no la vea cuando salga o de que la puerta la arrastre hacia un rincón y quede tan pegada que no la vea hasta que se vuelva a mudar? Si cada encuentro entre dos seres humanos genera tantos problemas, está claro que no nos reproduciremos suficientemente rápido como para evitar que los gatos tomen el control del planeta. Tras dejar la nota, pasé por la panadería a comprar mi croissant. Desde el instante en que entré sentí una especie de electricidad en el ambiente. Y no precisamente a causa de la mujercilla que compraba una baguette. En un primer momento pensé que la culpa volvía a tenerla Mohamed.

—¿Cómo está hoy, señora Bergerot?

—Es complicado, Julie. Hay días que son así.

—¿Qué sucede?

La verdad es que ya no debería hacer este tipo de preguntas. Sé que al final siempre se vuelven contra mí, pero soy incapaz de evitarlo. Mi madre suele repetirme que me preocupo demasiado por los demás.

—Mi pequeña Julie, acabo de repeler una tentativa de invasión de Mohamed y ahora voy y me entero de que Vanessa deja el trabajo.

La dependienta sale del almacén con los ojos llenos de lágrimas.

—Un croissant para la señorita Tournelle —dice la jefa secamente.

Vanessa se pone a sollozar. Si se inclina sobre mi croissant, lo llenará de lágrimas. Como un grito que le saliera del corazón, me suelta:

—Estoy embarazada y Maxime no quiere que siga trabajando.

Vaya situación. Es necesario que diga algo para neutralizarla.

—¡Pero si es estupendo!

¿Por qué dije eso? La señora Bergerot generalmente no me regañaba. La última vez fue cuando tenía ocho años y me olvidé de decirle adiós. Pero aquella mañana había cruzado la línea. Mira que decir «¡pero si es estupendo!». Levantó los brazos y comenzó a decirme atropelladamente:

—¡Esa no es la cuestión! He invertido dos años en formarla. Durante meses he hecho el trabajo de dos para que pudiera acostumbrarse. Y cuando por fin parece que ha comprendido todo, ¡me deja tirada! En tres semanas se acaban las vacaciones de verano. ¿Y qué haré entonces?

Entre temblor y temblor, Vanessa me echa una mirada triste. Pero por otra parte algo en sus ojos me dice que está aliviada de que su jefa se descargue con otra persona que no sea ella. Dejo que pase la tormenta y no me olvido de decir adiós al salir.

Cuando llegué a la sucursal pude comprobar que el destino todavía no había terminado de cebarse conmigo. Enseguida me di cuenta de que Géraldine no estaba bien. No tenía su mirada habitual sino la de un animalillo medio borracho que descubre el mundo. Fingía estar hurgando en la caja fuerte de los cheques.

—Julie...

—¿Qué sucede?

—No te des la vuelta. Nos está mirando —me dijo ella mientras señalaba con la barbilla las cámaras de seguridad instaladas en cada esquina del techo.

Fingí ponerme a escribir. Parecía aplicarme en la tarea. De hecho, me encanta, siempre he soñado con actuar en una película de espías. Sería la agente J. T. (Julie Tournelle o Joven y Trabajadora), una superespía, y Géraldine tendría como misión hacerme llegar un documento secreto, vital para el destino de la humanidad. Ella sería la agente G. D. (Géraldine Dagoin o la Gran Descerebrada), y jamás escondería el microfilm en su sujetador, ya que nunca lleva; ni tampoco en su tanga, ya que sería el primer sitio donde cualquier agente miraría. Con toda probabilidad lo llevaría escondido en uno de sus repugnantes anillos.

—Pareces molesta, Géraldine.

Resopla. Parece a punto de echarse a llorar. ¿Es tan terrible lo que amenaza al mundo? Es la segunda mujer que veo llorar esta mañana, seguramente se trate de un complot.

—¿Estás embarazada? —pregunto.

—¿Por qué me preguntas eso? Sabes perfectamente que desde hace dos semanas estoy soltera.

—¡Ah! ¿Y lloras por eso?

—No, es porque ayer Mortagne me hizo pasar el test de evaluación.

—¿Ya?

—Ha decidido que este año lo va a hacer antes. Y no es que yo lo haya hecho mal, es que según él soy nula. No sirvo para nada. No hago nada bien. Me ha arrastrado por el barro. Me pareció tan repugnante que vomité.

Me importan un pimiento las cámaras, me giro. Géraldine está devastada. Le agarro la mano.

—Ya sabes cómo es. Seguramente ni pensaba la mitad de lo que ha dicho. No lo puede evitar, es su lado marcial.

—Lo odio.

—Todo el mundo lo odia. Su madre huyó a la India para no verlo más.

—¿En serio?

—No, Géraldine. Era una broma.

—Menos mal que tienes humor para bromas, porque me ha dicho que te toca a ti. Mira, ahí viene.

10

Se creen que somos idiotas. Garrote y zanahoria. Cada año, somos millones los que tenemos el honor de asistir al gran circo del diálogo anual. «Un encuentro informal y libre para el intercambio de ideas sobre el comportamiento de cada uno y sobre cómo se puede contribuir a una mejora para aumentar las ganancias a través del agotamiento de todos.» Y lo peor es que nos lo creemos. Pero el que ya ha pasado por esto sabe el abismo que media entre la definición y la realidad.

La mayoría de las veces, uno o dos jefecillos se encargarán de explicarte por qué «a pesar de tu esfuerzo indiscutible» no te toca que te aumenten el sueldo. Si te resistes o si protestas, la conversación «informal y libre» se convierte en un proceso inquisitivo. Nos lo sueltan todo, no nos perdonan nada. Cientos de veces he tenido que consolar a compañeros a los que habían denigrado hasta ponerlos a la altura del betún. Con sonrisas torcidas y principios de pacotilla os damos una lección, os pisamos. Al final, es solo un modo de legitimar el hecho de que no recibiréis un trozo del pastel que otros se reparten. Toca aguantarse si hay hambre.

Estoy sentada frente a Mortagne, él me suelta su discurso perfectamente estudiado. ¿Habéis oído hablar de la ceguera de la nieve? Es el fenómeno que se produce cuando se ha estado demasiado tiempo expuesto a la luz blanquecina que se refleja en la nieve y luego no se ve nada. Pero en ese despacho que todavía huele al vómito de Géraldine, el equivalente sería más bien la sordera de la estupidez. He oído tantas que mis oídos no funcionan. Estoy ciega del tímpano. Lo observo gesticular mientras alterna sonrisas falsas con aire reprobador. Mueve las manos como el candidato a la presidencia que sale en la tele. Es una lástima que un pelo le salga de la nariz y sea todo en lo que pueda fijarme. Toda esa gomina, esa ropa comprada de rebajas por Internet, ese reloj de imitación, todo reducido a un simple y miserable pelo.

De todos modos, sé lo que me está diciendo: Este banco grande y noble es muy amable por mantenerme, porque, francamente, del uno al diez en «espíritu de empresa», me pondría un cero. No he vendido ninguno de los créditos a mi familia. Ni siquiera a mis amigos. Mala vendedora.

No sé cuánto tiempo llevo sentada delante de él, pero no importa. Me duele la muñeca. Este patán ni me ha preguntado por la venda que llevo. Miserable insecto. Esta misma tarde estarás muy orgulloso de ti mismo. Informarás a tu jefe. Obtendrás tu derecho de pernada. Géraldine destruida y yo hundida en la miseria. No me importa. Me resbala. Cuando ya no pueda más contigo mi Ricardo vendrá y hará estallar tu sucia cabeza de rata.

—¿Estamos de acuerdo, Julie?

«Me importa un pito, ni te he escuchado.»

Insiste:

—¿Me promete que se lo pensará? Se lo digo por su propio interés.

«Vamos hombre.»

No me molesto en responderle. Me levanto y salgo de su despacho. Géraldine me espera.

—Bueno, ¿qué tal te ha ido? Te ha tenido un buen rato ahí dentro.

—Superbién. Me ha dicho que soy genial y que me va a subir el sueldo un treinta por ciento.

Géraldine se queda de piedra. Comienza a enrojecer como si acabara de comerse una guindilla. Cuando decimos que alguien está a punto de explotar, nos referimos a alguien como Géraldine en ese momento. No me da tiempo a decirle que estoy de broma. Se lanza hacia el despacho de Mortagne entre alaridos. No llama a la puerta. Entra. Alboroto y bramidos. Por el ruido, me da la sensación de que se ha abalanzado sobre él por encima de su mesa. Creo que lo ha tirado todo. Mortagne solo atina a decir:

—Pero ¿qué le sucede?

Después se oye el ruido de un sonoro bofetón como nunca he escuchado otro igual. El sonido que hace la carne cuando alguien la golpea con un martillo. Después, el silencio. Géraldine sale, un poco desaliñada pero aliviada. Él seguirá vivo. No quiero ir a comprobarlo. Prefiero imaginármelo, inconsciente, con un moratón en la mejilla y la cabeza partida en dos, aplastado en su asiento como un *dummie* de las pruebas de seguridad vial después de un impacto de ciento treinta kilómetros por hora contra un contenedor de planchas de ropa. Por primera vez, una calma armoniosa flota en el ambiente del banco. Algo cambia ese día, tanto para el banco como para mí.

11

Me encanta visitar a Xavier. Y hacía mucho tiempo que no iba a verlo. Su edificio está cerca del mío, pero se respira en él una atmósfera totalmente diferente. El mío es un edificio modesto con escaleras estrechas, mientras que el suyo tiene portera y un gran patio con garajes al fondo, y más allá, se ven incluso chopos. Xavier siempre ha vivido ahí, en el piso de sus padres. Cuando de pequeño llegaba tarde al colegio, escalaba por los tejados de los garajes y atravesaba el jardín público hasta llegar al agujero en la valla por el que entraba al recinto escolar. Solíamos jugar juntos. Si no lo recuerdo mal, siempre fue el duro del grupo. Un tío legal, sin problemas, de la media, con algunas novias. Poco a poco fue obteniendo todo lo que quería, hasta que llegó el gran fracaso en el ejército. Nunca se supo el porqué. Jamás quiso hablar de ello. Sin embargo, todo el mundo sabe que tiene unas manos maravillosas. En el barrio, cuando alguien necesita soldar algo, arreglar una cañería o una tubería de cobre, busca a Xavier. Tiene un buen trabajo en una empresa de fontanería industrial. En cuatro meses se convirtió en jefe de equipo, pero no le gustaba porque había perdido el contacto con el metal. Por eso pidió que le cambiaran de puesto. Curra por la noche en grandes obras y el resto del tiempo lo invierte en su prototipo.

Xavier es como un reloj. Todos los días, ya sea verano o invierno, lo encontraréis a partir de las cinco y media en su taller. Compró dos garajes al final del patio. Cada día abre las puertas y saca su monstruo mecánico fuera. Rescató un coche antiguo del que solo se salvaba el motor. Lo replanteó completamente para convertirlo en un coche blindado que pusiera celoso al presidente de los Estados Unidos. Cada pieza es una verdadera obra de arte. Los niños van a verlo y los vecinos le preguntan cómo lo lleva. Además, si alguna señorita tiene problemas de fontanería, solo tiene que llamarlo por la ventana. Desde que sus padres se divorciaron cuando tenía dieciocho años, jamás ha cogido vacaciones.

Hoy, como estaba previsto, me lo encuentro tumbado debajo de su monstruo de metal. Solo se le ven las piernas.

—¿Xavier?

Sale de debajo.

—¡Julie! ¿Cómo va tu muñeca?

—Bien, gracias. ¿Y tú?, ¿cómo va tu bólido?

—Le he encontrado un nombre. XAV-1: Xavier Armoured Vehicle One. ¿Qué te parece?

—No está mal. ¿Y avanzas tan rápido como querrías?

—Estoy adaptando la suspensión. Con unas pequeñas modificaciones, XAV-1 podrá ir por una carretera llena de baches a todo trapo sin que los pasajeros sientan la menor sacudida. Va a ser más bonito que un Rolls Royce y más sólido que un tanque. Si quieres cuando lo termine podríamos dar una vuelta.

—Me encantaría. ¿Y cuándo crees que XAV-1 estará listo?

Xavier se enorgullece de que llame por su nombre a la máquina.

—De aquí a dos meses creo que lo habré terminado.

—Habrá que celebrarlo.

—Pues sí. Y tendrás que romper en el capó la botella de champán.

—Por supuesto. Pero, mientras esperamos que llegue el gran día, quería agradecerte que me sacaras ayer de aquel berenjenal.

—No es nada. Tú me has ayudado mil veces.

—Tengo que pedirte algo más. ¿Crees que podrías hacerme una puerta de metal para el buzón?

—Sin problema. Está tirado. La haré este fin de semana, si quieres.

—No hay prisa, le voy a dejar mi buzón al nuevo mientras tanto.

—Que se lo quede. Te voy a hacer una puerta al más mínimo detalle.

—No te compliques demasiado.

—¿Por qué no? Es la primera vez que me pides ayuda metálica.

Feliz de poder echarme una mano, así es él. Me quedé todavía un rato más. Estoy a gusto con Xavier. Tiene algo de reconfortante el poder crecer junto a los compañeros del colegio. Se mantienen los lazos con el pasado mientras se construye el futuro. Poco importa lo que nos hayamos dicho o hecho, siempre se puede contar con ellos.

Hablamos, me enseñó el sistema de suspensión, no entendí nada pero me gustó su manera de explicarlo y su entusiasmo. Es admirable la gente que hace lo que le gusta. El tiempo había pasado sin darme cuenta, así que cuando vi la hora tuve que salir pitando. Apenas me quedaban treinta minutos antes de ir a llamar a casa de mi encantador vecino. Tras nuestra calamitosa presentación del día anterior, estaba dispuesta a embelesarlo.

Me planté delante de mi armario y todas las dudas me asaltaron. Incluso dudé si ponerme el vestido que me compré para la boda de Manon. A ver, ¿qué imagen quería dar?, ¿sencilla y accesible? Demasiado facilona. ¿Sofisticada e inaccesible? Ni de coña. A las siete menos diez había ropa desperdigada por toda la habitación y el salón. Opté por un pantalón de lino y una bonita camisa bordada que jamás me pongo porque hay que lavarla en seco. A menos dos minutos estaba delante del espejo del cuarto de baño retocándome el pelo. ¿Con un mechón suelto?, ¿sujeto con un pasador? Mientras tanto, los gatos, por su parte, no tienen dudas. Simplemente se dedican a hacer gatitos por todas partes.

A las siete en punto llamo a su puerta. Espero al acecho del menor ruido. Nada. A las siete y un minuto vuelvo a llamar, más fuerte. Espero. Nada de nada. No está. Y lo que es peor: no ha visto la nota. Peor todavía: sí la ha visto, pero ha pasado porque ha ido a tirarse a Géraldine. Pasados cuatro minutos no soy más que una sombra de mí misma. Mi plan ha fracasado. Bajo al segundo y, cuando voy a abrir la puerta, una voz me llama:

—¿Señorita Tournelle?

Sube los escalones de cuatro en cuatro. Llega a mi descansillo.

—No creía que fuese a estar a la hora. He intentado llegar cuanto antes. ¿No vio mi nota bajo su puerta?

Si me hubieran enchufado en ese mismo instante a un electrocardiograma, solo habría una línea recta de lado a lado de la pantalla.

—No, lo siento. Acabo de llegar.

Lleva el correo en la mano. Estoy a punto de sonrojarme. No debo, pero tampoco puedo evitarlo.

—Le agradezco lo del buzón, pero tampoco es necesario.

—Claro que sí.

—Entonces acepto. No se contradice a las chicas bonitas.

Me voy a poner roja y a parpadear compulsivamente.

—¿Sabe? —continúa—, deberíamos habernos dado el número de móvil. Así no nos habríamos escrito notitas.

Aparte de ponerme roja y parpadear, se me va a salir un brazo. Suelto una risa nerviosa, como una tonta que no entiende algo o prefiere no responder.

—Es cierto —digo—, pero antes de nada le ruego que me llame Julie.

—Encantado. A mí, mis amigos me llaman Ric.

Me tiende la mano.

—Mucho gusto, Julie.

Yo le tiendo la mía, vendada.

—Un placer, Ric.

Me agarra suavemente los dedos. Es maravilloso. Ahí estamos, los dos en la escalera, y por fin nos presentamos como me hubiera gustado. Estamos delante de mi puerta. En circunstancias similares, teóricamente, debería invitarlo a tomar algo y darle la llave del buzón, pero tengo la casa con ropa por todas partes. Creo que hasta mis bragas están en el fregadero. No debe entrar bajo ningún concepto. Como se le ocurra surgerirlo, tendré que sacarle los ojos. Parece esperar algo. Menuda pesadilla. ¿Qué estupidez más podría pedirle a Dios para que me saque de aquí? Un terremoto sería ideal. De magnitud tres, por favor. No demasiado fuerte ni demasiado flojo. Ric me cogería en brazos y me sacaría del edificio y, una vez fuera, no podría ver mis bragas. Y podríamos ayudar a la gente a esquivar las macetas, las bicis y los perros que se cayeran de las ventanas. Habría estado bien.

Pero no hay ningún terremoto. Y no es Ric quien me salva, sino el señor Poligny, el sindicalista jubilado, que llega con un paquete enorme. Con una sospechosa energía le digo:

—Permítame ayudarlo. Tiene pinta de ser muy pesado.

Ric obviamente se hace cargo del paquete y subimos todos al piso de arriba. El señor Poligny entra en su casa y, por arte de magia, nos encontramos frente a la puerta del apartamento de Ric. Saca la llave del buzón del bolsillo.

—Aquí tiene. Y no se olvide de cambiar el nombre, si no tendré que molestarle todos los días para coger mi correo.

—No me importaría nada.

Venga, dímelo sinceramente, vuelvo a parpadear, ¿no? Me río. Qué chica más alegre soy. Me dice:

—No la invito a entrar porque tengo trabajo. Pero podemos quedar un día de estos, después del trabajo, ¿le parece bien?

«¡Y tanto, pequeño!»

—Me encantaría. ¿Y a qué se dedica, si puede saberse?

—Soy informático. Formateo ordenadores y esas cosas. ¿Y usted?

—Trabajo en un banco. Pero no es que cuente mis lingotes. Estoy en la oficina del Crédito Comercial del Centro.

—¿De verdad? No sabía si abrir allí una cuenta. Como acabo de llegar aún estoy haciendo un tour por los bancos.

¡Piensa rápido, Julie! Si abre una cuenta, lo verás a menudo y sabrás lo que hace por sus operaciones, además, te podrás jactar por haber aportado un cliente. Pero piénsalo bien, Julie, de todos estos motivos, solo uno es honrado. Los demás son indignantes.

—Si quiere le paso información. Así podrá elegir.

Aprueba con un movimiento de cabeza y me dice:

—Tengo que dejarla. Nos vemos.

Nos vamos a separar. No nos conocemos lo suficiente para darnos un par de besos. Nos conocemos demasiado para darnos la mano. Así que nos quedamos como pasmarotes.

Una vez en casa me doy cuenta de que no nos hemos dado el número de teléfono. ¡Maldición! No pasa nada. Ya tengo otra excusa para volver a verlo mañana.

12

He sopesado cada pro y cada contra de mi plan: es perfecto. Mañana, sábado, solo trabajo media jornada. Cuando vuelva a casa, paso a ver a Ric y le digo que mi ordenador no funciona. Si es el hombre que creo, no me dejará tirada. Pero, antes de disfrutar del placer de verle acudir en mi ayuda, tengo que estropear mi ordenador. Las cosas no se deben hacer a medias. Y a pesar de que no tengo ni idea, no vale con desinstalar un programa y nada más. No debe de ser tan fácil como para que solo le lleve cinco minutos. Un rescate en condiciones tiene que durar al menos una hora. Si no, no tiene nada de romántico y es frustrante. Estoy decidida por ende a utilizar todos los medios a mi alcance. Así que, en vez de ir a cenar a casa de Sandra tal y como planeaba, pretexté un inexplicable dolor de cabeza para quedarme en la mía y sabotear mi propio sistema operativo.

Aunque he tenido varios ordenadores, jamás se me había presentado la oportunidad de desmontar ninguno. Tengo dos. Uno grande que me quedé porque lo iban a tirar en el trabajo de un amigo, y está sobre mi mesa de despacho, y un portátil que utilizo para mandar correos. No estoy enganchada a la informática. Tengo comprobado que, en multitud de ocasiones, cuanto más se interesa una por la informática, menos conectada está a la vida. Es una herramienta excelente, pero puede conducir a ciertas ilusiones, como creer que uno sabe cosas, que lo entiende todo, que tiene cientos de amigos. Para mí, la vida no transcurre delante de un teclado.

Pero por mucho que la critique, la informática me va a servir para volver a ver a Ric. Mi idea consiste en esconder el portátil y llorar por la suerte de mi ordenador de mesa. Por eso tengo un destornillador en la mano y la parte de atrás del PC está abierta de par en par delante de mí.

Jamás había visto el interior de un ordenador. Todas esas placas cubiertas de chismes misteriosos. Un verdadero laberinto de electrones. Es ultracompacto, lleno de pequeñas piezas soldadas las unas a las otras. Mi víctima inocente se esconde entre ellas. Dudo, evalúo, sopeso, y elijo un arito alargado que está cerca de un microprocesador y decorado con bonitas franjas rojas y naranjas. Delicadamente, paso la punta del destornillador por debajo y lo levanto. No resiste mucho tiempo. Una de las partes por las que está soldado se suelta. ¡Victoria! Y ahora, como haría la exitosa espía J. T., recoloco todo con cuidado y borro las huellas. Finalmente, como no es muy tarde y no voy a molestar a los vecinos, retumbará en mi pisito una risa demoniaca.

Tardo una hora en colocarlo todo. He mezclado los tornillos y uno se ha perdido. Sin duda es amigo del componente electrónico que he arrancado y quiere hacerme pagar por mi crimen. Me cuesta mucho encontrarlo. Tras eso paso a la fase dos de mi plan diabólico: hacer mi apartamento irresistible para que se sienta a gusto.

No suele venir mucha gente a verme, y la mayoría de las veces son amigos a los que no les preocupa demasiado el orden. Incluso a pesar de haber vaciado la mitad cuando se marchó Didier, la última vez que lo limpié todo a fondo fue para la visita de mis padres en mayo. Es una locura cómo se ensucia todo en tres meses. Tras la operación de limpieza, toca supervisar la decoración. Tengo que elegir bien. Conservo las fotos de mis viajes en la pared, pero oculto mi oso de peluche. Se llama Toufoufou. Le doy un beso y le pido perdón porque va a pasar el sábado en el cajón de la ropa interior. Coloco los platos. Observo todo con ojos de hombre. ¿Qué deducirá Ric de mí viendo mi casa? Pongo bien a la vista los discos de jazz y oculto los de

ABBA. Quito la revista de televisión y en su lugar coloco *Las uvas de la ira*. No creo que ni en la Casa Blanca se hagan operaciones de comunicación tan concienzudas. Limpio dos medallas de natación que gané en sexto de primaria. Me deshago también de los libros para adelgazar pero no de los de recetas de cocina. Mi madre dice que a los hombres les gustan las mujeres que cocinan. En el cuarto de baño (aunque no sé lo que puede hacer él ahí) quito la mitad de los productos de belleza de la estantería. Cuando he acabado, lo contemplo todo y me digo que me encantaría conocer a la chica que vive aquí. Mi casa jamás ha estado tan limpia y ordenada. Pero son más de las dos de la mañana. Me siento a la vez cansada y contenta. Es como si hubiera pasado la tarde con él. Hace meses que no hago algo tan serio por alguien. De pronto me veo cara a cara con la realidad de la situación y la vergüenza se apodera de mí: todo lo que he hecho por Ric esta tarde ha sido orquestar una vil representación para atraerlo hacia mi casa. Soy una terrible manipuladora, pero me da igual: mañana él estará aquí.

La mañana pasó rapidísimo. Normalmente los sábados estamos a tope pero en esta ocasión, sin duda por el ambiente estival y mi estado de ánimo, todo fue como la seda. Mortagne estaba ausente «por razones personales»; Géraldine estaba al cargo, radiante. Conseguí salir un cuarto de hora antes y regresé a casa dando saltitos, dispuesta a cumplir con mis aviesas intenciones.

Mientras subía la escalera me reajusté la camisa. Y tras respirar profundamente, llamé a la puerta de Ric. Hizo ruido y abrió casi inmediatamente.

—Hola, siento molestarle.

—... Olvidamos darnos el teléfono.

—¡Sí, es cierto! Pero en realidad he pasado por si pudiera hacerme un pequeño favor. Siento tener que pedirle esto, pero se me ha roto mi ordenador y tengo que hacer una presentación para el lunes. Me preguntaba si por casualidad usted...

—¿Quiere que le eche un vistazo? Sin problema. ¿Le va bien ahora?

«Julie, debería darte vergüenza abusar de la amabilidad de este chico. Los delitos llevan a la espalda el castigo. El fin no justifica los medios. Tanto va el cántaro a la fuente que al final se rompe.»

—No quiero abusar.

—No se preocupe. Cojo mis llaves y ahora voy.

Desaparece dentro y vuelve con el manojo de llaves. Le pregunto:

—¿No necesita herramientas?

Tuve miedo de haber metido la pata. ¿Cómo podía yo saber que era necesario desmontarlo todo? La agente J. T. la ha fastidiado.

—Antes de hurgar en la placa base, hay que ver qué sucede. La mayoría de las veces no es nada.

«Yo no lo tendría tan claro, amiguito.»

Mi puerta está abierta, lo invito a entrar por primera vez. Intento aparentar el aspecto más natural del mundo. Debo adoptar un papel de indiferencia. Para conseguirlo, intento convencerme de que ese nivel de orden y limpieza es lo normal en mi casa.

—¿Dónde está la bestia?

—A la derecha, en la habitación, sobre la mesa.

«Por favor, Toufoufou, ¡ni una palabra o arruinarás mi plan!»

Ric va directo hacia el ordenador. No se fija en nada más. Le importan un pimiento mis cuatro horas de trabajo. Me encantan los hombres. Podría haber escrito «cásate conmigo» en grande en la pared de la entrada y «arráncame la ropa» en la de la habitación y no se habría dado ni cuenta.

Comienza por verificar el enchufe. Siempre con gestos precisos. Se sienta sin dudar, como si estuviera en su casa, y le da al botón de encendido. Me acerco.

—¿Cómo se dio cuenta de que estaba roto?

—Ayer por la noche, mientras trabajaba en mi presentación, de repente se puso negro. No había manera de que se encendiese.

«Y el Óscar a la Mejor Actriz Principal es para: ¡Julie Tournelle! La sala al completo se pone en pie, agradezco al público y lloro ante los millones de telespectadores que siguen la ceremonia en directo.»

Ric espera a ver si «la unidad central», como él la llama, reacciona. Está tranquilo. Me acerco más. Finjo interés por la pantalla en negro, pero solo pienso en que mi barbilla se encuentra a dos dedos de su hombro. Huele bien.

—Efectivamente, tiene un problema —dice mientras prueba una combinación de teclas extraña.

«Vaya, qué faena, tengo un problema. ¡Qué alegría! Nunca más volveré a criticar a los ordenadores. Me encanta la informática, su capacidad de hacer que la gente se reúna. Y sé que le va a llevar horas. Estoy tan contenta de que mi ordenata esté escacharrado.»

Noto el calor que irradia su mejilla sobre la mía. No se da cuenta de que mi cabeza está casi apoyada en su hombro. Me encantan los hombres, no se enteran de nada.

Prueba otra combinación de teclas. Parece un niño de cuatro años que intenta torpemente tocar una pieza de Chopin sobre un piano demasiado grande para él. Lo malo, que acierta con una nota. El ordenador se enciende. Me levanto alterada, me parece increíble que funcione después de mi carnicería.

«Pero si es imposible. Yo misma le arranqué una pieza ayer por la tarde. No me lo creo.»

Qué barbaridad, y no puedo decir nada. Ric comienza a tamborilear en el teclado.

—Finalmente, no es tan grave como parecía. Creo que ha sido un microcortocircuito. Parece que está instalando todo correctamente. Estará listo en cinco minutos.

La cólera se mezcla con la rabia que me reconcome por dentro. Voy a quemar ese ordenador. Cuando una quiere que funcione, se rompe, y cuando quiere que se rompa, funciona. ¡Es insoportable! Hay diez mil cacharros en su interior y he arrancado el único que no sirve para nada.

Mientras intento contenerme, Ric comprueba mil programas. Parece alegrarse por mí. Y yo no puedo decirle nada. Debo sonreír, parecer aliviada, incluso saltar de alegría. No me ha dado tiempo a ofrecerle nada de beber, ni siquiera a observarle mientras me rescataba. Un poco de calor, un olor, es todo lo que pido.

—Pues bien —dice mientras se levanta—, parece que funciona.

—¿Quiere tomar algo?

—No, lo siento. Debo terminar de preparar mi trabajo de hoy, o no podré ir a correr mañana.

—¿Corre?

—Siempre que puedo. Me tranquiliza. Me vacía el cerebro y, en este momento, es justo lo que necesito.

«Julie, a veces se presentan oportunidades que no hay que dejar pasar. ¡Lánzate!»

Me escucho decir:

—Pero ¡si yo también corro! Bueno, cuando no cojeo.

—¿De verdad?, ¿qué distancia?

—No estoy segura, de hecho son los paisajes los que deciden por mí. Cuando me parece que son demasiado feos, vuelvo a casa.

«Qué poética la muchacha. Pobre imbécil. Solo te queda decirle que fuiste haciendo footing hasta Suiza y que te pareció tan bonito que llegaste hasta Austria pasando por el norte de Italia porque es maravilloso.»

Sonríe. Me parece muy guapo. Sin duda por esa sonrisa me atreví a añadir:

—¿Le molesta que vaya a correr con usted?

En el mismo momento en el que pronuncio esas palabras sé que lo voy a pagar caro, pero la razón no tiene nada que decir en esto. A partir de ahora, esta historia es una fábula que se titula: *El tío bueno, la patosa y la maldición.*

Sonríe más ampliamente. La idea no parece incomodarle. Estoy loca de alegría.

—Será un placer. Antes, donde vivía, también solía correr con un vecino. ¡Pero usted es mucho más guapa que él! Normalmente salgo a correr hacia las ocho de la mañana. ¿Le va bien?

—Perfecto.

—¿Paso a buscarla a menos cinco?

—Estaré lista.

Regresa a la entrada. Me vuelve a dejar.

—Suerte con su presentación.

Ahí, él duda. Creo que lo que el cuerpo le pide es darme dos besos, pero no se atreve. Yo sé lo que haría un gato en su lugar. Abre la puerta y sale. Se gira por última vez.

—Entonces, ¿hasta mañana por la mañana?

—Hasta mañana, y gracias por haberme salvado de nuevo.

—No es nada.

Un pequeño saludo y sube a su casa. Cierro la puerta. Creo que voy a llorar. Y por múltiples razones.

14

En la adversidad se descubre la verdadera naturaleza de la gente. Cuando se está en el fondo del agujero, se tiene un punto de vista único y muy revelador sobre las almas humanas. Solo hay dos tipos de individuos alrededor: los que se ríen de ti y los que abusan de tu torpeza. Para evitar cualquier ambigüedad: confieso que no he corrido en toda mi vida. En el instituto, había un profesor que intentó por todos los medios que galopáramos por la pista de atletismo, pero terminó por renunciar. Nos caíamos, nos reíamos, nos escondíamos entre los setos sin cortar en cuanto se daba la vuelta (toda clase de entretenimientos incompatibles con la práctica dc correr). Después de aquello, he andado mucho. Es cierto que una vez hice «una carrera» de treinta metros porque el horrible perro enano de una viejecita quería devorarme, pero salvo esa ocasión mi contador está a cero. Otro problema consiste en que no tengo ni ropa ni zapatillas de deporte. Y ahí es cuando aparece esa gente que se dedica a torturarte cuando tiene poder sobre tu destino.

La única amiga deportista que tengo se llama Nica. Ha hecho de todo: equitación, gimnasia y danza. Creo que es adicta a las competiciones y a las medallas. Una verdadera máquina. Es cinturón negro de tenis y maillot amarillo de natación. Es verdad que hace meses que no la veo y que no está bien aparecer de repente para pedirle prestadas sus cosas. Eso no justifica el morro que le ha echado para pedirme esto a cambio. Es cliente del Crédito Comercial del Centro y, mirándome a los ojos, me dice: «Durante seis meses quiero mi cuenta libre de comisiones o te tocará correr descalza». Qué bella persona. Si yo hubiera sido un poni, además me habría dado con la fusta. Lo peor es que acepto.

Por la tarde lavo todo lo que me ha prestado para que pueda secarse por la noche. Los pantalones cortos se parecen a los del grupo de música cuyos discos escondí (aunque sin lentejuelas). La camiseta de color fosforito y las zapatillas sin duda fueron concebidas por ingenieros de la NASA para una misión en Plutón.

Intento cenar algo ligero e irme a dormir pronto, y pongo el despertador a las seis para tener tiempo de calentar. Os voy a confiar otro secreto: si el ridículo mata, moriré por la mañana. Para desoxidar mi pobre cuerpo trato de recordar los movimientos de la clase de gimnasia del colegio. Hago estiramientos, flexiones, abdominales y molinos con los brazos, lo que me cuesta mi único aplique de pared. Toufoufou descansa en la cama, todavía enfadado por el cautiverio del cajón. Pero, según me mira, yo sé que me toma por loca.

A las siete menos cuarto, estoy en plena forma. Habría podido descargar un camión de pescado o subir a la señora Roudan sobre mi espalda con el carro de la compra incluido. A las siete y trece, tiemblo, sentada en una silla, agotada por una noche demasiado corta y una actividad física desacostumbrada. A las siete y veintiocho busco en el botiquín vitaminas como una yonqui con el mono. Encuentro dos comprimidos efervescentes que me tomo sin agua. A las ocho menos cuarto soy como una bomba nuclear dispuesta a explotar ante el primero que me asuste. A las ocho menos cinco, llama suavemente a la puerta. Puntual, como yo. Me encanta.

Abro. En voz baja, dice:

—Hola, ¿lista para el maratón?

«Mi querido amigo, si tú supieras.»

Con una rápida mirada, me evalúa de pies a cabeza. No sé el veredicto. Añade:

—¿Vamos?

La luz es espectacular y la calle está desierta, como si el mundo solo existiera para nosotros. Extiende los brazos. Lleva un pantalón azul y camiseta negra. Sus zapatillas parecen normales. Propone:

—¿Le parece bien que subamos hasta el parque de las antiguas fábricas? No está demasiado lejos y me parece un lugar bonito.

«¿No demasiado lejos? En helicóptero puede, pero a pie...»

—Perfecto.

Se pasa la mano por el pelo y comienza a correr, como si nada. Voy detrás, como en el cole. Me quedo en la retaguardia para que no se fije en mi zancada, que es bastante menos deportiva que la suya.

—¿Qué le sucede? —me pregunta.

Con un amable gesto con la mano, me invita a que me coloque a su altura. Y entonces se produce algo increíble. Vamos corriendo al lado, al mismo ritmo. Como en una película. Todo es ideal, se quieren, parece que vuelan hacia su felicidad, excepto que no hay música de violines de fondo y que la chica debería tener una doble.

Me siento a gusto a su lado. Tengo la impresión de conocerlo desde hace años. Desprende algo tranquilizador. Su zancada es natural, no la fuerza. Lo observo por el rabillo del ojo. Incluso corriendo es elegante. Me gusta ver cómo mueve ligeramente los hombros. Estoy tan abstraída en su contemplación que no me doy cuenta de las señales de alerta que me manda mi cuerpo. Al final de la calle, mi corazón late desbocado y no siento los pies.

—¿Le parece bien este ritmo? —me pregunta sin ni siquiera parecer asfixiado.

Asiento con la cabeza, pero estoy mintiendo. Su atractivo perfil, sus largas pestañas y sus labios me distraen para aguantar un poco más, pero a mitad de calle no puedo seguir ignorando mi límite físico. Me voy a dislocar o a estampar contra una pared como una pera demasiado madura. Pasamos por la plaza y por el colegio. Normalmente tardo diez minutos en llegar hasta aquí, pero ahora solo hemos tardado dos. Para motivarme, me imagino que estamos huyendo de un inmenso peligro. Detrás de nosotros, una ola gigantesca de lava volcánica que va devorando los edificios. O escarabajos gigantes que quieren comernos. La ciudad está destruida y los escarabajos han torturado a Toufoufou. Ric y yo somos los dos únicos especímenes humanos con vida, así que corremos lo más rápido posible. Somos la última esperanza de la humanidad. Cuando por fin estemos a salvo, tendremos que hacer mucho el amor para repoblar el mundo. ¡Gracias, escarabajos!

Veo el campanario de la iglesia. Hace años que no paso por aquí. Estoy saliendo fuera de mi perímetro normal de vida. A veces cojo el coche para ir más lejos, pero esto está demasiado cerca para ir en coche, pero esto está demasiado lejos para ir a pie sin ningún motivo. Solía pasar por allí cuando mi madre me acompañaba al colegio. Todo ha cambiado. La vieja ferretería se ha convertido en una agencia inmobiliaria, la tintorería en una tienda de saldos. La nostalgia ataca, pero el inicio de un calambre me ofrece un excelente entretenimiento. Quiero continuar. Debo, para poder seguir con Ric, para seguir mirándolo. Se nota que le gusta correr. No tiene ni un rastro de sudor por la frente.

Más allá de mi condición física deplorable, hay algo que me hace sentir incómoda con respecto a él. Estoy a su lado y eso debería bastarme. Pero sé que este no es mi lugar. Tengo la impresión de estar usurpando, mintiendo, y de no ser yo misma. Esta idea me entretiene. Y ahora, es el flato el que ataca. Espiro profundamente pero, de pronto, ya no soy capaz de inspirar todo el aire que necesito. Me voy a ahogar y se me van a enredar los pies. Prometo que volveré a hacer deporte. Pero mientras tanto, negocio con cada parte de mi cuerpo para que aguante hasta el final. Las piernas están hartas, a punto de empezar la huelga. La izquierda parece menos radical pero sus reivindicaciones van en aumento. Los pulmones me agradecen que no haya fumado nunca, pero ya no pueden más. La tráquea me arde, no me responde aunque le hable. La espalda intenta convencerme de que me acueste en el suelo. Mientras tanto, Ric corre, el pelo al viento, libre y capaz. Con esa barba de dos días tiene un aspecto más salvaje.

En solo unos minutos, hemos dejado atrás el centro urbano. Seguimos hacia el norte. Diviso la calle en la que me crié. El tejado puntiagudo de nuestra antigua casa y el cerezo que lo sobrepasa. No he regresado desde que mis padres se mudaron. Aquel día, me había escondido al final del jardín para llorar. La casa sigue ahí, pero ya no es nuestro hogar. Conservo una piedra del camino de entrada. Pasé por delante de ella cientos de veces sin prestarle atención y, el último día, la cogí porque era la única que estaba suelta. Aquel objeto insignificante se convirtió en algo esencial. Es mi reliquia, la prueba de que todos mis recuerdos existieron. La nostalgia intenta un ataque por la izquierda, pero muy afortunadamente me tuerzo el tobillo. El dolor impide que se forme cualquier sentimiento. Definitivamente, extraño viaje el que emprendí esta mañana, con mis pies y con la mente.

Debo de estar roja como un tomate. El pelo se me pega a la frente bañada de sudor. ¿Cómo lo hace él? Quizás sea un cyborg, un robot ultrasofisticado con forma humana. Qué suerte la mía. ¿Quién se ha llevado el premio gordo? La menda. Los extraterrestres están en la Tierra y han comenzado su invasión por mi edificio. La historia de mi vida. Ya decía yo que tenía un apellido raro. Lo que no sabéis es que me estaba llevando fuera de la ciudad, a su nave nodriza, que le esperaba camuflada entre la vegetación. Una vez dentro, se arrancaría la piel y aparecería ante mí tal y como era: un pulpo con escobas en vez de tentáculos y ciruelas en vez de ojos.

Y en esto, mi espíritu flaquea, comienzo a perder la razón. La sangre no me llega al cerebro, está en el culo. Para encontrar fuerzas me fijo objetivos. En el próximo cruce, autorizo a los hombros a que se quejen. Después de dos pasos de cebra, los ojos pueden llorar. Ric se gira hacia mí.

—No quiero pecar de poco caballeroso, pero creo que ya podríamos comenzar a tutearnos.

¿De dónde saca el aire para pronunciar tantas palabras sin parar de correr? ¿Qué acaba de decir? ¿Que nos tratemos de tú? De hecho, podríamos decirnos «mi amor». ¡Respira, Julie!

—Estoy de acuerdo.

No tengo aliento suficiente para pronunciar la última palabra. Me mira.

—¿Estás segura de que estás bien? Dime si voy demasiado rápido. No te preocupes. Con tu pierna...

La primera vez que me tutea y es para preocuparse de mí. Son las ocho y veintinueve de la mañana del diez de agosto. Todo es perfecto, salvo mi ritmo cardiaco.

Pasamos el barrio de las afueras y vamos a llegar al parque de las antiguas fábricas. Me mira cada vez más a menudo, parece intranquilo. ¿Qué aspecto tendré?

El parque aparece tras sus grandes verjas. Ric dice:

—Vamos a hacer un descanso.

—No es necesario.

—Creo que sí.

Se para frente a la entrada.

—Vamos a buscar un banco donde puedas recuperarte un poco.

—No te quiero hacer parar.

Es la primera vez que le hablo de «tú». Me señala el banco más cercano.

—Venga, siéntate. Tómate tu tiempo. Y si quieres que regresemos, sin problema. Ya tendremos otras ocasiones.

Me da vergüenza, no quiero que deje de correr por mi culpa.

—Sigue sin mí, lo necesitas. Tú mismo me lo has dicho.

—No pasa nada. Me gusta ir contigo.

Cuando me dice cosas así y con esos ojos, me emociono. Pero mi mala conciencia está ahí. Tengo una idea:

—Yo te espero aquí. Termina tu vuelta y pasas a buscarme. Luego todo irá bien y volveremos juntos.

Me analiza.

—¿Estás segura?

—Completamente. Vete, disfruta. Yo te espero aquí.

Me acompaña hasta el banco. Me siento y se acuclilla frente a mí. Mira su reloj.

—Vuelvo en media hora, ¿vale?

—Perfecto. Recupero mis fuerzas y regresamos a casa corriendo.

Sonríe y se levanta.

—Hasta ahora entonces.

Intento sonreír. Hago un gesto para que se vaya. Arranca. Lo veo alejarse, ligero, grácil. Cuando habla es absolutamente encantador, pero de espaldas, es un chico muy malo.

15

Empieza un día precioso de verano. El cielo es de un azul absoluto. Los rayos de sol calientan mi piel e iluminan las hojas del tilo junto al que estoy sentada. Un viento ligero agita el verde follaje con suavidad. Unos gorriones pían y se persiguen de rama en rama. El parque está aún desierto, salvo por un anciano que pasea a su perro al otro lado de la entrada principal. ¿Qué hago aquí?

Espero a un hombre al que apenas conozco, pero con el que ya tengo conversaciones de pareja: «Me gusta ir contigo». «Vete, disfruta.» «Regresamos a casa corriendo.»

Fascinada cómo estaba por Ric, no me he dado cuenta del lugar en el que me encuentro y de los recuerdos que despierta en mí. En esta ocasión, la nostalgia va a ganar el asalto y va a conseguir cruzar la línea de defensa con algunos cómplices.

La última vez que vine a este parque, tenía dieciséis años. Era un día mucho más feo. Iba al Liceo Grandes Espérances. Una de mis mejores amigas, Natacha, vivía justo al lado. Tenía un hermano mayor, David. Éramos muchas las que considerábamos que era guapo. El 6 de marzo, una mañana de sábado, se mató con la scooter que sus padres le acababan de regalar. La noticia fue como un puñetazo en plena cara. Era la primera vez que perdíamos a alguien cercano, tan joven y tan de repente. Fue el primer entierro al que asistí. No lo olvidaré nunca. Toda aquella gente de negro que rodeaba el ataúd. Las lágrimas, la insoportable sensación de impotencia, el descubrimiento de la infranqueable barrera entre el antes y el después.

De la noche a la mañana, la familia de Natacha quedó destruida. Vivieron la ausencia, la culpabilidad. Observándolos aprendí algo esencial: la muerte siempre está cerca y no pierde la oportunidad de agarrar a aquellos que pasan por delante de su puerta. La pérdida de David nos hizo a todos envejecer. Mientras consolaba a Natacha durante horas, tomé la decisión de querer a la gente tal y como es y de decirle lo que pienso siempre que pueda. Desde entonces, conservo un sentimiento, una especie de temor de que cada adiós puede ser el último.

En aquella época pasaba mucho tiempo con Natacha intentando animarla. Veníamos a este parque casi todas las tardes. Nos sentábamos en un banco un poco más alejado de la entrada lateral. Puedo verlo desde aquí. Los laureles han crecido. Hablábamos mucho, hasta que caía la noche. Incluso si nos pillaba algún chaparrón seguíamos ahí sentadas, chorreando, congeladas de frío pero contentas de resistir aquella pequeña prueba. Casi me había olvidado de eso. Hace ya doce años.

La familia no quiso quedarse. Todo les recordaba a David: el gimnasio donde jugaba al balonmano, el colegio, el supermercado delante del cual quedaba con sus colegas y donde trabajaba en verano, su habitación, la casa, el ruido de las motos. Vivir aquí se convirtió para ellos en algo insoportable. Se mudaron.

Seguí en contacto con Natacha pero, con el paso del tiempo, nuestros encuentros se fueron espaciando más y más. Nunca habló del drama. Hoy en día ya solo nos mandamos algún mensaje cada cierto tiempo. Vive en Inglaterra. Y yo aquí, presa de una emoción que no esperaba que volviera a surgir, no esta mañana, y no de esta manera tan surrealista. A veces, hay cosas que me gustaría olvidar.

Las piernas se relajan, vuelvo a respirar. Tengo tanta sed que me planteo ir a beber al estanque que hay en medio del parque. Pienso en Ric. Si es puntual, le quedan diez minutos para volver. Creo que será puntual. Pero,

¿qué sé yo si lo es o no? No lo conozco. Hace solo una semana que lo veo y ya es dueño de todos mis pensamientos. ¿Es el efecto que me produce él o le doy tanta importancia porque no hay en mi vida nada más importante? La pregunta merece ser planteada. Sin embargo, siento que con él es diferente. Me provoca algo. Para empezar, su apellido, su correo, sus manos, sus ojos y todo lo demás. Objetivamente, no creo que sea un simple pretexto. Además, nadie antes me ha hecho sentir todo esto.

Cuando lo veo aparecer a lo lejos, mi primer impulso es correr hacia él y saltarle al cuello. Consigo controlarme porque sé que por ese tipo de comportamiento los chicos nos tachan de locas. Dejo que se acerque. No parece cansado. Se me planta enfrente, brazos en jarra y a contraluz. Una auténtica escultura griega.

—Tienes mejor aspecto. Siento haberte impuesto un ritmo tan alto.

—No te preocupes. Debería haber entrenado antes de correr contigo. Espero que no me odies.

Alza las cejas.

—Pero ¡qué dices! Soy yo quien se siente mal. Si hubiera sabido que la pierna te dolía tanto, yo mismo te habría llevado de vuelta a casa.

«Me duele muchísimo la pierna. Por favor, llévame en brazos los cinco kilómetros que quedan y agárrame tan fuerte que mi asquerosa nostalgia no se interponga entre nosotros.»

Regresamos con un trote ligero. Era casi hasta físicamente agradable. Sentía que algo nuevo se había creado entre nosotros, como si paradójicamente la media hora de separación nos hubiera unido más. Estoy como una cabra. Empiezo a creer que mis sueños se hacen realidad.

Cuando llegamos a nuestro portal, un sentimiento de profunda tristeza me invade. Vamos a separarnos y no tengo nada planeado para volverle a ver. Subimos. Me deja en la puerta.

—Hasta pronto —dice con su preciosa sonrisa.

«¡Hasta pronto!»: cómo odio esta expresión. Para mí, que me aterroriza la idea de perder a la gente, esas palabras son horribles. Significan que no sabemos cuándo volveremos a verles. Hay que aceptar que es el azar el que decide. Es insoportable. Quiero estar segura de que voy a volver a ver a todas las personas a las que quiero. A ese precio sí puedo dormir plácidamente. Y también quiero saber cuándo las volveré a ver. No deberíamos decir nunca: «Hasta pronto», sino concretar: «Nos vemos durante la semana», o «Nos vemos dentro de nada» o todavía mejor: «Nos vemos en dieciocho días, dieciséis horas y veintitrés minutos». Pero lo que está claro es que, en lo que concierne a Ric, no me veo esperando dieciocho días.

16

La última vez que me eché una siesta tenía siete años y mi madre me había obligado. Me enfadé tanto que durante tres días no le dirigí la palabra. Nunca más volvió a intentarlo. Odio la siesta. A veces envidio un poco a los que son capaces de dormirla, pero para mí es perder un precioso tiempo que la vida nos ofrece. Sin embargo, aquella tarde de domingo, en cuanto me senté en el sofá para «reflexionar», me quedé frita. Aquel trayecto hasta las afueras y a mi pasado había conseguido descolocarme. Me despertó mi madre cuando me llamó a las cinco de la tarde.

—¿Va todo bien, querida?

—Sí, mamá. No te lo vas a creer, me había quedado sopa.

—¿Tú?, ¿estás comiendo bien?

—Claro que sí, mamá. No te preocupes. ¿Y vosotros cómo estáis?

—Los Stevenson se han ido esta mañana, te mandan saludos. Tu padre anda por el jardín. Como cada verano, pregona que va a construir una piscina. Dice que así vendrás más a menudo, y que en ella podrán jugar los nietos.

«He aquí la alusión número 1.798 que mis padres hacen respecto a mi descendencia. Al ritmo al que van las cosas, mi padre podría construir su piscina con una cucharilla de café, y aunque los gatos son más rápidos haciendo cachorros, no les gusta el agua.»

Charlamos durante cinco minutos. A pesar de que nunca nos contamos nada nuevo, esa llamada de la tarde del domingo es una costumbre a la que le tengo mucho apego. En esta ocasión la conversación me resulta extraña, porque tengo ganas de hablarle de Ric a mi madre, pero me parece demasiado pronto. Aunque la semana que viene será otra cosa.

Esta noche no me voy a deprimir pensando en qué hará él, porque voy a cenar a casa de Sophie. Es allí donde se celebra la reunión del mes con todas mis amigas. Aunque seremos algunas menos que de costumbre, porque muchas están de vacaciones, pero no pasa nada. Las viajeras nos contarán sus periplos en septiembre y nos obligarán a ver las fotos. Me pregunto si les hablaré de Ric.

Sophie vive a dos calles de mi casa, en un apartamento nuevo con vistas a la plaza de la República, en pleno centro. Esta noche yo debo llevar el postre: helados. Me cae muy bien Sophie. Nos conocemos desde hace más de siete años. Empezamos juntas la universidad. Desde el principio conectamos muy bien. Lo que sin duda más nos une es nuestro parecido sentido del humor. Son generalmente las mismas situaciones o aberraciones las que nos hacen reír. Respecto a los tíos, es mucho más aventurera que yo, pero solo hablamos en serio del tema cuando una de las dos lo pasa mal. Ya tenemos suficiente con nuestras amigas. Perdimos un poco el contacto cuando comencé a salir con Didier porque a ella le desagradaba que él me hubiera hecho dejar mis estudios y se lo decía. Sophie tiene la cualidad de darse cuenta de los problemas de los demás y de ignorar los suyos propios. Su compañera de piso, Jade, es bastante parecida. Solo la conozco de estas cenas, pero sé que ella también suele tener problemas con los hombres. Si tiene novio es un drama, y si no lo tiene es una catástrofe. Siempre busca el príncipe encantado, por eso va de decepción en decepción.

—Hola, cariño.

No es Sophie la que abre, sino Florence. Me cae fatal. Piensa que todo el mundo es imbécil y se le nota. Todas sus frases empiezan por «yo» y no pierde la ocasión de dejar caer un «no es raro que no funcione si te lo tomas todo tan a pecho».

—Hola, Florence.

—¿Has comprado los helados en el supermercado? En el MaxiMag te hubieran salido un diez por ciento más baratos.

«Y si los hubiera mangado me habrían salido gratis.» Le tendí la bolsa.

—Ponlos en el congelador, por favor.

Sophie sale de su habitación y viene al salón con nosotras.

—Estaba consolando a Jade —me susurra—. Está completamente deprimida.

—¿Lo ha dejado con Jean-Christophe?

—No, a ese lo dejó hace dos semanas. Este se llama Florian y lleva el dorsal número 163.

Creo que va a estallar en carcajadas. Me la llevo hacia un rincón de la minúscula cocina.

—¿Cómo puedes reírte de sus desgracias?

—Habla incluso de suicidarse.

A Sophie le cuesta contenerse, la risa floja no está muy lejos. La simple mención del suicidio de Jade me arranca una pequeña risa nerviosa. Está mal reírse, pero cómo evitarlo en ciertas ocasiones.

—Suicidarse, ¿como la última vez?

—Sí, pero con una dosis doble.

Sophie ya no puede controlar más las lágrimas de risa que le suben a los ojos, y tiene una sonrisa de oreja a oreja. De pronto comienza a carcajearse a mandíbula batiente. Tengo que explicar que la última vez que Jade se intentó suicidar, se tragó diez pastillas de un antidiarreico, lo que le hizo tener gases durante las dos horas siguientes. A eso se le llama cortar por lo sano. Lo peor es que llamó a urgencias. Afortunadamente fue una mujer la que vino a atenderla, si no se hubiera enamorado inmediatamente de su salvador. Así es Jade. Está claro que no murió, pero durante un mes tuvo el pelo superbrillante y las uñas ultraduras.

Sophie se refugia en el grifo del fregadero para intentar camuflar la risa floja. Me inclino hacia ella.

—¿Te imaginas que intenta ahorcarse con papel higiénico?

Casi nos da un ataque. La voz quejumbrosa de Jade en la distancia nos hace parar.

—¿Y tú cómo estás? —me pregunta Sophie mientras se seca los ojos.

—Hasta las narices del banco.

—Vuelve a la universidad. Eras muy buena.

—No creo que...

Sophie capta algo en mi modo de mirarla. Giro la cabeza, roja como un pimiento.

—Julie...

Florence entra en ese momento. Es la primera vez que me alegro de verla.

—Bueno, queridas, ¿qué vamos a beber?

«Como vuelva a decirme querida o cariño, le suelto lo que pienso de su peinado o de su camisa, que haría explotar a un camaleón.»

Pasamos al salón. Sonia acaba de llegar. Está muy nerviosa porque ha encontrado al chico de sus sueños. Nos lo cuenta nada más entrar. Se llama Jean-Michel. Es simpático, tiene un buen trabajo y quiere cinco hijos, igual que ella. Solo hay un pero: es un pelín raro, porque se cree un ninja. Pero por lo demás es perfecto.

—¿Cómo que se cree un ninja? —pregunta Florence.

—Colecciona libros sobre el tema, catanas y todo lo que encuentra. Incluso se ha fabricado unos *mizu gumo*, unos zapatos flotantes que le permiten andar por encima del agua para espiar. En casa va vestido con el traje tradicional, capucha incluida, y va dando grititos. Ha colgado dianas por todas partes y les dispara *shurikens* en cuanto puede.

—¿El qué?

—*Shurikens,* unas estrellas de metal con los bordes cortantes.

—¿Y no es peligroso?

—Dice que ya mejorará. Por ahora suele errar bastante el tiro. La semana pasada se cargó el armario, y ha desgarrado el papel de la pared del salón. También ha destripado a la muñeca de mi habitación.

—¿En serio? —pregunta Sophie.

—Sí, pero no pasa nada. Solo tengo que estar alerta cuando le da por ahí. El resto del tiempo es genial. Salvo la semana pasada. Tenía la moral por los suelos porque, para pasar a un estado mental superior, quiso tatuarse un gran símbolo ninja en la espalda y los hombros. Pero el tatuador le dijo que no se le podría ver.

Me atrevo a preguntar por qué.

—Porque es negro.

Debería dejar de hacer preguntas. Sophie se escapa a la cocina. Me quedo sola frente a Sonia imaginándome a su peculiar novio Jean-Michel, el ninja negro, e intentando contenerme.

Para cambiar de tema le pregunto por Sarah, nuestra amiga obsesionada con los bomberos. Ella también es especial. Solo se relaciona con los soldados del fuego. Ha agotado todos los cuarteles de la zona y ya ha comenzado a expandir su territorio de caza. Los fines de semana, sale fuera de la ciudad e incluso ha hecho algún que otro viaje por Europa buscando al hombre de sus sueños. En el instituto, llegó a activar la alarma de incendios para ver llegar el gran camión rojo lleno de hombres uniformados dispuestos a cogerla en brazos o hacerle el boca a boca. Cuando digo que hay algunos casos raros en el grupo... Durante el verano apenas la vemos. Se dedica a recorrer el país yendo a todos los bailes organizados por bomberos. En Navidades, el momento de los calendarios, saca las garras. No para. Es capaz de presentarse en tu casa sin avisar, para no perderse a los que van vendiendo el calendario puerta por puerta. Se informa de los recorridos, ahorra para ese día. Sí, tiene que hacerlo, porque el diciembre pasado compró nada menos que cincuenta y tres calendarios.

Jade sale de la habitación y se sienta a mi lado, tiene la cara desencajada. Le doy un beso:

—Sophie me lo ha contado todo. Ahora te toca ser valiente.

Con los ojos rebosantes de agradecimiento, se agarra a mí y se echa a llorar. Mientras tanto, la idiota de Sophie, desde la cocina y sin que Jade la vea, la imita. Suelto una risita nerviosa y Jade cree que lloro con ella. Menuda noche me espera. Me la imagino perfectamente. Sin embargo, recordaréis tal vez lo que os dije antes: creemos conocer las cosas y, de repente, un pequeño detalle lo cambia todo. Es lo que me pasó aquella tarde, y fue algo más que un detalle.

Estamos con el aperitivo, un moscatel de Beaumes-de-Venise dulce y fresco, que yo saboreo mientras miro por la ventana. Ante mí, la plaza en toda su extensión. Me entretengo con las sombras que se alargan conforme el sol se va poniendo. De pronto, la silueta de alguien que corre me llama la atención. Ric. En un primer momento pienso que estoy alucinando, que mi obsesión por él me está gastando una broma, pero no, ¡es él! No cabe duda, con su pantalón y su camiseta.

Va por la misma calle por la que hemos estado esta mañana. ¿No ha tenido suficiente? ¿Y por qué lleva una mochila? ¿Qué hay dentro? ¿Adónde va?

En este instante, mi cerebro me pide que me calme, pero mi instinto me indica que allí hay gato encerrado.

—Julie, ¿me escuchas?

Florence acaba de decirme algo. No consigo quitar la vista de Ric. Sophie me pone la mano en el brazo.

—¿Estás bien?

—No lo sé.

—¿Cómo que no lo sabes? ¡Parece que hayas visto un fantasma! No será el de tu ex.

«No, si fuera Didier habría abierto la ventana para tirarle a Florence encima.»

Sophie mira fuera. Pero no se fija en el pequeño punto que se aleja corriendo.

17

¿Le sucede a todo el mundo igual? Cada vez que me enamoro atravieso una fase en la que quiero saberlo todo sobre él. Se parece un poco a la bulimia. ¿Qué lee? ¿En qué estará pensando? ¿Qué estará haciendo en este preciso momento? Las veinticuatro horas del día y los siete días de la semana. Resulta agotador, pero no puedo evitarlo. Así soy yo. Aunque tenga la cabeza en otra parte, aún me queda algo de lucidez para saber que nunca me había pasado algo de esta magnitud. Con Ric, es rotundamente más fuerte. Me doy cuenta de que, a pesar de todo, mi memoria fotográfica ha hecho su trabajo en el apartamento de él. La agente J. T. se ha superado a sí misma. Puedo describiros todo lo que he visto con el más mínimo detalle. Si hubiera un campeonato del mundo de encontrar los siete errores en su apartamento, sería sin duda la ganadora. A vosotros os puedo confiar que mientras le veía correr esta mañana he tomado nota de todo. Os puedo hablar sobre cómo son sus antebrazos, cómo apoya los pies, sobre su mentón, su porte, sobre la manera en la que entrecierra los ojos por el sol, su sonrisa, el modo en que levanta la ceja izquierda cuando dice algo serio. Nada se me escapa. Esa necesidad de saberlo todo sobre alguien, de estar cerca de él, jamás había sido tan virulenta.

Evidentemente la moneda también tiene otra cara. Cuando se está en ese punto, nos formamos una idea sobre alguien y nos lo imaginamos así en todo lo que hace. Eso nos hace confiar, nos une. El gran problema es que la menor sorpresa, el menor desajuste entre lo que creemos y los hechos es un jarro de agua fría. Tenemos la impresión repentina y brutal de habernos equivocado, de que nos han tomado el pelo. Incluso nos sentimos traicionados. Y el problema real es la sensación atroz que permanece: nos convencemos de que nos elude y nos abandona. Por un mínimo gesto, una frase de nada, la moral se colapsa y el corazón se nos hace trizas.

Aquella tarde en casa de Sophie no pronuncié ni una sola palabra durante la cena. Lo que en mí resultaba bastante extraño. De pronto, las chicas olvidaron sus conversaciones para ocuparse de mí. No era lo que yo pretendía, sobre todo porque, a pesar de todas sus encantadoras atenciones, no podían hacer nada por cambiar mi estado. Aunque estuviera rodeada de amigas pendientes de mí, me sentía sola. Horriblemente sola.

Regresé a casa como un zombi y fui incapaz de dormir. Durante horas, con los ojos clavados en la oscuridad, estuve preguntándome por qué volvió a salir a correr. Tal vez estuviese loco o hubiera un misterio detrás. Solo podría descansar cuando descubriese el secreto de aquel enigma.

Pensándolo bien, el chico es demasiado bueno para ser real. Amable, educado, guapo, alguien que dobla su ropa aun cuando no espera a nadie. ¡Por supuesto que era como para dudar! Es como un gato de angora que no lo llene todo de pelos: eso no existe. Bajo ese aspecto encantador debe de esconderse un asesino. Frío, metódico, me seducirá para robarme los ahorros. Si es así, se va a llevar una gran decepción. Y no le quedará más remedio que desangrarme como a un conejo y doblarme como una de sus camisas antes de enterrarme en el parque de las antiguas fábricas.

Pasé la noche y el día del lunes torturándome con esto. Es una locura. Las chicas, cuando pensamos en alguien, lo hacemos todo el tiempo. Ocupa cada rincón de nuestra cabeza. Hacemos esfuerzos para pensar en otra cosa pero el menor detalle hace que regresemos al tema. Presas de una obsesión. Veo un folleto para un seguro de vida y sueño con cómo podría ser la nuestra en común. Lavo la tetera y es casi del mismo color que sus ojos. Hojeo el libro de cocina «Especial quiches y tartas» —sí, en esas ando— y en el apartado de «quiches» hay una «c», como en Ric. Una arruga en la cortina me recuerda a la caída de su camisa por el torso. Soy como una drogadicta, solo que no quiero desengancharme. Intento distraerme. Envío algunos emails, pero como no puedo evitarlo, acabo buscando su nombre en Internet y el resultado es sorprendente: no encuentro nada. Absolutamente nada. Ni antiguos compañeros de colegio, ni exámenes, ni rastros de estudios en un instituto oscuro, ni diploma de informática. Como si Ric no existiese, o como si solo lo hiciera en la vida real. Intento analizar todos sus gestos, sus palabras, como si fueran las pruebas de un caso judicial. Y en mi cabeza se forma un auténtico tribunal. A veces me pongo la toga de abogado y cada indicio prueba su inocencia, pero otras veces asumo el papel de fiscal y todo son pruebas de su culpabilidad. Aunque en el fondo, cualquiera que sea la sentencia verá que lo que quiero ser es su guardiana.

Para distraerme intento llamar a mis amigas y charlar, pero nada. Me obligo a salir y a disfrutar del sol, y lo que hago es dar una vuelta a la manzana y lo único en lo que pienso todo el rato es por qué salió de nuevo a correr. Acabo volviendo para sentirme cerca de él. Debéis de pensar que estoy chiflada. Cuando llego a mi apartamento tengo el deseo momentáneo de subir al suyo para estar más cerca aún. Podría haberme quedado ahí, sentada en el escalón o hecha un ovillo encima del felpudo como un perro. De pronto hay un ruido y me precipito hacia el piso inferior. Casi me mato, pero lo último que quiero es que él me vea allí. Me lanzo hacia mi puerta y la abro. Ric ocupa todos mis pensamientos y no hay modo de evitarlo. Estoy viviendo una auténtica pesadilla.

Como quiero encontrar la serenidad en ese aspecto, me propongo no sufrir por otros. Punto por punto, repaso mi insignificante existencia y decido erradicar de mi vida todo aquello que la hace más complicada. Ya que lo principal se me va de las manos, me libraré al menos de todo lo demás. Nunca había tomado tantas decisiones como esta tarde.

18

El martes por la mañana, cuando llegué a la oficina, ya estaba agotada. Me pregunté si era a causa de mi estado lamentable que Géraldine tuviera mejor aspecto que nunca. Cuando me abrió y la descubrí detrás de su mostrador no solo me dije que estaba más guapa que nunca (eso es evidente para todo el mundo), sino que además tenía algo de nobleza en su porte.

—Hola, Julie. ¿Qué pasa, has estado de fiesta todo el fin de semana?

«¿Dice eso porque cojeo o por las ojeras?»

—La verdad es que no. ¿Y tú estás bien?

—Fenomenal.

Jamás la había visto reaccionar con tanto entusiasmo. De vez en cuando no está de más darle un bofetón a un idiota.

Fui a dejar mis cosas en mi sitio. Mi primera cita aún tardaría media hora en llegar, así que aproveché para ir a hablar con Géraldine. Estaba frente al armario blindado, clasificando los cheques que acababan de llegar. Había que formar pequeños fajos con ellos. Intentaba ponerles gomas alrededor, pero como eran muy pequeñas, cada vez que lo hacía la goma salía disparada como un resorte. Le pregunté:

—¿Puedo molestarte un momento?

—Claro. Solo estoy peleándome con estas porquerías. Esto no te lo enseñan en el curso de formación. ¿Cómo haces tú para que se sujete?

—Cojo las gomas de aquella caja. Son más grandes.

El rostro de Géraldine se ilumina. Ahora ya sé la cara que puso Cristóbal Colón cuando descubrió América.

Incluso seguro que es más expresiva la de Géraldine, porque también hay agradecimiento en sus ojos. Le tiembla la barbilla. Parece que va a llorar. Justo en ese momento pienso que quizás es un error confiar en ella. Sobre todo cuando mi futuro está en juego. Reculo intentando aparentar naturalidad.

Prueba con una goma más grande y ahora los fajos de cheques se sujetan perfectamente. Lo observa fascinada y con una emoción contenida. Se gira hacia mí.

—¿Querías decirme algo? ¿Me necesitas?

Tiene en la mirada algo de sinceridad y condescendencia. Siempre me han conmovido esas manifestaciones sentimentales. Mis reticencias se evaporan.

—De hecho quería contarte una cosa y pedirte consejo.

—Dime.

En ese momento Mortagne asoma la cabeza por la puerta de su despacho. Normalmente lo habría hecho para recordarnos que las conversaciones personales se deben hacer fuera de la oficina y que, si fuera de tipo profesional, lo mejor sería llamarnos de una mesa a otra porque eso impresiona a los clientes. Ya nos lo ha dicho alguna que otra vez. Pero, sorprendentemente, esa mañana se contenta con sonreírnos tontamente y decirnos:

—Disculpe, señorita Dagoin. Cuando tenga un minuto, ¿le importaría pasar a mi despacho? Es para tratar lo del dossier de la señora Boldiano.

Cuando me ve, añade:

—Buenos días, señorita Tournelle. Tiene buena cara hoy. ¿Ha pasado un buen fin de semana?

Si Géraldine hubiera sabido quién era, habría visto en mi cara la de Alfred Nobel cuando le explotó en la mano el primer cartucho de dinamita. Estoy alucinando. Géraldine responde como si nada:

—Cuando termine voy. Pero ahora estoy ocupada.

—Gracias, Géraldine.

Estoy alucinada. El perrito fiero se mete en su caseta. Ella se gira hacia mí y sigue:

—¿Qué querías preguntarme? ¿Estás embarazada?

Y sin esperar la respuesta se pone a dar saltitos y grititos a la vez. E insiste:

—¿Conozco al padre? ¿Quieres preguntarme si debes tenerlo? Julie, un hijo es un milagro.

En ese momento se suelta. Une las manos, mira al cielo (en este caso, a la luz de neón) y comienza a hablarme del amor, de la felicidad. Menuda película se ha montado. Le pongo la mano en el brazo:

—Géraldine, voy a dimitir.

—¿Quieres irte del banco?

—Esa es la idea.

—¿Has encontrado a alguien rico y ya no necesitas trabajar?

—La verdad es que no. Pero ya no puedo más. Este trabajo es demasiado para mí. Bueno, no es el trabajo, sino la mentalidad que hay que tener para hacerlo. No estoy cómoda frente a los clientes y no me gusta la jerarquía. No puedo seguir así. No quiero resignarme a hacer este trabajo hasta que me jubile, no a mi edad. Quiero buscar uno que me guste más.

Géraldine se queda quieta durante un momento y de repente me rodea con los brazos. Me aprieta contra ella con una emoción sincera. Su enorme collar se me clava en el pecho. No me atrevo a moverme. Qué le vamos a hacer, conservaré la marca de su joya hasta que me muera. Me suelta al fin y me mira a los ojos.

—¿Sabes, Julie? De todas las compañeras de trabajo que he tenido, eres la única de la que me hubiera gustado hacerme amiga. Eres una buena chica. Me da pena que te vayas. Pero piénsalo bien, no tires tu carrera por la borda porque sí.

—¿Qué carrera? Si me quedo, es mi vida la que se va a la basura. Me gustaría preguntarte si sabes cuándo podría irme. Con los días de vacaciones que me quedan, supongo que el tiempo de preaviso será menor.

Pone cara de reflexionar, lo que en Géraldine es bastante raro.

—No te preocupes. Lo miro y te lo digo enseguida.

Mi primera cita llega a su hora. Os voy a confiar un truco infalible para saber a qué hora llegará una cita. Cuando un cliente quiere pedir algo, será puntual. Si es por un proyecto vital para él, vendrá incluso antes. Si, en cambio, viene porque se le ha propuesto una inversión, siempre llegará tarde, eso si no anula la cita. Este hombre quiere un crédito para poder comprarse un coche de coleccionista, «un buen negocio». Consulto su dossier: casado, dos hijos, buena situación profesional pero no los medios adecuados como para permitirse una colección de trastos. Mirando sus cuentas, está claro que gasta más en sus hobbies que en su familia. ¿Debería dejar que se endeude por una pasión adolescente e inmadura? Aunque el banco lo odie, actúo según mis principios e intento convencerle de que no se le otorgará ese préstamo para ese tipo de proyecto.

La vida es extraña. Una vez que he tomado la decisión de marcharme, veo el banco de otro modo. Casi podría decir que con nostalgia. A Fabienne, que toma café tras café, al cartel con la chica guapa que intenta convencernos de que tener una cuenta aquí la vuelve loca de alegría, a Mortagne y sus estúpidos discursos, a Mélanie y su planta verde a la que le habla. Aunque sean ellos, me da pena dejarlos. No me gusta perder a gente. Lo de Mortagne se puede explicar por el síndrome de Estocolmo; acabamos hermanándonos hasta con los carceleros. Lo de Mélanie y su helecho que no crece no lo entiendo. Resulta extraño, porque soy yo quien ha tomado la decisión. Fuera me espera mi futuro. Me espera la vida. Me espera Ric.

19

Una de las mayores cualidades de Xavier es que siempre cumple sus promesas. Esta vez no sería una excepción. Me dijo que me haría una hermosa puerta para el buzón y no mintió. Se puede llegar a decir incluso que se lució.

Cuando entré en mi edificio tenía la cabeza atiborrada de preguntas sobre Ric y sobre mi orientación profesional. Sin embargo, en cuanto puse un pie en el portal vi la nueva puerta. Xavier se había pasado. Me pregunté si no habría tomado como modelo su limusina blindada. No, más bien había hecho una réplica exacta de la tapa del cofre del capitán Nemo en el *Nautilus*. Me acerqué, medio fascinada, medio aterrorizada. Un bonito fleje de cobre con grandes remaches, de metal grueso y con una bonita pátina. Todo perfectamente encajado, pulido. Creo que esa obra de arte debía de pesar dos toneladas e iba a hacer que los otros buzones se soltaran de la pared. Al lado de las otras puertas, la mía parecía la de la celda del hombre de la máscara de hierro.

Tengo que agradecérselo a Xavier, ha hecho un trabajo increíble. Nadie me robará jamás mis folletos de publicidad. El dinero del banco estaría más seguro aquí que en la oficina. Pero aun así hubiera preferido algo más sencillo, más sobrio.

Te está bien empleado, Julie. Esta puerta es tu penitencia. Si no te hubieras cargado el buzón de Ric, nada de esto habría pasado. Tu castigo será el siguiente: todos tus vecinos pensarán que eres una loca peligrosa con solo ver esta infamia metálica y, como mucho en cuatro años, debilitada por la edad, no serás ni siquiera capaz de abrirla.

Hay una notita que sobresale. La cojo con miedo a que esa cosa me devore la mano. «Si quieres volver a ver tu correo, ven a buscar la llave, estoy en el taller. Xavier.»

En la calle, delante de su edificio, una familia acaba de regresar de vacaciones. Los padres vacían el coche mientras los hijos juegan al balón en el patio. Evito por los pelos que la bola me golpee y suelto un gritito que les hace reír.

El enorme coche de Xavier está delante del garaje, rodeado de herramientas que cubren el suelo. La chapa brilla, debe de estar ardiendo con el sol que hace hoy. Repito para mí lo que le voy a decir. «Es la puerta más bonita que he visto nunca.» Es demasiado. Tengo que pensar en otra cosa. Veo los pies de Xavier que sobresalen por debajo del coche. Y ¡sorpresa! Hay otro par de pies al lado y se oyen risas. Reflexiono. Reconozco las viejas deportivas de Xavier, pero ¿de quién pueden ser las otras? Por un momento creo que quizás haya encontrado novia y que, para colmo de su alegría, es también una fan de la mecánica. Pero los pelos de las piernas contradicen esta hipótesis, a no ser que se haya dejado de depilar porque pasa todo el tiempo ocupada en su camión. Uf, me estoy volviendo como Géraldine, me monto unas películas. Seguramente me pasó el virus al abrazarme.

Debajo del coche aún se oyen risas. Las voces suenan ahogadas. Voces de hombre. Hablan en jerga mecánica.

—Bloquea el travesaño mientras giro el eje.

—Vale, mete la estaquilla.

Si sigo aquí sin decir nada, voy a estar una hora viendo pies menearse, así que me manifiesto.

—¿Xavier?

Un ruido de algo que golpea. Sin duda una cabeza contra el metal.

—¿Julie?, ¿eres tú? No te muevas, ya voy.

Xavier se retuerce para salir. Se ríe. No es él quien se ha dado el golpe. El otro cuerpo no se mueve pero gime. Xavier se sacude la ropa de limaduras y me pregunta muerto de la risa:

—¿Has venido a buscar la llave del buzón?

No consigo apartar los ojos de las otras piernas, cuyo propietario comienza a salir con dificultad de las entrañas del vehículo. Xavier añade:

—¿Qué te parece la puerta?

Por fin aparece su compinche.

—Increíble.

—¿Cómo dices?

—Digo que la puerta es increíble. Sólida, grande, resistente, no he visto nunca algo así.

—Entonces me merezco un beso —me dice ofreciéndome la mejilla.

Lo beso. Ric aparece y se incorpora frotándose la cabeza. Xavier se parte de risa.

—Cuando te ha oído, se ha levantado como un resorte. ¡Vaya efecto que le has causado!

Los dos ríen como niños de párvulos. ¡Qué fastidio! Algún día, alguien debería explicarme por qué los hombres conectan tan rápido y tan bien. Viéndolos juntos, parecen amigos de la infancia que han luchado juntos en tres guerras y se han salvado la vida el uno al otro. Y estos dos especímenes no constituyen un caso aislado. Si metéis a dos hombres en una misma habitación, o en una leonera, o donde sea, en tres minutos ya se tutean, en cinco hacen bromas que solo ellos entienden y, una hora después, hasta sus madres jurarían que son hermanos. ¿Cómo y por qué no ocurre lo mismo con nosotras, las mujeres?

Ahí los tengo. Xavier le da un puñetazo en el hombro a Ric, quien a su vez le hace unas pinturas de guerra en la cara con los dedos llenos de grasa. Si no conociera a Xavier pensaría que está borracho, pero no. No sé qué es peor: que se comporte así estando sobrio o que sea alcohólico. Intento racionalizar la conversación:

—¿Ahora trabajáis juntos?

—Ric vino a pedirme algo y yo me estaba peleando con una pieza demasiado larga que tenía que acoplar al chasis, así que se ofreció a echarme una mano.

«¿Ric vino a pedirte algo? Xavier, en nombre de nuestra amistad, te ruego que me digas qué te pidió. La información no será secreto de sumario, y ten cuidado porque este tío podría ser un asesino en serie.»

Xavier va hasta su mesa de trabajo y vuelve con dos llaves atadas con un alambre.

—Esto es para ti.

Cojo las llaves y le doy otro beso.

—Muchas gracias. Me gustaría pagarte por tu tiempo y tus gastos.

—Ni de broma. Es un regalo.

—¡Gracias por haberla hecho tan rápido y tan sólida!

—Seguro que nadie va a poder forzarla. Por otra parte, intenta no meter la mano porque para sacártela necesitaríamos más herramientas que la otra vez.

Y se ponen a partirse de risa de mí. Tanta complicidad, tanta camaradería. Me dan ganas de pegar a alguno. Pero ¿a quién le suelto un guantazo? ¿A mi amigo de la infancia o al chico de mis sueños? Tendréis que esperar, majetes.

20

Dispuesta a cambiar mi vida, no puedo hacer las cosas a medias. La dependienta de la tintorería de al lado del banco me ha hablado de un grupo de chicas que, tres veces por semana, quedan a la entrada del parque para ir a correr. No son siempre las mismas chicas, pero sí el mismo circuito. Según su hermana, que ha corrido con ellas bastante, el ambiente es muy bueno. Tengo que reconocer que prefiero correr entre mis semejantes antes de volver a exponerme a la mirada de Ric. Me da más vergüenza humillarme delante de él ahora que sé que se va a reír con Xavier, su nuevo mejor amigo. Pero no soy del tipo de personas que se rinden y, ¿quién sabe?, la próxima vez puede que lo deslumbre.

Otra gran resolución: voy a aprender a cocinar. He sacado todos los libros que me había regalado mi madre y voy a probar algunas recetas. Tengo que escoger las más sencillas, porque no me veo haciendo un guiso a la trufa o un potaje de judías en pleno mes de agosto. Quiero invitar a todos los que me caen bien pero, seamos sinceros, mi objetivo es sobre todo practicar para recibir bien a Ric. Ya tengo una lista de cobayas. En primer lugar, voy a invitar a los menos exigentes y luego, poco a poco, me arriesgaré con los que no pasan ni una o con los que tienen el estómago delicado. Quizás es un poco raro, pero también los gatos suelen regalar pájaros y ratones decapitados para mostrar su afecto. Y antes necesitan practicar también.

Nos encontramos en un momento crucial de mi gran plan para reencauzar mi vida. Se va a jugar en unos minutos y aún no están todas las cartas repartidas. Ante mi espejo, justo antes de salir, compruebo mi aspecto.

Pantalón negro, chaqueta del algodón. Seria, pero no demasiado. Tengo el estómago encogido. Voy a apostar a lo grande. Puede que os parezca una idea estúpida, sin embargo, la he pensado largo y tendido.

Bajo a la calle y entro en la panadería. Tres clientes. A falta de quince minutos para cerrar, ya casi no queda género. Vanessa me saluda, está envolviendo dos tartaletas de ciruela para un señor.

Espero mi turno. La presión aumenta. Delante de mí, una mujer protesta porque ya no quedan chapatas. El niño que cuelga de su mano tira con todas sus fuerzas en dirección a la vitrina de caramelos. ¿Cuántos niños han soñado delante de esas cajas repletas de chucherías mientras llenan de dedos el cristal?

—¿En qué puedo ayudarla?

—¿No está la señora Bergerot?

Vanessa parece sorprendida. Instintivamente, pone la mano sobre su vientre como si temiera algo. Una mujer con pinta de tener prisa entra en la tienda. Me acerco para susurrarle:

—Quiero media baguette, pero, si es posible, también me gustaría poder hablar con la señora Bergerot.

Vanessa se tranquiliza. Asoma la cabeza a la trastienda y, con voz estridente, grita:

—¡Señora Bergerot! ¡Aquí hay alguien que quiere hablar con usted!

Me hago a un lado. Mi tensión arterial es la de un gaseoducto caucásico. Estoy a punto de estallar. Me sudan las manos. Si alguien me hubiera dicho que un día mi futuro se jugaría aquí, no le habría creído. Y sin embargo.

La dueña sale. Parece estar de mal humor. Se coloca detrás de la caja registradora y mira inquisitivamente a Vanessa. La dependienta me señala con la barbilla.

—¡Ah, buenas tardes, Julie! Perdóname, no sé dónde tengo la cabeza hoy. Dime. Hoy no vienes a tu hora. ¿Vienen tus padres a verte y quieres encargar una tarta?

Me hago la tímida:

—No, me gustaría hablar con usted.

—Pues aquí me tienes.

Noto que se pregunta qué es lo que le voy a pedir.

—Es un poco personal.

Se da cuenta de que me siento incómoda.

—¿Qué te sucede, chiquilla? Venga, ven detrás. Estaremos más tranquilas.

Me lleva a la trastienda. En más de veinticinco años jamás había estado allí. Cuando era pequeña, imaginaba qué sitio misterioso sería ese del que salían ruidos y voces extrañas. La verdad es que es una simple cocina pequeña llena de moldes, de cestos, de estanterías y con una mesa con un hule a cuadros. Los calendarios de Correos llenan las paredes y en el aparador se acumulan las cajas de cartón para las tartas. Hay otra puerta, entreabierta, que va a dar a donde hacen el pan.

—Venga, Julie, dime qué te sucede.

—¿Vanessa sigue queriéndose marchar?

—Sí, en quince días. Lo que me va a complicar muchísimo la vida. ¿Por qué?

—¿Y tiene pensado contratar a alguien?

—Sí, en cuanto pueda. Pero en pleno mes de agosto no creo que sea fácil.

—¿Y le importaría darme una oportunidad?

—No lo entiendo.

—¿Cree que podría llegar a ser su dependienta?

La señora Bergerot me observa con los ojos muy abiertos.

—¿Te han echado del banco?

—No, soy yo la que ha decidido marcharse.

Coge una silla y se sienta. Es la primera vez que no la veo de pie.

—Julie, sabes que te aprecio y por eso voy a ser franca contigo. Te conozco desde siempre y sé que eres inteligente. Sé que tienes estudios. Y el puesto de dependienta no tiene mucho futuro. Si tuvieras veinte años más o críos a los que alimentar te diría que sí, pero no estoy segura de que...

—Le prometo que me lo he pensado muy bien. No puedo garantizarle que me vaya a quedar diez años, pero tampoco la voy a dejar tirada. Un año o dos, tal vez. Y le aseguro que no estoy embarazada.

Sonríe. La conozco lo suficiente como para darme cuenta de que no le desagrada la idea.

—Qué cosas se te ocurren. Te prometo que lo pensaré. Me gustaría tener a alguien como tú al lado.

—Entonces dígame que sí, por favor.

21

La calma del mes de agosto a mí no me toca este año. Todo es un desmadre. Creo que la señora Bergerot va a aceptar. Me ha propuesto trabajar una mañana de prueba este domingo. Así que ahora Vanessa, directamente, está de morros conmigo. Fue ella quien decidió irse y aun así se comporta como si le hubiera robado el puesto.

Duermo fatal. Me despierto sobresaltada y planteándome mil preguntas sobre el nuevo trabajo. Aunque sé que va en serio y que la decisión implica un compromiso, asocio la idea de trabajar en la panadería con unas vacaciones. Creo que de momento no se lo voy a contar a mis padres. Sin embargo, Sophie está al corriente, y al enterarse reaccionó del mismo modo en que sin duda lo harán ellos:

—¡Estás completamente loca! ¿Panadera? Francamente, Julie, la otra vez me pareció que estabas rara, pero esto ya es el colmo. ¿Y la paga extra, las vacaciones y el seguro? ¿No has pensado en ello? Vas a currar el día de Navidad y cada vez que los demás estemos de juerga. Por no hablar del estímulo intelectual.

—Puede que tengas razón. Sin embargo, ni te imaginas lo bien que me hace sentir la idea de ser útil a la gente, sencillamente. Se acabó el acorralarlos, el venderles estúpidos productos. Tan solo ofrecerles cosas que les gusta comer.

Desde luego mi llamada no podrá defraudar a Sophie, pues aún me queda algo por contarle. Trato de abordarlo con pies de plomo:

—¿Tienes algo que hacer mañana a las ocho?

—¿Por qué me lo preguntas?

—Me gustaría que vinieras conmigo.

—¿Adónde? Las tiendas no están abiertas a esas horas.

—¿No tienes planes?

—Pues sí, Julie, mañana es sábado y planeaba dormir. ¿Qué estás tramando esta vez?

—He decidido volver a correr, y pensaba que quizá podrías venir conmigo.

Un silencio pesado, y me espeta:

—¿Vuelves a correr cuando el verano ya casi ha terminado? ¿Y a las ocho de la mañana? Ese tipo de chorradas se hacen en primavera, ¡y no a las ocho de la mañana!

—El sol sale a las seis y doce minutos, lo tengo comprobado. Además, he encontrado un grupo de chicas que lo hace a diario. Pero no me apetece ir sola. Y lo cierto es que no te vendría nada mal.

—A ver, recapitulemos: ¡me llamas para decirme que te vas a hacer panadera y que estoy gorda!

—No es eso. Más bien diría que mi vida está en pleno cambio y me gustaría que mi mejor amiga estuviera ahí acompañándome.

«Julie Tournelle, eres la reina de las pérfidas. Este argumento es pura manipulación, por no decir un golpe bajo.»

Para no darle tiempo a reaccionar, añado:

—De hecho, Sophie, te propongo que hagamos en mi casa la próxima cena de chicas.

Nuevo silencio. Creo oír un ruido. Quizá sea la mandíbula de Sophie al chocar con el parquet.

—¿Sophie?

—¿Qué está pasando, Julie? Sabes que puedes contármelo todo.

—¿A qué te refieres?

—A tu vida. ¿Qué es todo este caos? Normalmente cuando alguien tiene la moral baja le da por cambiar las cortinas o ir a la peluquería. No tira por la borda toda su vida.

—No lo tiro todo por la borda. Dejo un trabajo que me corroe, vuelvo a salir a correr (contigo, espero) y os invito a todas a cenar. Nada más.

—Esto tiene que ver con algún tío.

—Si hubiera un tío te aseguro que mi invitación no sería para nuestro alegre grupo de solteronas piradas.

—No me tomes por Jade. Te conozco y me apuesto el cuello a que hay un hombre detrás de todo esto. La última vez era el imbécil de Didier, y me arrastraste a todos sus conciertos durante meses. ¿De qué se trata ahora? ¿Te has fijado en un corredor de fondo e intentas alcanzarlo?

Por eso quiero a Sophie. Como diría Xavier, su cabeza no está de adorno. Ya solo me queda una última mezquindad para lograr mi objetivo, y le respondo:

—Ven mañana a correr conmigo y te lo contaré todo.

—Pedazo de...

—Mil gracias, qué ilusión. A las ocho menos cuarto debajo de mi casa. Sé puntual.

—Vamos, hombre.

—Tengo que dejarte, yo también te quiero. ¡Hasta mañana!

Cuelgo.

22

7.44. Voy pegada a la pared y pulso el botón que abre la puerta de la calle. Con precaución, entreabro un batiente, agazapada, como lo he visto hacer en las películas bélicas. Sin duda Sophie me espera ahí fuera y, conociéndola, seguro que está dispuesta a lanzarse a mi cuello. Cegada por la luz matutina, asomo la cabeza para inspeccionar el perímetro. Me sobresalto al oír su voz:

—Más vale que me cuentes algo jugoso, o te aseguro que correrás, pero para huir de mí.

Sophie está tranquilamente apoyada en la pared, tomando el sol. Le doy un beso.

—Gracias por venir. Me siento un poco mal.

—Ya has sido suficientemente perversa, encima no mientas. No sientes ningún tipo de remordimientos. Así que, ahora que has conseguido engatusarme con tus insensatos planes, cuenta.

—Pues en realidad no hay mucho que contar.

Me clava la mirada. Si no la conociera sentiría miedo. De hecho, aun conociéndola, siento miedo. Voy a tener que hablar, que contarle incluso lo que no sé. Subimos por la calle en dirección al parque. Hace el mismo tiempo que cuando corrimos con Ric. ¿Qué puedo confiarle a Sophie? Ni siquiera sé en qué punto me encuentro.

—¿Lo conozco?

—No.

—¿De dónde es?

—No lo sé.

—¿Tiene familia por aquí, alguien que conozcamos?

—No lo creo.

Sophie me agarra del brazo.

—Julie, ¿a qué estás jugando?

—Te juro que apenas sé nada de él. Se ha mudado a mi edificio, al tercer piso. Lo primero que me atrajo de él fue su nombre.

—¿Cómo se llama?

—Ricardo Patatras.

Sophie aplaca una risa.

—Mira, si te burlas de él no te cuento nada más.

—Perdona, pero admite que el nombre es algo rarito.

Esbozo una sonrisa. Sophie se da cuenta y nos echamos juntas a reír. Lo acepto.

—Fue precisamente lo ridículo del nombre lo que me llamó la atención.

En la esquina de la calle, nos cruzamos con la señora Roudan y su carrito, siempre repleto.

—Buenos días.

—Buenos días, Julie. Te veo muy madrugadora.

—Vamos a hacer un poco de deporte.

—Muy bien, sois jóvenes, aprovechad.

Se aleja con un aire un tanto incómodo. ¿Qué carga de aquí para allá en su carro? ¿Estará alojando a gente a escondidas?

—¿La conoces? —me pregunta Sophie.

—Vive en mi edificio. Muy agradable, pero me pregunto qué se trae entre manos con tanta ida y venida de carrito.

—No intentes cambiar de tema. Háblame de tu Romeo. ¿Estáis juntos?

—¡Qué va! Aún estamos en la fase de observación. O al menos por lo que a mí respecta, porque me temo que a él le resulto maja sin más.

—Eso no suena nada bien, ten cuidado con pillarte.

—Es fácil decirlo. ¡Ni que tuviera elección! He perdido el control. Ese chico se ha colado hasta en el último rincón de mi vida.

Ya se ven los grandes árboles del parque. En la entrada está reunido un grupito de chicas, de las que algunas han empezado a calentar. Las hay de todas las edades, altas, bajas, delgadas, más regordetas. Una mujer de unos cuarenta años y con un cuerpo sin duda esculpido por una intensa práctica del deporte nos recibe:

—¡Hello, chicas! ¿Es vuestro primer día?, bienvenidas. Con nosotras es todo muy sencillo. No hay tarifa, no hay preguntas, no hay competición. El objetivo no es entrenar para los mundiales. Cada una va a su ritmo. Salimos a la vez, pero cada una es libre.

Media docena de corredoras nos saludan con la mano. Les devolvemos el saludo.

Conozco el parque pero no tenía ni idea de que era el punto de encuentro de un grupo como ese. A la salida del colegio se ve a las madres con sus niños. Después son los jóvenes quienes se reúnen allí, y un poco más tarde se dan cita las parejitas. A mediodía, es el refugio de los que salen del trabajo a comer. Es sorprendente cómo universos tan dispares pueden cohabitar en un mismo lugar sin mezclarse nunca.

El grupito echa a correr. Sophie y yo vamos tras ellas. Desde los primeros pasos nos damos cuenta de que cada una lo hace a su manera. La jovencita que parecía tan deportista no es tan buena, y la más gordita nos da mil vueltas a todas. Sophie corre con la vista puesta en sus zapatillas.

—¿Qué haces? Mira al frente o te comerás un poste.

Sin quitarles ojo a sus pies, me responde:

—Hacía diez años que no los veía moverse con tanta velocidad. Es fascinante.

—Acabarás agradeciéndome el haberte traído a este infierno.

—Ni lo sueñes. De momento no he obtenido mi relato jugoso.

Podría contarle que Ric me tomó entre sus brazos, que no conozco unas manos más suaves que las suyas, que sus ojos son casi tan alucinantes como su culo. Es todo cierto, y sin duda calmaría su curiosidad, pero traicionaría la pureza de mis sentimientos, y me niego.

—¿Os veis a menudo?

—Lo intento a cada rato. Recurro a todo tipo de pretextos. He llegado a verme envuelta en las situaciones más ridículas con tal de verlo.

—Cualquiera que te oiga pensaría que llevas semanas así.

—Yo misma tengo la sensación de llevar años detrás de él.

—¿Has intentado hablar con él, decírselo?

—¡Estás loca! Pensaría que soy una ansiosa que se lanza detrás del primero que pasa.

El grupo de corredoras empieza a dejarnos atrás. Sin darnos cuenta, Sophie y yo bajamos el ritmo. «Bajar el ritmo» es un eufemismo: a esa velocidad no adelantaríamos ni a una almeja en marea baja. Nuestro paso por el club habrá sido breve.

—Y si no sabes nada de él, ¿qué es lo que tanto te atrae?

—Nada, o más bien todo. Sus gestos, su cortesía, una especie de energía serena que emana de él.

Me pongo a pensar en Ric, soñolienta. Sophie protesta:

—Oye, me da la sensación de que estás muy enganchada. Nunca te había oído hablar así de ninguno de tus tíos, ni poner esa cara pensando en ellos.

—«Mis tíos», cómo eres. Básicamente tuve a Didier, y ese patán arruinó mis estudios, me impidió verte y me obligó a escuchar sus mierdas de temas. No hizo ni el más mínimo esfuerzo por ver alguna de mis películas favoritas. Me alejó de mí misma. Ese tipo era un parásito. Con Ric todo es diferente, no trata de aferrarse a nadie. Él decide, actúa. No conozco a nadie así.

Nos detenemos. Las corredoras están bien lejos. Sophie me mira, con sonrisa irónica:

—¿Y lo de ponerte a correr es por él?

—Sí. No te burles de mí, pero quiero impresionarlo.

—Adelantarías algo si te pusieras ya mismo a aprender a volar, porque aunque no soy ninguna especialista sospecho que el atletismo no es lo tuyo.

Suspiro encogiéndome de hombros.

—Lo sé.

No hemos corrido más de cuatrocientos metros y ya estamos empapadas en sudor. Me duelen las piernas y Sophie hace una mueca porque siente que ha forzado demasiado. Estamos a punto de estallar de la risa.

—¿Y tú con Patrice? Hace semanas que no me hablas de él.

Sophie dirige su cara hacia el sol y cierra los ojos. Responde del tirón:

—Está de vacaciones con su mujer y creo que haría bien en dejar de confiar en sus promesas. Al fin y al cabo, nuestra relación es puro humo. Yo tengo esperanzas mientras que para él soy una amante más.

No sé si lo que tiene en el rabillo del ojo es sudor o una lágrima.

—¿Qué vas a hacer? —pregunto.

Sophie me mira.

—Tratar de ser libre —suspira y retoma—: Buen intento de distracción, pero no soy yo quien debe contar. Mi historia termina, la tuya comienza. Julie, sabes que he tenido más ligues que tú. Te voy a confiar un secreto que nunca le he dicho a nadie y que incluso me cuesta admitir. Esas relaciones no me han enseñado nada. Solo han acabado con la ilusión y la inocencia con las que todas nos lanzamos. Te quiero mucho. Cuando nos conocimos me pareciste anticuada, con tus principios, mientras que yo me tiraba a todo el que pasaba. El único novio serio que te he conocido es Didier, y aún no entiendo cómo una chica tan lista como tú pudo caer en la trampa de un cretino como él. Pero mostraste una total inocencia. Quizá sea ese el secreto de la felicidad. Hoy te veo hablar de ese Ric como yo nunca he sido capaz de hablar de ningún tío. No soy ninguna experta, pero algo tengo claro. El verdadero milagro no es la vida, que está en todas partes, con su bullicio. El verdadero milagro, Julie, es el amor.

23

El domingo llegó demasiado rápido. No había vuelto a ver a Ric y estaba triste y contrariada. Contrariada porque lo había vuelto a ver corriendo con una mochila aún más grande y no dejaba de preguntarme qué es lo que se trae entre manos. Pero sobre todo le echaba de menos. Sin embargo, ya no tenía ganas de urdir planes diabólicos para provocar lo que él o el destino no querían ofrecerme. Me muero de miedo cuando la mala suerte se me cruza.

La señora Bergerot me ha citado a las seis y media de la mañana en la panadería. Me ha dicho que llame a la puerta del almacén que está al cruzar el portal del edificio contiguo. En la acera, Mohamed ya alinea sus verduras bajo el sol que acaba de salir.

—Buenos días, Julie, ¿por qué este madrugón?

—Buenos días, Mohamed. Voy a empezar a trabajar en la panadería. Hoy es mi día de prueba.

Él, el ser más reservado que hasta entonces conocía, frunce las cejas:

—¿Qué debo desearle?, ¿buena suerte?

—Espero que todo vaya bien.

—Entonces buena suerte. Y no se deje intimidar por los gritos de Françoise. En el fondo es buena persona.

¿Françoise? ¿Mohamed se dirige a la señora Bergerot por su nombre? No sabía siquiera que tenía uno. Qué raro, se pasan el día luchando como si fueran enemigos mortales, y él la llama por su nombre.

Llego tarde y, desgraciadamente, no puedo continuar con la conversación. Me alegra por lo menos haber hablado un rato con él, me tranquiliza. Cuando llamo a la puerta de atrás, tengo el estómago hecho un nudo. Me abre la señora Bergerot.

—Perfecto, eres puntual. Entra rápido y límpiate bien los pies. Ven que te presente a todos, aunque es la hora de más follón.

Son al menos cinco los que hablan a gritos para hacerse oír entre el ruido de los ventiladores del enorme horno. El olor a pan caliente lo llena todo, y se mezcla con el de los croissants, el de los bollos y con efluvios de chocolate y puede que hasta de fresa. Solo con respirar ya he engordado unos tres kilos.

La señora Bergerot me explica:

—Esta sala es el horno. Aquí es Julien el que manda. En ella se hace todo el pan y la bollería. No te pongas nunca en medio. Y si falta algo en la tienda, pídeselo a Julien, a nadie más.

Apenas he dicho «hola» cuando ya me arrastra hacia otra sala más al fondo.

—Esto de aquí es el laboratorio y en nada se parece al horno. Aquí, Denis prepara las tartas junto a sus dos ayudantes. El que manda aquí es Denis.

No sabía ni que había diferencias. El horno y el laboratorio. Intento memorizar toda la información con la que me bombardea. Tengo la impresión de tener doce años y de estar haciendo una visita con la profe.

—Sígueme hacia la tienda. Has tenido suerte, no debe de haber mucha gente, pero la mañana del domingo, normalmente, es muy movida.

Pasamos cerca de una artesa que gira en círculos. Un chico comprueba la temperatura de la masa. Me mira. Huele a harina y levadura.

Cuando atravesamos la pequeña cocina, la señora Bergerot me pregunta:

—¿No te has traído una bata?

Sacudo la cabeza en gesto de negación.

—Intuía que se te iba a olvidar así que he cogido una de cuando era más joven. Estás más delgada de lo que yo estaba, pero por hoy creo que te servirá. Además, me hace ilusión que la lleves tú.

Cuando quiero emocionarme, estamos ya en la tienda.

—Será mejor que te recojas el pelo, es más higiénico. Cuando llegue Vanessa, ayúdala a colocarlo todo. La ventaja que tienes es que ya conoces los productos. Deberás espabilarte, abrimos a las siete. Por hoy, concéntrate en servir, yo me ocupo de la caja. Confío en ti, pero sé que aunque parezca fácil cuando se ve desde el otro lado, la cosa va rápida y es normal que el que empieza se haga un lío con las cuentas.

Me mira:

—¿Está todo claro?

—Creo que sí.

La verdad es que no lo tengo nada claro. Me da miedo hacer algo mal, equivocarme de persona, no entender lo que los clientes me pidan.

Llega Vanessa. Desde un primer momento me deja claro que no va a hacerme la vida más fácil. Apenas me mira, me trata como si fuera su secretaria y no me deja pasar una.

«Coge bien la bandeja. Vas a tirarlo todo.» «Más rápido. A ese ritmo de tortuga, cuando la cola llegue hasta la calle, no darás una.» «Si no eres capaz de distinguir un pan de cereales de uno integral, tienes un problema.»

Ha encajado muy mal la noticia de que yo vaya a ocupar su puesto y va a hacérmelo pagar. En el horno, las cosas no van mucho mejor, los croissants se han hecho demasiado. Julien está de mal humor y nadie se atreve a hablar con él. Con una cuchilla de afeitar, traza unas estrías en las barras de pan antes de meterlas en el horno.

Al fondo, veo cómo Denis da vueltas alrededor de sus pasteles armado con una manga pastelera llena de crema. Uno nunca se imagina que haya que hacer tantas cosas y tan rápido para que la gente se coma una *religieu-se* o una tartaleta.

—¿Qué se supone que haces? —gruñe Vanessa—, ¿crees que esto es un cine? Es la hora de abrir.

Estoy en mi puesto detrás el mostrador dispuesta a enfrentarme a la multitud. Vanessa quita el cierre de la puerta. A pesar de que solo hay una persona esperando fuera, me imagino centenares escondidas en las esquinas que en cuanto vean la puerta abierta van a entrar como las hordas bárbaras arrasan pueblos adormecidos. Atacarán por los flancos, arrasando con las *religieuses* y los *éclairs*. Se abren las puertas, contengo la respiración. Nada, únicamente entra un señor que por su edad avanzada anda a pasitos.

—Buenos días a todos —lanza según entra—. ¡Vaya! ¡Una nueva!

La señora Bergerot se sitúa detrás del mostrador.

—Buenos días, señor Siméon. ¿Cómo se encuentra hoy?

—Estoy bien, gracias.

—¿Va a ver a su mujer hoy?

—Como siempre. Se acuerda más de sus tartaletas de limón que de mí, pero es mi Simone.

La señora Bergerot se inclina sobre mí:

—Para el señor Siméon, sirve dos tartaletas de limón y una barra poco cocida. Mete las tartaletas en una caja, no en una bandeja.

Encuentro rápidamente los pasteles y salgo. También consigo montar la caja sin problemas, pero es con la lazada de cuerda con la que tengo dificultades. Vanessa me mira con desdén. A través del escaparate me imagino a los bárbaros alineados levantando los paneles con la nota, como en las competiciones de patinaje artístico. Julie, Francia, dos sobre diez, uno sobre diez, uno sobre diez. La señora Bergerot ya le ha devuelto el cambio y el señor Siméon me espera. Cuando le tiendo el paquete intenta ser amable pero me doy cuenta por el temblor exasperado de su mano que normalmente todo va más rápido.

Sale. Es mi primer cliente. Tengo la impresión de haber empezado de cero. Me pasa mucho últimamente.

24

Cuando por fin puedo mirar el reloj, siento una horrible decepción. Solo son las diez y media y, sin embargo, tengo la sensación de llevar una semana sirviendo pan y pasteles. Vanessa apenas se relaja. La señora Bergerot se mantiene siempre majestuosa tras la caja y se dedica a hacer comentarios a todos sus clientes. Con su pelo negro impecablemente peinado en un moño, su generoso físico y su voz de cantante, parece una diva que recibe a los admiradores después del recital.

Julien ahora se muestra muy amable y comienzo a manejarme con el pan. No obstante, con los pasteles me resulta más difícil. No es nada nuevo. Recuerdo que en casa, cuando mi padre traía dulces necesitaba probarlos para saber de qué eran, lo que evidentemente no puedo hacer aquí.

No sé cuántas barras he despachado, cuántos croissants, cuántas pastas o cuántos pasteles he envuelto. Tengo los dedos hinchados. Todo es nuevo para mí. En este nuevo mundo, el pan *caliente* resulta ser pan *fresco*. Estoy marcada por el incesante baile de clientes y panaderos que van trayendo más cosas. Estoy tan desbordada que llego a plantearme si soy lo suficientemente fuerte para hacer este trabajo. Pero en el fondo estoy feliz. Este ambiente nada tiene que ver con el del banco. También los clientes son diferentes. Bueno, en realidad no. Son los mismos, pero no vienen con el mismo estado de ánimo. En el banco, salvo algunos, se sienten todos en una posición de inferioridad (la propia entidad se esfuerza por provocar eso). Son silenciosos, discretos y están estresados. Se habla de dinero.

Aquí vienen libremente, vestidos elegantes o informales, acompañados de sus hijos, y con ganas de disfrutar. No lo pensamos muy a menudo, pero todo el mundo come pan, tanto los ricos como los pobres, gente de todas las religiones y de todos los orígenes. En una sola mañana, he visto desfilar a la mitad del barrio. Es divertido. La florista parece menos estresada que detrás de sus flores. Nunca había visto al mecánico con camisa blanca o al farmacéutico con un polo fosforito. A las once y media entra Xavier.

—¿Qué haces tú aquí?

—Intento reciclarme. ¿Qué te pongo?

—Una baguette, cuatro empanadillas y un bollo, por favor. Me resulta divertido pedírtelo.

Me mira como si me viera por primera vez.

—Te queda muy bien la coleta.

—Son once con cincuenta —corta la señora Bergerot.

Desde hace un cuarto de hora, vigila a Mohamed por la ventana. Él ha puesto una pila de palés vacíos que invaden al menos diez centímetros el escaparate de los pasteles. Empieza la guerra. Oigo las sirenas antiaéreas y veo perfilarse la reunión de emergencia de la ONU. Apuesto a que, en cuanto ella tenga un momento, irá a soltarle uno de sus discursos sobre el proteccionismo económico y la gestión del espacio de venta. Es divertido porque a pesar de que parece muy normal, en cuanto tocan su tienda no puede evitar convertirse en una especie de ministro de economía que defiende sus intereses ante el Consejo de Europa. Emplea palabras supertécnicas, un lenguaje económico completamente desproporcionado. ¿De dónde lo habrá sacado? En la cocina solo he visto revistas de moda.

Es extraño pero esta mañana he sentido cientos de ojos clavados en mí. Sé que trabajar aquí es como entrar un poco en sus vidas privadas. Escucho pequeñas anécdotas, noticias. Cada cliente se confiesa un poco. Se descubren muchas cosas personales. Eso no pasa en un banco. De pronto, los clientes me juzgan, me espían mientras intercambian confidencias con la señora Bergerot, y se preguntan si soy apta para estar allí, digna de confianza para escoger sus pasteles, de poner la mano sobre su pan antes que ellos. Me resulta conmovedor.

Doce y cuarto. Estoy muerta. Vanessa se mantiene con dignidad y la señora Bergerot está como una rosa. Me lío un poco, confundo los *salambos* con los *saint-honorés*. Mezclo también el pastel de café con el de chocolate. Vanessa parece que ya no me guarda rencor. La dueña hace como si no viera nada. Pero pronto será la una y mi calvario habrá terminado.

De pronto, en la cola de los últimos clientes veo a Ric. Pierdo la compostura. Tengo que hacer un esfuerzo sobrehumano para no confundir una hogaza con un pan de campaña. Cuatro clientes están antes que él. Creo que todavía no me ha visto. Bajo la cabeza, envuelvo cosas, voy detrás a pedir más pan. Dos clientes. Viste pantalones cortos y camiseta azul marino. No se ha afeitado. Llevo sin verlo dos días, seis horas y veintitrés minutos. No sé si creéis en las señales del destino, pero yo sí, sobre todo cuando me van bien. Cuando iba al instituto y el perro de los vecinos del final de la calle estaba en el jardín, quería decir que ese día sacaría una buena nota. Si además se dejaba acariciar a través de la verja, entonces sacaría un notable. Se llamaba Clafoutis y era mi amuleto de la buena suerte. Para todo. Aquí, en la panadería, no sé qué puedo acariciar para que me traiga suerte. Podría haber utilizado a Vanessa, pero me imagino el percal si le acariciara la cabeza y le dijera: «Perra buena»... Ralentizo el proceso de empaquetar una tarta de manzana para que Vanessa sirva a la señora que va antes de Ric. Si funciona, le atenderé y eso querrá decir que nos amaremos el resto de nuestra vida. Vanessa entra en el almacén para buscar un pedido. Yo me esfuerzo en hacer el lazo de la caja. Parezco una niña de párvulos que no sabe atarse los cordones. Llego incluso a sacar la punta de la lengua. Vanessa vuelve y atiende a la señora. Logrado. Levanto la vista y Ric me reconoce. Por fin consigo sorprenderle. Parece atónito, más incluso que el Alfred Nobel con su dinamita.

—Buenos días, Ric.

Tartamudea. Nunca le hubiera creído capaz de eso.

—Creí que trabajabas en el Crédito Comercial del Centro.

—Estoy solo de prueba para saber si me cambio o no.

Con aire desconcertado me pregunta:

—¿Te pido a ti lo que quiero?

«Sí, Ric, pídeme todo lo que quieras.»

—Estoy aquí para ti. Para eso, quiero decir.

—Entonces dame media baguette y las dos pizzas que te quedan.

«¿Ya no te apetece comida china?»

Mientras envuelvo lo que me acaba de pedir le pregunto como quien no quiere la cosa:

—¿Has ido a correr esta mañana?

—No. Ayer me acosté muy tarde, tenía que hacer una cosa.

«¿Con quién? Espero que no con una chica. Y las dos pizzas, ¿son para compartirlas con alguien o para ti solo?»

Me mira y de pronto me dice:

—Qué dirías si te invito a cenar un día de estos.

Voy a desmayarme. El cansancio, todos los panes memorizados, la mirada cruzada de Vanessa, la loca de la señora Crustatof que duda durante dos horas entre dos flanes iguales y ahora el otro, que de repente me invita a cenar. Es demasiado. Me apoyo en el mostrador e intento responderle como si no acabara de encender fuegos artificiales en mi cabeza.

—Encantada. Pero soy yo la que te invita. Prepararé algo sencillo en mi casa, ¿vale?

—Perfecto. ¿Qué te parece el viernes?

Pongo cara de estar reflexionando para que crea que tengo una agenda muy ocupada.

—Sí, creo que me va bien.

—Genial.

Ya no estoy cansada. Ya no me duelen las piernas. De nuevo soy capaz de contar hasta tres. Las tartaletas de cerezas ya no me dan miedo. Nada me afecta. Estoy feliz.

25

Todo se acelera. Todavía no me he recuperado de la mañana en la panadería y ya me toca regresar a la oficina. Me pregunto todo el rato qué hago aquí. Mi abuela tenía mucha razón cuando decía: «La vida nos da una pequeña lección cada día». Era un pozo inagotable de dichos. No importaba en qué situación te encontraras, siempre disponía de un proverbio o de un refrán lleno de sabiduría capaz de sacarte de tus casillas. No traté demasiado a mi abuelo (murió cuando yo solo tenía ocho años), pero recuerdo perfectamente una vez que estuvo a punto de explotar de ira cuando, justo después de un accidente de coche en el que había perdido su querido y reluciente vehículo nuevo, mi abuela le acosó con: «Bien está lo que bien acaba», «A rey muerto, rey puesto» y «Confundes la velocidad con el tocino», proverbio este al que le había cambiado todo sentido. Ella le había soltado todo eso sin siquiera levantar la vista de las zanahorias que estaba pelando. Los ojos de mi abuelo parecieron querer salirse de sus órbitas. Pero incluso a pesar de lo poco oportuno de sus frases, me hubiera gustado saber qué habría dicho la abuela, con su filosofía a prueba de bombas, de lo que estaba ocurriendo aquel día en el banco.

Géraldine está en el despacho de Mortagne, ríen y cacarean y creo que hasta se besan. Ya sé que en el amor no hay reglas, pero esto es demasiado. Hay otras formas de iniciar un lío amoroso que no implican cruzarle la cara a alguien, sobre todo cuando es la chica la que ataca. Ahora que lo pienso, los gatos también lo hacen del mismo modo. Se me ocurre una cosa. El viernes, cuando Ric llegue a mi casa, saltaré por sorpresa desde lo alto de un armario, le tiraré al suelo y le daré la paliza de su vida con un bate de béisbol. Le moleré a palos, le partiré un brazo, le arrancaré mechones de pelo y le apañaré su preciosa cara hasta que sangre. Así nos amaremos. Qué sencilla resulta la vida cuando se comprende cómo funcionan las cosas.

Puede parecer una estupidez, pero ya echo de menos el olor a pan recién hecho, así como también a la señora Bergerot, a los clientes y todos los utensilios de la panadería. Después de haberme planteado los pros y los contras, creo que no estaría nada mal trabajar allí.

Suena el teléfono. Descuelgo. Es Mortagne. Me inclino un poco y puedo verlo hablar conmigo, a tan solo unos metros. Oigo mejor su voz en el aire que a través del teléfono. El progreso es algo maravilloso.

—¿Julie, podría venir a verme, por favor?

Increíble, impensable, un verdadero milagro. Desde que trabajo aquí es la primera vez que me dirige una frase educada, completa y sin faltas. La parte malvada de mi subconsciente me susurra que tengo que consultar mi agenda para saber si estoy libre, pero es la buena la que habla.

—Ya voy, señor.

¿De qué quiere hablarme?

—Siéntese, Julie.

Eso hago. Por primera vez lo veo sin corbata. ¿Se la habrán robado o Géraldine se la habrá arrancado como haría un gato?

—Géraldine me ha contado lo de su intención de marcharse.

«¡Traición! Juro que cuando atraviese la cabina le lanzaré el gas tranquilizante. Qué torta tiene... y no de manzana, precisamente. Y yo que le había pedido discreción.»

—No le voy a ocultar que para mí es una muy mala noticia. Usted es un elemento primordial.

«Cucaracha miserable. ¿Te atreves a venirme con esas después de humillarme en la entrevista de hace menos de una semana?»

—... pero respeto su decisión. Géraldine y yo hemos hablado mucho.

«Por favor, que alguien me traiga una botella de oxígeno, me ahogo. En serio.»

—... ella me ha convencido de que la libere antes de tiempo a cambio de las vacaciones y fines de semana que aún le debemos. ¡No vamos a molestarla por unos cuantos días de nada! Cuente conmigo para que en recursos humanos dispongan de un informe de usted muy positivo. Esta tarde me lo confirman, pero creo que ya puedo anunciarle que, si así lo desea, puede marcharse la semana que viene.

«Traed también el equipo de reanimación, porque estoy en estado de shock. Tengo ganas de besar a Mortagne, y de besar a Géraldine y hasta al helecho de Mélanie.»

—¿No se alegra?

«¿Alegrarme? Esta palabra se queda corta. Mortagne, pedazo de imbécil, eres la prueba viviente de que hasta el peor de los moluscos es capaz de hacer el bien gracias al amor de una mujer y a un bofetón. Me has devuelto la esperanza en el hombre. ¡El planeta está a salvo! Somos la especie más maravillosa que camina sobre su superficie, incluso tú, Mortagne. Los gatos nunca vencerán. Te quiero.»

—Claro que me alegro, aunque aún no soy plenamente consciente. Pero se lo agradezco, sinceramente.

Fijaos en la última frase. He aquí la prueba de que en esta vida todo es posible. Protejámonos de los juicios definitivos. Nunca digáis «nunca». Amémonos los unos a los otros y desconfiemos de los gatos. Yo también me voy a convertir en un pozo inagotable de dichos, es una tradición en la familia.

26

Mi vida está casi como el cielo de este viernes de agosto: despejada. En una hora, Ric estará en mi casa. La mesa está puesta, el apartamento está perfecto. Me he sujetado el pelo con un pasador que me ha regalado Sophie, me traerá suerte. Me he contemplado largamente en el espejo, sonriendo, hablando, estudiándome como si no me conociera. Inclino la cabeza con aspecto travieso y luego echo una mirada seductora a la cortina de la ducha.

He elegido un vestidito ligero, una mezcla perfecta del estilo de Marilyn y el de una sacerdotisa inca (no sé si esto ayuda a visualizarlo). Es de color crema y tiene un precioso tejido parecido a la seda. El único problema es que los tirantes son tan finos que en cuanto muevo los brazos se ve el sujetador. Dudo, vacilo y, transportada por la fiebre transitoria que últimamente rige mi existencia, decido no llevar sujetador por primera vez en mi vida. En esta cena, no lo pienso dejar escapar.

La mesa está lista, porque llevo dos días ensayando el mismo menú. Desde antes de ayer, cada noche, pongo dos platos, los cubiertos, los vasos, el pan cortado en su cesta y las velas (unas nuevas cada vez). A continuación, despliego la servilleta y pruebo las vieiras en salsa de puerro. Estoy al borde de la indigestión pero no quiero arruinar el primer plato que vamos a compartir. He entrenado como una campeona. El pescadero puso una cara extraña cuando le pedí cinco kilos sin las conchas para dos. Pero necesitaba practicar. Nadie ha probado nunca mi talento culinario antes de Ric.

Tengo que confesaros otro de mis pequeños secretos: me dan un miedo terrible las vieiras. Cuando era niña veía a mi madre prepararlas. Se movían en el borde del fregadero. El recuerdo que conservo aún me paraliza. Tengo pesadillas con ellas. Por eso le pedí al pescadero que me quitara las conchas, y aun así, mientras las cocinaba, seguía temiendo que alguna de ellas siguiera viva y se me arrojara al cuello.

Las dos noches previas a la cena, conseguí mi propósito. Las vieiras estaban tan tiernas como muertas y la salsa de puerros perfumaba toda la cocina. No hay dos sin tres. Así que ya está casi conseguido.

En cuanto a la decoración, he prestado tal atención al detalle que hasta he cambiado el fondo de pantalla del ordenador de mi habitación. En vez de la playa con su arena blanca y sus palmeras, he puesto un paisaje forestal. Está todo pensado. Si me llega a preguntar por qué escogí esa imagen, le contestaré que me encanta correr por ese tipo de parajes. Menuda trolera. Lo tengo todo previsto. Y además, he decidido no esconder a Toufoufou. Tampoco se va a sentar con nosotros a la mesa, pero estará en la cama y, de repente, parece más contento. Creo que es por mi vestido.

En veinticuatro minutos Ric estará aquí. He comprado dos botellas de vino y una de ellas la he medio vaciado en el fregadero para que crea que recibo más visitas aparte de la suya. Por eso me inclino sobre el fregadero para asegurarme de que no huele a vino o a alcohol, porque si no mi imagen va a recibir otro revés.

Lo he preparado todo, pero tengo que pensar de qué podemos hablar. Tengo unas dos mil preguntas que hacerle. Espero descubrir más cosas de él, como por ejemplo qué es lo que hace, pero pienso preguntarlo como quien no quiere la cosa. Mi instinto me dice que me puedo fiar de este chico, pero sé que esconde algo. Aún no sé dónde trabaja. Parece que por su cuenta, pero ¿cómo lo encuentra la gente si se acaba de mudar? El otro día nos cruzamos, y él llevaba un gran paquete de Correos. Me dio la sensación de que le molestó que lo viera con él. Me dijo que era material informático para su trabajo, pero vi el nombre de la empresa en el remite y, consultándolo en Internet, comprobé que aquella compañía estaba especializada en material de construcción, sobre todo en tronzadores para el metal. ¿Repara los ordenadores despedazándolos como en una película de miedo?

No quedan más de diez minutos. Suena el teléfono. Rezo por que no sea él para anular la cena.

—¿Sí?

—Hola, cariño. Soy tu madre. ¿No te molesto, verdad?

—Claro que no. ¿Qué tal va todo?

—Tu padre está un poco cansado pero es por culpa de los Janteaux. Se han marchado esta mañana, ¡y ya era hora de que lo hicieran! Qué mal les sienta envejecer. Jocelyn no deja de hablar de sus nietos y Raymond solo repite una y otra vez lo mal que va el mundo de la relojería desde que se retiró. Pero no te llamo para eso.

—¿Qué pasa?

—Pues fíjate que hoy me ha llamado la señora Douglin y me ha dicho que trabajas como dependienta en la panadería de al lado de tu casa. ¿No te parece increíble?

«¿Cómo salgo de este berenjenal? Seguro que a mi madre la han sobornado las vieiras para que me distraiga y poder salir de su caja para atacarme en grupo. Ric encontrará mi cuerpo medio devorado y la ventana abierta. Será el principio del fin del mundo, acabarán con los niños a fuerza de golpes con coral.»

—¿Julie, estás ahí?

—Sí, mamá. Sí que era yo la que estaba trabajando en la panadería pero solo fue por echar una mano. Vanessa, la dependienta, está embarazada y se encuentra mal. Así que la señora Bergerot me preguntó si la podía suplir.

—Desde luego no se corta un pelo.

—Me ofrecí yo, pero te lo cuento todo el domingo, ¿vale? Tengo que colgar.

—¿Tienes una de tus reuniones del club de locas?

—No están locas, mamá.

—Pues claro que sí. Como yo lo estaba a su edad, y es normal. Sal de ahí, cariño. ¿Me llamas el domingo?

—Claro que sí, mamá. Un beso. Y dale otro a papá.

Cuatro minutos antes de la cita. Verifico el peinado. Me estiro el vestido.

Mi cabeza no deja de dar vueltas. ¿Qué voy a decirles a mis padres sobre mi nuevo trabajo? ¿Cómo voy a estar una velada entera sin ridiculizarme en algún momento? ¿Y si Toufoufou se pone a hablar? ¿Y si pago a las vieiras para que salten solas a la sartén?

Llaman a la puerta. Abro. Ahí está. Vaqueros impecables, camisa blanca medio abierta. Esconde algo detrás de su espalda.

—Buenas noches.

—Entra. Estoy encantada de que hayas venido.

«Jovencita atolondrada. No enseñes tan rápido tus cartas.»

—No, soy yo el que está encantado de venir.

—Bueno, tendrás que disculparme de que todo esté un poco improvisado. Últimamente no dispongo de mucho tiempo.

Entra y me tiende un magnífico ramo de flores. Le doy las gracias. Creo que podría haber aprovechado para darle un beso, pero me he dado cuenta demasiado tarde y ahora ya parece calculado. El ramo es multicolor, muy bonito. Descifrar el lenguaje de las flores puede ser una locura, porque hay de todo tipo. Fresias azules (constancia), rosas rojas (pasión), algo de hierbas (esperanza y fidelidad), margaritas (amor), e incluso un poco de amarillo (traición). Este es mi resumen, me quiere desde hace tiempo, pero con algunas tentaciones a las que ha sabido resistirse. Pero hay tanta variedad en el ramo que también podría interpretarse como que me va a hacer el amor como una bestia, y después se escapará por la misma ventana que las vieiras. Mejor pensar simplemente que es un hermoso ramo de flores. Saco un jarrón y lo lleno de agua.

—¿Tu pierna está mejor?

—Ya no me molesta al andar, pero todavía no puedo correr. Intenté hacerlo con una amiga y fue un fracaso. ¿Tú sigues corriendo?

—Pues la verdad es que últimamente no mucho.

«Mentiroso. Ten cuidado. Tengo un arsenal de vieiras dispuestas a atacar con solo una palabra mía.»

—¿De verdad quieres cambiar tu curro en el banco por el de la panadería?

—Sí, por lo menos durante una temporada. Creo que no tengo mentalidad bancaria. Además no me apetece envejecer allí.

—Está bien tener el valor de cambiar tanto de golpe. Resulta impresionante.

Pongo el jarrón sobre la mesa y con un gesto lo invito a sentarse.

—Muchas gracias por las flores, de verdad.

Mira la habitación.

—¿Tu ordenador no ha vuelto a darte problemas, verdad? Veo que está encendido.

—Sí, gracias a ti. ¿Qué quieres tomar? Tengo ron, whisky, un oporto excelente. También un moscatel, cerveza y creo que me queda un poco de vodka al que si quieres podemos añadir zumo de naranja.

—Solo un zumo de naranja, por favor.

«¡Argghhh! ¿Qué voy a hacer ahora con todo ese arsenal alcohólico? El fregadero ya ha bebido demasiado y si lo tiro todo se va a poner como una cuba.»

—Perfecto, zumo de naranja. Yo también me tomaré uno.

—No te preocupes por mí si lo que quieres es tomar otra cosa.

«Muy bien, trátame de alcohólica en nuestra primera cita.»

—No, gracias. El alcohol lo tengo normalmente para las visitas.

Le sirvo y pregunto:

—¿Y tú, en tu trabajo?, ¿estás contento?

—No me quejo. En agosto suele haber menos lío porque todo el mundo se va de vacaciones, pero por otra parte también hay menos competencia.

«Buen intento, pequeño. Parece que dices la verdad pero te estoy observando y cada gesto de tu cara, por pequeño que sea, me va a confirmar si mientes o no. No, piedad, no me mires con esos bonitos ojos oscuros, debilitas mis poderes.»

Continúo con el interrogatorio:

—¿Y por qué decidiste instalarte aquí? ¿Tienes algún familiar?

—No, la verdad es que no. Me gusta moverme y me apetecía encontrar un lugar tranquilo. Con un poco de calidad de vida.

«Es hábil. El señor quiere jugar duro, pues que así sea. Pero créeme, no vas a salir de mi apartamento sin haber respondido a algunas preguntas tales como: ¿de dónde sale ese apellido tan extraño? ¿Qué ocultas en tu mochila? ¿Me amas?»

La velada empieza bien. Hablamos. Todo ocurre tal como lo he planeado salvo que Ric apenas desvela nada sobre sí mismo. Las vieiras están en su punto, como él. Se relaja, yo también. Charlamos de películas, de cocina, de viajes. Nos reímos espontáneamente de vez en cuando. No hay ningún cambio en su risa, la mía, sin embargo, se va pareciendo más a la de una hiena cuya pata se ha quedado atrapada en una escalera mecánica. Sé que me observa. Yo intento no hacerlo hasta que no puedo resistirlo. Echa salsa en las vieiras y me siento al borde del enamoramiento.

Ojalá esta noche no termine nunca, quiero saberlo todo de él, qué espera del futuro. De vez en cuando sus silencios y sus dudas me demuestran que no está acostumbrado a hablar. Pero conmigo habla. Me sonríe, aunque no me cuesta imaginar que es más lo que calla que lo que dice. Si me fío de mi instinto, juraría que este hombre esconde algo. Si algún día llega a confiármelo, nuestros destinos estarán ligados para siempre. Me gustaría que el tiempo se detuviera, que no me abandonara nunca. No quiero dejar de sentir lo que siento en este instante, el deseo de entregárselo todo y que lo acepte.

Sin embargo, la mala suerte y el destino han decidido arruinarme una vez más este momento de felicidad. La violencia de la explosión nos arroja a los dos al suelo.

Sé lo que mi abuela habría dicho. De hecho hubiera tenido varias opciones. Mientras pelaba sus zanahorias, habría declarado: «A todo cerdo le llega su san Martín», o «Los delitos llevan a la espalda el castigo» o bien «El fin no justifica los medios» o incluso «Náufrago que vuelve a embarcar y viudo que reincide, castigo piden».

Cuando aquello explotó en mi casa, lancé el plato contra la pared al caerme de la silla. Ric en cambio se abalanzó sobre mí para protegerme. En aquel momento pensé que lo había pillado: es un agente secreto, el mejor de su grupo, que huye de un pasado muy oscuro e intenta rehacer su vida.

La deflagración tuvo lugar en mi habitación. El ordenador, literalmente, explotó. Todo se llenó de humo, de pequeñas llamas y, sobre todo, apestaba a plástico quemado.

Ric coge rápidamente un paño y lo moja bajo el grifo.

—Abre las ventanas. No respires eso.

Se precipita hacia la máquina infernal, arranca el enchufe, aleja mis cosas y recubre el aparato con el paño mojado. Yo tiemblo como una hoja. Me acerco con cuidado de permanecer tras su espalda.

—Bueno, se ve que no hice tan buen trabajo —dice él para distender el ambiente.

Se inclina sobre el ordenador. La parte de atrás de la torre está destripada. Los bordes completamente negros, como si de ellos hubiera salido un cohete.

—Madre mía, me temo que esta vez no voy a conseguir arreglarlo tan fácilmente. ¿Tienes una copia de seguridad?

27

Sé lo que mi abuela habría dicho. De hecho hubiera tenido varias opciones. Mientras pelaba sus zanahorias, habría declarado: «A todo cerdo le llega su san Martín», o «Los delitos llevan a la espalda el castigo» o bien «El fin no justifica los medios» o incluso «Náufrago que vuelve a embarcar y viudo que reincide, castigo piden».

Cuando aquello explotó en mi casa, lancé el plato contra la pared al caerme de la silla. Ric en cambio se abalanzó sobre mí para protegerme. En aquel momento pensé que lo había pillado: es un agente secreto, el mejor de su grupo, que huye de un pasado muy oscuro e intenta rehacer su vida.

La deflagración tuvo lugar en mi habitación. El ordenador, literalmente, explotó. Todo se llenó de humo, de pequeñas llamas y, sobre todo, apestaba a plástico quemado.

Ric coge rápidamente un paño y lo moja bajo el grifo.

—Abre las ventanas. No respires eso.

Se precipita hacia la máquina infernal, arranca el enchufe, aleja mis cosas y recubre el aparato con el paño mojado. Yo tiemblo como una hoja. Me acerco con cuidado de permanecer tras su espalda.

—Bueno, se ve que no hice tan buen trabajo —dice él para distender el ambiente.

Se inclina sobre el ordenador. La parte de atrás de la torre está destripada. Los bordes completamente negros, como si de ellos hubiera salido un cohete.

—Madre mía, me temo que esta vez no voy a conseguir arreglarlo tan fácilmente. ¿Tienes una copia de seguridad?

las vieiras. Mejor pensar simplemente que es un hermoso ramo de flores. Saco un jarrón y lo lleno de agua.

—¿Tu pierna está mejor?

—Ya no me molesta al andar, pero todavía no puedo correr. Intenté hacerlo con una amiga y fue un fracaso. ¿Tú sigues corriendo?

—Pues la verdad es que últimamente no mucho.

«Mentiroso. Ten cuidado. Tengo un arsenal de vieiras dispuestas a atacar con solo una palabra mía.»

—¿De verdad quieres cambiar tu curro en el banco por el de la panadería?

—Sí, por lo menos durante una temporada. Creo que no tengo mentalidad bancaria. Además no me apetece envejecer allí.

—Está bien tener el valor de cambiar tanto de golpe. Resulta impresionante.

Pongo el jarrón sobre la mesa y con un gesto lo invito a sentarse.

—Muchas gracias por las flores, de verdad.

Mira la habitación.

—¿Tu ordenador no ha vuelto a darte problemas, verdad? Veo que está encendido.

—Sí, gracias a ti. ¿Qué quieres tomar? Tengo ron, whisky, un oporto excelente. También un moscatel, cerveza y creo que me queda un poco de vodka al que si quieres podemos añadir zumo de naranja.

—Solo un zumo de naranja, por favor.

«¡Argghhh! ¿Qué voy a hacer ahora con todo ese arsenal alcohólico? El fregadero ya ha bebido demasiado y si lo tiro todo se va a poner como una cuba.»

—Perfecto, zumo de naranja. Yo también me tomaré uno.

—No te preocupes por mí si lo que quieres es tomar otra cosa.

«Muy bien, trátame de alcohólica en nuestra primera cita.»

—No, gracias. El alcohol lo tengo normalmente para las visitas.

Le sirvo y pregunto:

—¿Y tú, en tu trabajo?, ¿estás contento?

—No me quejo. En agosto suele haber menos lío porque todo el mundo se va de vacaciones, pero por otra parte también hay menos competencia.

«Buen intento, pequeño. Parece que dices la verdad pero te estoy observando y cada gesto de tu cara, por pequeño que sea, me va a confirmar si mientes o no. No, piedad, no me mires con esos bonitos ojos oscuros, debilitas mis poderes.»

Continúo con el interrogatorio:

—¿Y por qué decidiste instalarte aquí? ¿Tienes algún familiar?

—No, la verdad es que no. Me gusta moverme y me apetecía encontrar un lugar tranquilo. Con un poco de calidad de vida.

«Es hábil. El señor quiere jugar duro, pues que así sea. Pero créeme, no vas a salir de mi apartamento sin haber respondido a algunas preguntas tales como: ¿de dónde sale ese apellido tan extraño? ¿Qué ocultas en tu mochila? ¿Me amas?»

La velada empieza bien. Hablamos. Todo ocurre tal como lo he planeado salvo que Ric apenas desvela nada sobre sí mismo. Las vieiras están en su punto, como él. Se relaja, yo también. Charlamos de películas, de cocina, de viajes. Nos reímos espontáneamente de vez en cuando. No hay ningún cambio en su risa, la mía, sin embargo, se va pareciendo más a la de una hiena cuya pata se ha quedado atrapada en una escalera mecánica. Sé que me observa. Yo intento no hacerlo hasta que no puedo resistirlo. Echa salsa en las vieiras y me siento al borde del enamoramiento.

Ojalá esta noche no termine nunca, quiero saberlo todo de él, qué espera del futuro. De vez en cuando sus silencios y sus dudas me demuestran que no está acostum-

brado a hablar. Pero conmigo habla. Me sonríe, aunque no me cuesta imaginar que es más lo que calla que lo que dice. Si me fío de mi instinto, juraría que este hombre esconde algo. Si algún día llega a confiármelo, nuestros destinos estarán ligados para siempre. Me gustaría que el tiempo se detuviera, que no me abandonara nunca. No quiero dejar de sentir lo que siento en este instante, el deseo de entregárselo todo y que lo acepte.

Sin embargo, la mala suerte y el destino han decidido arruinarme una vez más este momento de felicidad. La violencia de la explosión nos arroja a los dos al suelo.

—Sí, cada cierto tiempo suelo hacer una.

—¿Y tu presentación?

—Tengo una copia en el banco.

«Mentiré hasta la tumba.»

—Visto en qué estado ha quedado, me extrañaría mucho que pudiéramos salvar el disco duro. La última vez que vi algo así fue mientras estudiaba. Un listillo se había dedicado a toquetear los circuitos eléctricos y todo saltó por los aires. Igual que ahora.

Se da cuenta de que me estremezco. Me coge las manos.

—Julie, todo está bien. Se ha acabado. No va a explotar dos veces. Sin embargo, deberías ir a respirar a la cocina porque esto suelta vapores tóxicos. No me gustaría acabar esta noche en urgencias.

Obedezco. Antes, como quien no quiere la cosa, le pregunto:

—¿Y qué había hecho tu compañero de clase?

—Había dañado una pieza minúscula, una pequeña resistencia de nada. En este tipo de máquinas, el tamaño de los elementos no tiene nada que ver con su importancia. Al menos aquel incidente nos permitió a todos aprenderlo y nunca olvidamos la lección.

«Tú también, Julie, tú también has aprendido la lección. Acabas de inventar la bomba con efectos retardados, capaz de explotar cuando le viene en gana.»

Ric se acerca aún más al ordenador.

—¿Tienes una linterna?

Se levanta, sonríe y añade:

—¡Claro que tienes! De hecho te gusta mucho.

Hubiera deseado desaparecer por un agujero de ratón. Mi velada de ensueño está a punto de convertirse en un interrogatorio de la policía científica tras un atentado. Necesitaré ayuda psicológica. Si le doy la linterna con la que me vio atrapada en su buzón, se dará cuenta de que fui yo quien saboteó la pieza para atraerlo a casa.

¿Os dais cuenta de lo horrible y ridículo de mi situación?

Hago como que no he oído y voy a la ventana a respirar aire fresco, como el perro que saca la cabeza por la ventanilla del coche, aturdido por el viento, con la lengua colgando. Ric tiene la bondad de no insistir y simplemente me pregunta:

—Por la noche, ¿sueles apagar tu ordenador?

—No siempre.

—Entonces has tenido suerte, porque con esta misma explosión en mitad del sueño, además de un ataque al corazón, habrías tenido un incendio.

«A ver, ¿tengo suerte o no? Es nuestra primera cita y esto parece un campo de batalla. Si esto se llama potra...»

Añade:

—Siempre podremos contar que, en nuestra primera cena, saltaron chispas. Pero tendremos que obviar el olor y el humo.

—Pero ¿vamos a despedirnos así?

Grito desgarrado. Sé que no he debido hacerlo, pero ha salido solo. Sus vieiras deben de estar frías, las mías están pegadas a la pared y con el plato roto justo debajo. El agradable ambiente de complicidad se ha evaporado y mi casa apesta. Estoy al borde de la depresión.

Sale de la habitación:

—Si quieres podemos coger tu deliciosa cena y terminarla en mi casa.

La emoción me invade. Incluso si es un ex agente secreto fugado, nunca lo denunciaré. Estoy dispuesta a jurar que he pasado toda la noche con él, si eso le sirve de coartada. De hecho, estoy dispuesta a pasar realmente toda la noche con él para que la coartada sea verdad.

Colocamos todo en una bandeja y subimos a su casa. Hace hueco en la mesa. Nos reímos. Parecemos dos críos que se van de pícnic.

—Siento lo feos que son el mantel y los vasos, pero al menos podremos terminar la noche sin máscaras de gas.

Nos sentamos y el milagro sucede. Comenzamos a hablar como si nada hubiera pasado. En un momento dado, creo aún estar al principio de la noche y me levanto para ir a mi nevera, pero me veo delante de la puerta del baño.

Se echa a reír. Esa vez su risa no suena nada áspera. Es sincera, poderosa, instintiva. Tal como me gusta a mí.

—Espera, yo me ocupo de sacar el pastel.

Me vuelvo a sentar en la silla y lo observo. Pone el pastel encima de uno de sus platos. Este pastel es mi primer salario de panadera. La señora Bergerot me lo ha regalado como agradecimiento por mi primera mañana de trabajo. Mientras me daba la caja, me ha dicho que, sin duda, algún día podré llegar a ser una dependienta excelente y que, mientras encuentro mi camino, ella estará encantada de empezarlo conmigo. El pastel no es un simple postre, representa mi suerte, el fruto de mi trabajo, y lo voy a compartir con Ric.

—Y en el colegio, ¿eras buen o mal estudiante?

—Un chiquillo serio. Me gustaba reír, pero no era el payaso de la clase. La verdad es que en mi casa las cosas no eran fáciles.

Se interrumpe. Se levanta para disimular algo, pero me doy cuenta de que está incómodo, como si hubiera hablado de más. Sí, exacto, ha dicho demasiado y está avergonzado. Cuando yo me he encontrado en esa situación él siempre se ha mostardo elegante. Le debo un favor. Lo ayudo:

—Yo repetí una vez. En segundo.

—¿Por culpa de qué asignatura?

«Los chicos.»

—Un poco por matemáticas, pero sobre todo por la disciplina.

—¿Eras rebelde?

—Pues sí, señor.

Pone los platos de postre mientras se ríe. De pronto, se queda petrificado. Sin embargo yo no he dicho nada que pueda ponerlo así. Se queda escuchando:

—¿No oyes nada?

—¿Qué debería oír?

Se gira y entra en el cuarto de baño. Cierra la puerta a sus espaldas.

Le oigo gruñir. Percibo un ruido que no soy capaz de identificar. Le escucho echar pestes. No cabe duda: sí, fue él el que se cayó por la escalera cuando se apagó la luz.

—¡Julie!

Acudo. No me atrevo a abrir la puerta y pregunto:

—¿Quieres que entre?

—Sí, por favor.

Esta vez, sí que oigo bien el ruido. Abro y veo a Ric dentro de la bañera con un tubo del calentador colgando de la pared y perdiendo agua abundantemente. Intenta en vano apretar algo. Refunfuña:

—Sabía que debería haber revisado las cañerías. Pero pensaba que todavía aguantarían un poco más.

El agua se sale por todas partes. Me acerco con cuidado de no resbalarme. Me inquieto:

—No te quemes —le digo.

—No te preocupes. Es el tubo del agua fría. ¿Podrías ir al fregadero y cerrar la llave de paso? Me ayudaría bastante.

—Voy.

Abro el armario y busco la llave. Aparto todo lo que hay delante. Artilugios, muchos. Ahí está, extiendo el brazo e intento girarla pero no puedo. Está atascada o muy vieja. La fuerzo hasta que mis dedos se ponen blancos, pero no hay manera. Regreso preocupada al cuarto de baño. Cada vez sale más agua. Ric está empapado.

—No lo consigo. No tengo suficiente fuerza.

Ric sigue intentando contener el escape. Pero el agua sale a raudales. Dice:

—Si lo suelto, se saldrá todo y nos inundaremos. Malditos pisos antiguos.

—Puedo reemplazarte, si quieres.

Me mira. La fuga aumenta. Insisto:

—Soy más bajita que tú pero me veo capaz. De todos modos no creo que haya otra solución.

Sacude la cabeza, resignado. Me quito los zapatos y avanzo hacia él. Molesto por el agua que corre por su cara, grita:

—Siento todo esto. Entra en la bañera. Tienes que deslizarte entre mis brazos y poner la mano aquí. El óxido ha debido de corroer la pared metálica del calentador y tenemos que evitar que se parta la tubería.

Le indico que lo he entendido. Me meto dentro de la bañera. El agua helada me empapa. La presión de la fuga es más fuerte de lo que parece. Me deslizo entre los brazos de Ric, y acabo adosada a su pecho. Esto ya lo he vivido con él, salvo lo de la ducha fría. Los pies en el agua, la cara inundada (ni siquiera mi máscara *waterproof* podrá resistir eso). Ric guía mis manos hasta la brecha. Lo siento junto a mí. Me cuesta concentrarme en mi obligación. El agua nos inunda. Ric me grita en la oreja:

—Pon las manos aquí y aprieta con todas tus fuerzas. Voy a quitar las mías y sentirás la presión del agua. ¿Estás lista?

Asiento con la cabeza. Su barbilla contra mi mejilla, el agua nos chorrea por la cara. ¿Cómo hemos llegado a esto? Qué sensación más rara. Tengo ganas de girarme, de olvidar la fuga y besarlo. Estoy entre sus brazos bajo la ducha. El ruido del agua cayendo retumba. Vacilo y él dice:

—Atención, voy a quitar mis manos. No te preocupes. No voy a tardar.

Sus brazos se apartan con cuidado, y con ellos todo su cuerpo. Cierro los ojos. Sale de la bañera, y del baño. Me quedo sola bajo esa ducha helada. Efectivamente, el metal debe de estar oxidado porque en los dedos noto que la pared del calentador se deforma. De pronto, la fuerza del escape se reduce. El agua deja de manar. Me doy cuenta entonces de que mi vestido está calado y que se ha vuelto casi transparente, el único día de mi vida en el que he decidido no ponerme sujetador.

La puerta del cuarto de baño se abre. Ric está ahí, igualmente empapado, con su camisa pegada al cuerpo. Está muy bien formado. Espero que piense lo mismo de mí. Me quedo de piedra en la bañera, sin saber muy bien qué hacer salvo mirarlo.

—Debes de estar congelada —me dice mientras abre un armario del cuarto de baño para sacar una toalla.

La desdobla, me ayuda a salir y la enrolla en torno a mí. Con un gesto suave, me frota la espalda, su rostro gotea. Me encanta despeinado y con el pelo mojado. Él habla, yo no puedo.

—Te lo agradezco mucho. Esta noche hemos tenido suerte los dos. Si no llegas a estar aquí, los daños hubieran sido enormes. Por no hablar del techo del vecino de abajo.

Una explosión y una inundación en la noche de nuestra primera cita. Si son señales, no sé muy bien cómo interpretarlas. Sigo sin decir ni media palabra. Creo que aún estoy en estado de shock. Y no por el agua glacial, o por la cena arruinada, o por el vestido echado a perder o por tener los pezones como escarpias, sino por él.

Coge una toalla y comienza a secarse la cara con ella. Se ríe:

—Parece que alguien nos ha echado un mal de ojo. Pero no vamos a ponerle las cosas tan fáciles. Todavía nos queda el pastel. ¿Quieres ir a tu casa a cambiarte?

Ni de broma iba a dejarlo, ni cinco minutos. Creo que ve la respuesta en mis ojos.

—Puedo dejarte algo de ropa si quieres.

Me controlo ya tan poco que creo que he asentido con la cabeza. Me conduce hasta su habitación. Saca un pantalón corto y una gruesa camisa.

—Te dejo para que te cambies. Voy a secar un poco el baño. Ahora que ya hemos pagado nuestro tributo a la diosa de la mala suerte, espero que nos deje tranquilos el resto de la noche.

Sale dando un portazo. Yo sigo muda. Me quito el vestido. Estoy completamente desnuda en su habitación. La verdad es que hemos invertido el orden de cualquier relación lógica.

Me imagino a Géraldine en mi lugar. Y a los gatos. La primera se habría contoneado y los segundos habrían huido a causa del agua. Su camisa me resulta muy cómoda. No hay ni un espejo para ver qué pinta tengo, con sus pantalones demasiado grandes y las mangas demasiado largas. Ojalá que la máscara de pestañas no se me haya corrido. Regreso al salón. Él está en el baño escurriendo todo como puede, con el torso desnudo.

—No creo que yo solo sea capaz de arreglarlo. ¿Crees que puedo pedirle ayuda a Xavier?

«También puedes dejarlo así y venirte siempre a duchar a mi casa. Y si quieres, vivir conmigo.»

—Seguro que te ayuda. De hecho, parece que os lleváis bastante bien.

Se endereza. Se acerca a mí. Me pongo nerviosa. Pero pasa de largo:

—Yo también voy a cambiarme.

Volvemos a sentarnos a la mesa para comer mi primer salario de panadera en silencio, sin atrevernos a mirarnos. ¿Cómo actuar en este tipo de situaciones? No consigo borrar de mi mente la imagen de su torso desnudo. Si es cierto lo que se dice de los hombres, a él debe de estar sucediéndole lo mismo con la imagen de mis pechos como en un concurso de camisetas mojadas.

—Esta tarta está deliciosa —dice mirándome finalmente.

Sonrío, como nunca he sonreído a nadie.

28

Me marché a la una de la mañana. Hablamos de todo, salvo de él. Cuando nos dijimos adiós nos besamos sin dudar, en la mejilla. Quise rodear su cuello con los brazos pero pude controlarme. Él estuvo perfecto. Todo fue perfecto. La explosión, la fuga, sus miradas, su piel. Bajé a mi piso de puntillas con mi vestido empapado en una bolsa y su ropa puesta.

Me costó entrar en mi apartamento. En primer lugar porque todavía apestaba y en segundo porque él no estaba. Me acosté con su ropa, pero no conseguía dormirme. Imaginé cómo hacer para no tener que devolvérsela. Podía fingir un robo y decirle que se la habían llevado. También podía decirle que después de lavarla la había tendido en la ventana y que alguien había debido de cogerla. Se me iba la cabeza. Lo mejor sería hacer como si nada y esperar a que él me la reclamase por carta certificada.

Debí de dormirme una hora antes de que el despertador sonara. Sobra decir que aquel día apenas pude concentrarme en el banco, entre el recuerdo de Ric protegiéndome como un agente de las fuerzas especiales cuando el ordenador explotó y aquel otro en el que aparecía con sus pectorales mojados. Uf.

Es extraño pero aquella mañana, a pesar de tener la mente cansada y plácida a la par, Géraldine no me preguntó si me había contoneado. ¡Para una vez que tenía algo que contarle!

Cuando volvía de la oficina, me pasé por la panadería. La señora Bergerot me llevó aparte.

—Pareces cansada, querida Julie.

—Un escape de agua ayer por la noche.

—¿Sabes? Lo he pensado mucho. Y me encantaría que comenzaras el martes día veintidós, si te viene bien.

—¿En una semana?

—Solo si te va bien.

—Sí, sí, no se preocupe.

«Únicamente necesito dormir un poco antes.»

Termino de trabajar en el banco un viernes y empiezo en la panadería el martes siguiente. Ahora sí, se lo tenía que contar a mis padres.

Podéis llamarme irresponsable, pero en cuanto salí de la tienda ya había dejado de preocuparme por todo eso. Lo único que me importaba era averiguar cómo haría para poder ver a Ric a menudo. Es increíble lo que lo echaba de menos. Regresaría a casa, quizá comería algo, y luego me enrollaría un momento en su ropa.

Casi estoy delante de mi puerta cuando oigo a alguien que me llama.

—Julie, ¿eres tú?

La voz proviene de los pisos superiores. Me asomo al hueco de la escalera.

—¿Quién es?

—La señora Roudan. ¿Podrías subir un momento, por favor?

Con el pan en la mano, subo los dos pisos. Paso por delante de la puerta de Ric. ¿Estará ahí?

La señora Roudan me espera en el rellano. Parece cansada.

—Acabo de bajar hasta tu casa. Qué tonta estoy, se me había olvidado que trabajas los sábados por la mañana. Te estaba esperando.

—Hubiera podido dejarme una nota o llamarme.

—Sí, pero habría tenido que volver a bajar y a mi edad ya no estoy para esos trotes. Y teléfono ya no tengo. ¿Tienes un minuto?

—Por supuesto.

Me indica que la siga dentro de su casa. Nunca he estado en tantas casas del edificio como en los últimos días. Cuando entro parece que he dado un salto en el tiempo. Todo está viejo, cubierto de polvo. Los cuadros están amarillentos, cuarteados. Es imposible saber el color original. Una mesa de madera, una única silla. En el fregadero de loza blanca, solo hay un plato usado. La nevera de esquinas redondeadas hace un ruido como de diésel. En el suelo, un vaso vacío. Ya había oído decir que la señora Roudan era la más antigua del edificio, pero no sabía que llevaba tanto tiempo.

Arrastra un viejo taburete y me ofrece la silla. Declino la oferta:

—Prefiero que sea al revés, si no le importa.

Acepta sin hacerse rogar. Parece que sufre de la espalda. Lo que no es de extrañar si se tienen en cuenta los carritos sobrecargados que arrastra por la escalera.

—Quizá no lo sabes, Julie, pero te conozco desde hace mucho. Hace algún tiempo planchaba para los vecinos de tus padres. Y solía oírte reír en el jardín, con tus amigos.

—Nunca me lo había dicho.

—No suelo hablar demasiado. Pero me alegré mucho cuando te mudaste aquí.

Es extraño pero me parece que mira la baguette con ganas.

—Debes de preguntarte por qué te he pedido que subas.

—Efectivamente.

—Confío en ti. Y quisiera pedirte una cosa. Me voy a marchar unos días.

—¿De viaje?

—La verdad es que no. Voy al hospital.

Levanto las cejas.

—Espero que no sea nada grave.

—En junio me hice unos análisis y los resultados no fueron del todo buenos. El médico pidió que me hicieran más pruebas y me han encontrado algo. Hace una semana me hicieron una extracción y ahora me van a ingresar, por lo menos durante un mes.

Me dice todo eso sin ninguna emoción aparente.

—Como puedes ver, no soy rica. Y si la Seguridad Social no se hiciera cargo de todo ya estaría muerta.

—¿Y qué puedo hacer por usted?

Me señala la puerta de su habitación.

—Quiero que te ocupes de lo único que todavía me importa un poco.

«Me va a pedir que alimente a la familia de refugiados que esconde en su habitación. Es algo que le pega, es buena persona.»

—... si algún día regreso voy a necesitarlo.

Se levanta apoyándose sobre la mesa y va a su habitación a pasitos. Una cama vieja con un cabecero como los de antes, un edredón casi entero rasgado y una mesilla sobre la que hay una foto semiborrada apoyada en una lámpara de otra época, un armario remachado y un cuadro polvoriento de colores desvaídos con una escena de la siega.

Va hacia la ventana, la abre y saca una pierna por ella. Me precipito:

—¡No salte!

Ella se echa a reír.

—No te preocupes, Julie. Mira.

Me señala el exterior y pongo los ojos como platos. Al pie de la ventana, descubro un huertecito montado en la azotea del edificio intermedio. Tomates, lechugas, guisantes, otras legumbres y algunas fresas desplegadas en ese jardín clandestino y suspendido.

—Yo misma lo he habilitado poco a poco. Cada día subo a escondidas tierra en mi carrito y cultivo cosas. Nadie lo sabe. Quizá lo averigüen algún día los del edificio de al lado, pero ya veré lo que hago.

Creo que está orgullosa de mi expresión de incredulidad. Hace falta ingenio y valor para llevar a cabo un proyecto semejante en este sitio.

—Me gustaría mucho que vinieras a regar durante mi ausencia. No sabes lo que me ha costado montar todo esto. Me daría mucha pena que se murieran. De hecho, deberías probar estas verduras, sería una pena que se echaran a perder.

Estoy impresionada, conmovida.

—¿Por qué no me lo dijo antes? Hubiera podido ayudarla.

—Cada cual tiene su vida. No me gusta molestar.

—¿Cuándo tiene que irse al hospital?

—El lunes por la mañana. Dejaré mi llave en su buzón.

—¿Dónde van a ingresarla?

—En el Louis Pasteur.

—Iré a verla.

—No hace falta. Ven, te enseñaré dónde pongo la regadera y los utensilios de jardinería.

29

Tengo la sensación de haber probado y vivido más cosas en tres semanas que en todo el resto de mi vida. Estoy completamente agotada. Demasiadas emociones, demasiado diversas. Dejé la baguette a la señora Roudan y bajé a casa. Me puse la camisa de Ric e intenté aclarar mis ideas. Todavía olía a quemado. Había metido con cuidado el ordenador destruido en una bolsa de basura y lo había guardado hasta que decidiera qué hacer con él. Encendí varias velas perfumadas. La mezcla de jazmín y componentes electrónicos quemados no es muy agradable.

Encima de la mesa y por la cocina se apilan todavía los restos de la cena interrumpida. Lo ordeno casi todo. No me apetece limpiar ni su plato, ni su vaso. Así todavía tengo la impresión de que él sigue aquí. Alguna vez he oído decir que si alguien bebe del vaso de otra persona, sabrá todos sus pensamientos. Tengo ganas de probarlo. Al fin sabría lo que opina de mí o por qué amontona tantos artilugios extraños debajo del fregadero. El chico, definitivamente, es raro.

Alguien llama a la puerta. Seguramente la señora Roudan, que ha olvidado decirme algo. Abro. No es la señora Roudan. Es el hombre dueño de la camisa que llevo puesta y que no debería haberme visto así.

—Hola.

—Buenos días, Ric.

Señala su camisa:

—Te queda bien. Quería agradecerte otra vez lo de anoche. Fue una cena rara pero me lo pasé muy bien.

—Yo también.

—¿Qué tal el olor de tu ordenador?

—Está metido en una bolsa. Luego lo bajaré a la basura.

—¿Quieres que intente recuperar tu disco duro?

—Si crees que va a servir de algo, encantada. Pero seguramente tienes otras cosas que hacer. No había nada importante.

—Me lo puedo llevar y lo miraré cuando tenga algo de tiempo.

—Muchas gracias.

Saca un papel del bolsillo.

—Toma, mi número de móvil. No suele estar encendido, pero nunca se sabe.

Cojo rápidamente el papel que me tiende y me precipito sobre mi escritorio para apuntarle el mío. Cuando me giro me sobresalto. Está aquí, en la habitación. Me ha seguido.

Encima de la cama deshecha, Toufoufou tiene los pantalones que me dejó anoche a medio poner.

—Y ahora, sin ordenador, ¿cómo vas a apañártelas?

—Tengo un ordenador viejo que puedo usar para leer los mails. Para lo demás, bueno, en una panadería no hay demasiadas presentaciones o informes que hacer.

—Claro.

—¿Sales a correr mañana?

—Lo voy a intentar, pero tengo algunas cosas que preparar.

«Cosas. Siempre tiene cosas que hacer, cosas que ver, cosas que preparar. Mejor sería que tuvieras cosas que besar, mimar, amar. Y yo soy una gran cosa.»

Coge mi número de teléfono y se dirige hacia la salida. De pronto se acuerda del ordenador.

—Le voy a echar un vistazo. Hay menos de un veinte por ciento de probabilidades de que pueda recuperar algo, pero vale la pena intentarlo.

Nos damos dos besos y se marcha. No me doy cuenta inmediatamente de que se ha ido. Sin duda porque, sorprendida por su visita, no me ha dado tiempo a asimilar que ha venido. Necesito dormir porque si no voy a hacer cualquier cosa. Incluso más que de costumbre.

30

En la oficina el ambiente es diferente. Ahora que me voy, echaré de menos el mejor período que he vivido allí. Géraldine está mucho más tranquila. Hace lo que quiere con Mortagne y el resultado es espectacular. Menos peleas, menos tensión. En vez de hablarle a su planta, Mélanie comienza a dirigirnos la palabra. Ahora el que se va a cabrear es el helecho.

Mi última semana. Me resulta raro. Todo el mundo es amable conmigo. ¿Por qué es necesario que una tenga que marcharse para que la traten bien? ¿Porque nos van a echar de menos? ¿Porque ya no hay nada en juego? Preguntas sin respuesta.

Nada más sentarme en mi mesa, suena el teléfono. Es Sophie.

—Pero ¿dónde te metes? Resulta imposible localizarte.

—Hola, Sophie. No puedo hablar mucho, estoy en el trabajo.

—¿Me tomas el pelo? Serías la primera que está desbordada en el banco en pleno mes de agosto y a cuatro días de dejarlo. Bueno, cuéntame qué tal con Ric.

«Escapamos a un atentado, nos dimos una ducha juntos, me puse su ropa, se ha comido casi todo mi sueldo, ¡una locura!»

—Pues muy bien. Es un chico encantador.

—Julie, no me trates como si fuera tu madre. Quiero la versión real. ¿Qué hicisteis?, ¿intentó ligar contigo? ¿Estáis saliendo?

Tengo miedo de hablar y que alguien en el banco me oiga. Pongo la mano sobre el auricular:

—Es complicado hablar aquí.

—Vale, lo entiendo. Solo tienes que responder sí o no. ¿Hicisteis el amor?

—No.

—¿Es gay?

«Sería el drama de mi vida y me metería a monja.»

—No lo creo.

—¿Al menos es simpático?

—Sí.

—Es genial hablar contigo. Sin duda eres mi mejor amiga. ¿Y has hablado ya con tus padres de tu reconversión?

—Una antigua vecina les ha dado ya un anticipo.

—¿Y cómo reaccionaron?

—Mejor de lo que esperaba. Estaban tan sorprendidos que no tuvieron tiempo de montar un número. Creo que están preocupados por la salud de mi padre.

—¿De verdad?

—Le hacen unos análisis la semana que viene.

—¿Y tu trabajo nuevo?

—La buena noticia es que voy a empezar a media jornada hasta que Vanessa, la otra dependienta, se vaya. Y, agárrate bien, voy a ganar lo mismo que aquí.

—Me alegro por ti. Y ya que estamos con las buenas noticias te comunico que la próxima cena de chicas es en casa de Maude. Somos demasiadas para tu pequeño apartamento y como el suyo es el más grande, se ha ofrecido a hacerlo. No me digas que estás frustrada, que después de tu cena con Ric ya no necesitas cobayas. Tú llevas las bebidas.

—Vale.

—Y no creas que te vas a librar de contármelo todo. Hace años que nos reímos de las historias de las demás, incluidas las nuestras. Así que no te vas a escapar. Te dejo. ¡Muchos besos!

31

El miércoles por la tarde fui a visitar a Xavier. Tenía ganas de saludarlo, pero para ser sincera, esperaba también cruzarme con Ric.

En cuanto entré en el patio de su edificio, me bombardeó una luz cegadora. Me tuve que tapar los ojos con las manos. ¡Lo que Xavier construía no era un coche sino un rayo de la muerte! Desvarío. Está compinchado con los extraterrestres que vienen del planeta de Ric, por eso se llevan bien. Y por eso también todos los hombres se llevan bien entre ellos, ¡porque vienen de otra galaxia! Tambaleándome, escapo del deslumbrante haz, que no es más que el reflejo del sol del nuevo parabrisas blindado.

Debajo del coche de Xavier, una larga chapa curvada se menea, unida a una horca, flotando ingrávida. Muy concentrado, Xavier la coloca con precisión de relojero. Está tan absorto que no se ha dado cuenta de que estoy ahí. El sudor le baja por la frente. Mueve la gran pieza un poco hacia la derecha, la empuja un poco más hacia el fondo, la mueve hasta debajo del motor, comprueba la perfecta posición de las calzas y la bloquea. Suspira, se incorpora y me descubre:

—¡Julie!, me has asustado.

—Hola, Xavier. ¿Qué estás haciendo?

Se seca la frente con la camiseta y me da un beso en la mejilla.

—Acabo de recibir la primera pieza pintada de la carrocería. Negro mate. Nadie la ha visto todavía, eres la primera. ¿Qué te parece?

—De categoría. ¿XAV-1 va a estar recubierto con ella?

Asiente con la cabeza como un niño orgulloso.

—Estará vestido en tres semanas. Mañana comenzaré con los ensayos del motor. Voy a aprovechar que no todo el mundo ha vuelto de vacaciones para no molestar demasiado.

Su coche va a ser algo grande y seguro que impactante también, pero yo he ido allí a tratar lo que me preocupa:

—No habrás visto a Ric, ¿verdad?

—No, hoy no. Creo que tenía cosas que hacer.

«Cosas, siempre cosas.»

—¿Ya te ha comentado el problema con el calentador?

—Sí, me pasaré el fin de semana que viene. Tiene muy mala pinta.

«¿Quién tiene mala pinta? ¿Ric o el calentador?»

Con el reverso de su manga, Xavier limpia su flamante capó nuevo. Y como si nada, añade:

—Pero no solo me ha hablado de su calentador...

«¿Qué? ¿Qué más te ha dicho? ¿Sabes para qué servicio secreto trabaja? Confiesa o cojo la llave del buzón y te hago un rayón en el capó nuevo, con una risa sádica acompañada de un movimiento de cabeza hacia atrás.»

—¿Ah, sí? ¿Y de qué más habéis hablado?

—El otro día, entre dos preguntas que me hacía sobre la resistencia de los metales, te mencionó mucho.

—¿De verdad?

—Sí, me preguntó desde hace cuánto nos conocemos, qué tipo de chica eres. Quería saberlo todo de tus amigos y de tus ex novios.

«Xavier, si le has contado algo te juro que le prendo fuego a tu cacharro.»

—No te preocupes, no le he dicho nada. Pero tengo la impresión de que le interesas. Ya sabes a lo que me refiero. No sé qué piensas tú, pero parece un tío legal.

«No solo eso. Pero sería demasiado largo explicarlo.»

—Gracias, Xavier, gracias por no haberlo soltado todo de mí.

Se incorpora y me mira a los ojos fijamente.

—No te preocupes. Sabes, Julie, puede que suene raro pero eres lo más parecido que tengo a una hermanita. Nuestros caminos van en paralelo desde hace mucho tiempo, nos tenemos el uno al otro y, sin embargo, nunca habrá nada entre nosotros. Así que debe de tratarse de afecto.

¿Cómo un hombre que acaricia la chapa como si fuera el pelo de una mujer puede crear frases que incluso a un escritor de novela romántica del siglo xix le costaría escribir? Estoy desconcertada.

Pero como si no hubiera dicho nada especial, Xavier continúa:

—Ric es un hombre sorprendente.

—¿Por qué dices eso?

—Porque le interesan cosas sorprendentes.

«Deja de marear la perdiz, Xavier. Terminarás hablando. Mira que tengo la llave en la mano.»

—¿El qué, por ejemplo?

—El otro día me hizo muchas preguntas sobre el metal, sobre cómo doblarlo y cortarlo. No creo que eso le sirva mucho para la informática.

—Seguramente se interesaba por tu coche.

—No, no lo creo. Yo le estaba hablando de molinos de ocho cilindros y de soldadura. Fue él quien orientó la conversación hacia lo que le interesaba. Confieso que me hizo preguntarme cosas.

—¿Qué cosas?

—Pues la verdad es que es divertido, pero si yo quisiera ayudar a alguien a escaparse de la cárcel habría hecho exactamente las mismas preguntas.

32

Os podéis imaginar el efecto que la frase de Xavier produjo en mi ánimo. Es difícil decirlo, un auténtico terremoto. La prisión más cercana se encuentra a unos sesenta kilómetros y es una penitenciaría de mujeres. Hola, depresión. Nada más leer su apellido en el buzón el primer día, casi lo había desenmascarado. Ricardo Patatras suena como un espía en fuga que planea sacar a la mujer que más quiere de la cárcel. Por ella, será capaz de cualquier cosa. Jamás pudo perdonarse que fuera atrapada en aquella misión en Novosibirsk. Prometió sacarla de allí. Después, huirán juntos a un terreno oculto en el corazón de algún bosque de Brasil lleno de animales encantadores. En una increíble mansión comprada por la CIA, vivirán su pasión, desnudos. Mi Ric con ese pedazo de guarra. Qué decepción más grande. Si la pillo, le parto las piernas con el capó de Xavier. Imaginármela en los brazos de Ric me da ganas de gritar. Mientras, yo seguiría atrapada en mi asquerosa vida, colando cuentas como pueda mientras espero a vender pan y yendo a cenas con solteras locas. Estoy destrozada. No he hecho más que llorar desde que Xavier me contó aquello ayer.

Me seco las lágrimas al llegar a la recepción del hospital:

—¿La habitación de la señora Roudan, por favor?

La chica teclea en el ordenador y comprueba la habitación en la pantalla. Es muy mona, tiene una maravillosa vida por delante y aun así parece triste. Puede que también su chico acabe de escaparse con una espía. Pensándolo bien, en lo que se refiere a hombres, experimentamos todas un poco lo mismo.

—Servicio de oncología. Tercera planta. Habitación 602.

—Gracias.

Las puertas del ascensor se han cerrado tan rápido que me han medio triturado la *religieuse* de chocolate que he traído.

Recorro los largos pasillos. La última vez que vine, fue para visitar a un compañero que se había roto una pierna. Había gente por los pasillos, pero en la planta de oncología me cruzo sobre todo con enfermeras y doctores con bata blanca. Llego hasta la puerta. Llamo suavemente.

—Entre.

No es la voz de la señora Roudan.

Entro. Dos camas. En la primera, una señora mayor muy estirada, con un camisón de flores amarillas y un peinado impecable de vieja institutriz. Me mira contrariada por haber interrumpido su contemplación de un programa de televisión en el que los candidatos deben responder preguntas absurdas con el refuerzo de risas enlatadas.

—Buenos días —sonrío tímidamente.

Inclinación severa de cabeza. Puede que esa mujer sea la celadora de la prisión donde está la guarra de Ric encerrada.

En la cama del fondo, cerca de la ventana, la señora Roudan todavía no se ha dado cuenta de mi presencia. Está fascinada por la televisión. La mira con los ojos maravillados de un niño delante de los escaparates de Navidad. ¿Puede ser que jamás haya visto la televisión? Me acerco:

—¿Señora Roudan?

Baja los ojos hacia mí y la mirada maravillada se convierte en una de extrañeza.

—¿Julie? ¿Qué haces aquí? ¿No te habrás puesto mala, verdad?

—No, estoy bien. Solo quería pasar a saludarla.

Parece más molesta que contenta.

—No hacía falta. Eres muy amable. Estoy acostumbrada a estar sola.

—Le traigo un pastel.

—Oh, eres un encanto.

—¿Puede comer de todo?

—Por ahora sí, pero tengo la sensación de que no tardarán en prohibírmelo.

Pongo el paquete en la mesita de noche. Mirada celosa de la vecina.

—Está un poco aplastado el papel por culpa de las puertas del ascensor.

La señora Roudan me mira, incrédula. No debe de estar acostumbrada a que hablen con ella. Algunos saludos días por semana, algunas banalidades sobre el tiempo y enfermedades pasajeras, nada más. Sin embargo, allí está rodeada de enfermeras que le preguntan por su estado diez veces por semana, y yo le hablo de las puertas del ascensor.

—Siéntate —me dice—. Aquí, hay muchas sillas.

—¿Cómo se encuentra?

—Peor que en mi casa.

—¿Le han dicho cuándo le van a dar el alta?

Se aprieta las manos.

—No dicen nada.

En la claridad de esta habitación, parece más pálida y su pelo más fino. Su cara tiene algo menos de ternura que cuando me la cruzaba en la escalera. Se inclina hacia mí para que su compañera no la oiga.

—¿Y cómo va mi huerto?

—Ayer subí a regar y todo está bien. Creo que los tomates estarán maduros la semana que viene. Se los traeré.

Esta perspectiva parece alegrarla. Le pregunto:

—¿Necesita algo más, alguna revista, el teléfono de alguien o de lo que sea?

Me contesta que no con un gesto de la mano.

—Tengo aquí todo cuanto necesito. Es como un hotel. Y solo tienes que encontrarte mal para que te den una habitación. Además, tengo tele.

Me señala la pantalla discretamente con el dedo. De nuevo en su rostro vuelve a esculpirse la fascinación. Murmura:

—Toda esa gente, todas esas historias, es una locura. La vida de otros en ese pequeño teatro. No sé si mucha gente la verá.

—Mucha, señora Roudan, mucha.

No me ha contado nada de su enfermedad. Tampoco yo me he atrevido a preguntar. He intentado entablar con ella una conversación pero debe de hacer mucho tiempo que no lo hace y sus respuestas son cortas. Antes de irme, le he prometido que volvería. Parecía contenta. Al abandonar la planta, he pasado por la sala de enfermeras.

—¿Podría por favor informarme sobre el estado de la señora Roudan, de la habitación 602?

—¿Es usted de la familia?

«Una mentira más o menos no puede hacer daño a nadie.»

—Su sobrina.

La mujer consulta una carpeta.

—No hay nadie en el apartado de «avisar en caso de urgencia». Por favor, deme sus datos.

—Claro.

Le doy mi número de teléfono.

—¿Qué es lo que tiene?

—Sabremos más tras los análisis de la semana que viene. Cuando vuelva a visitarla, pida cita con el doctor Joliot. Él le explicará.

—Perfecto.

—Y aproveche el viaje para traerle a su tía algo de ropa porque ella ha traído muy poca. Le hacen falta camisones y algo con lo que salir a pasear por el jardín.

—Me ocuparé de ello.

33

Quizá parezca una tontería y más a mi edad, pero soy demasiado sensible a los actos que voy a realizar por última vez. Tiene que ver sin duda con el miedo a perder a alguien de quien ya os he hablado. Hoy es mi último día en el banco. Mi última cita, mi último plan de financiación, mi última caída del servidor. Resulta extraño sentir nostalgia por un sitio y un trabajo de los que, sin embargo, estoy muy contenta de irme. Me da la sensación de estar terminando un período de mi vida que no me correspondía. Antes de cambiar de tema, tengo que decir que debía mi disfraz de banquera a Didier.

No quiero hacer una fiesta de despedida con todo el mundo, pero al mediodía voy a comer con Géraldine. Mortagne ha intentado acoplarse pero ella no le ha dejado.

Esto también me choca. Me acuerdo de la primera vez que vi a Géraldine. Ella acababa de llegar de otra sucursal. Pero, para ser precisa, la primera vez no la vi, sino que la oí. Géraldine estaba en la oficina de la antigua directora y decía:

—Cuando monto en bicicleta, suelo inclinar la cabeza hacia la derecha porque he leído que más de la mitad de los accidentes afectan a la parte izquierda del cerebro. Y así, tengo más posibilidades de salir con vida.

Antes incluso de conocerla ya me había hecho una imagen de ella. Y sin embargo, aquí estamos las dos sentadas en la mesa, bajo el sol, en la terraza del restaurante Grand Tilleul. Solo una cosa me molesta: Géraldine lleva puestas sus gafas de sol. Que parezca la cabeza de una mosca no me importa, pero es que no le veo los ojos. Odio hablar con alguien y no saber qué mira.

Géraldine tiene mucha presencia. Sabe comportarse. Instintivamente, se coloca siempre en el mejor sitio. Los paparazzi pueden aparecer, siempre saldrá bien en las fotos. Ese es su instinto. Yo a su lado soy el patito feo. No tengo ni la actitud, ni un collar que deslumbra, ni un escote que atrae la mirada de los hombres. Hasta la manera de sostener el menú es de admirar. Se podría decir que es una reina a punto de leer un discurso a sus fieles súbditos.

—Yo tomaré tomates con mozzarella —dice—. Y luego dos postres.

—Yo tomaré lo mismo. Pero invito yo.

Hace un gesto al camarero, que se presenta a toda prisa. A mí ni me ha visto. Puede que le pregunte si quiere un cacharro con agua para su mascota.

—Te voy a echar de menos, Julie.

—Yo también. Pero podemos seguir viéndonos.

—Espero que sí. Ha sido todo un trauma aceptar que dejas el banco para convertirte en panadera. De hecho, me ha hecho reflexionar sobre mi propia vida.

«Dios mío, ¡qué he hecho!»

—... hace falta valor para replantearte la vida tal como tú lo has hecho. He decidido imitarte. Me he inscrito en el concurso de internos del banco. Voy a intentar ascender todo lo que pueda. Sé que no será fácil ya que no soy buena en todo, pero voy a trabajar duro e intentarlo.

—Es una buenísima noticia.

—Tú has sido mi fuente de inspiración, Julie.

—Estupendo. ¿Y con Mortagne?

—¿Raphaël? Es un amor. Solo hay que aprender a conocerlo.

«Solo hay que aprender a darle un buen guantazo.»

—¿Vais en serio?

—Es demasiado pronto para decirlo. Quiere tener cinco hijos y ya me ha enseñado fotos de la casa que quiere que nos compremos, pero yo no estoy en ese punto. A pesar de todo, y que quede entre nosotras, quiero seguir con él.

—Géraldine, ¿puedo preguntarte algo?

—Lo que quieras.

—¿Puedes quitarte las gafas de sol? Me incomoda un poco.

—¿Por qué no? Conocí a un yorkshire castrado al que le producían el mismo efecto. En cuanto veía a alguien con gafas de sol, ladraba como un loco y mordía. ¿Tú no vas a ladrar, verdad?

«No, pero puede que te muerda para que el camarero que ya viene con los platos entienda que yo también quiero mi ración. Quizá sea por mi lado perruno que hablo tanto de gatos.»

—Prefiero verte los ojos.

—¿Te parecen bonitos? —me pregunta mientras pone cara de actriz.

El camarero sirve la comida. Géraldine mira fijamente el contenido con ese estilo único suyo. ¿Qué pasará por su cabeza? La ciencia tiene en ella un elemento digno de análisis. Me guiña un ojo. Siento que se aproxima un comentario inolvidable, una sentencia absoluta:

—Siempre tengo el mismo problema con los tomates y la mozzarella.

—¿Sí?, ¿cuál?

—Me pregunto por qué no hacen mozzarella roja y tomates blancos. Así sería menos monótono, ¿no crees?

—Buen provecho, Géraldine.

No sé a vosotros, pero al principio de mi vida solo existían dos tipos de personas: las que adoraba y las que no podía aguantar. Mis mejores amigos y mis peores enemigos. Por los que estoy dispuesta a darlo todo y los que podrían irse a paseo. Luego se madura. Entre el blanco y el negro, se descubre el gris. Nos damos cuenta de que hay personas que no son del todo amigos, pero a quienes apreciamos, y otras que creemos que son más allegadas y que sin embargo no dejan de clavarnos puñales en la espalda. No creo que hacer este descubrimiento sea una renuncia o falta de integridad. Es solo otra forma de ver la vida. Gracias a esta filosofía, puedo disfrutar de la comida con la tarada de Géraldine Dagoin. La vida sin gente como ella sería mucho más triste y menos hermosa.

34

Mi primera jornada completa en la panadería. Ya soy oficialmente dependienta. Ayer tanto mis padres como Sophie me llamaron para desearme suerte. Todos me preguntaron también cuándo pensaba retomar mis estudios. Esperaba que Ric diera señales de vida, pero no lo he visto en todo el fin de semana. Ignoro incluso si habrá arreglado el calentador con Xavier. He comprobado cincuenta veces que mi teléfono tiene batería o que no está en silencio, pero nada, ni llamadas, ni mensajes. Debe de tener «cosas» que hacer.

En cuanto he llegado, Denis, el pastelero, ha venido a darme la bienvenida al equipo. Se ha puesto rojo y me ha dicho algo que no he entendido, pero que parecía amable. Julien también ha venido a recibirme. Uno de sus trabajadores me hizo una seña. Se llama Nicolas, parece simpático. Vanessa parece haberse hecho a la idea de que voy a ser parte del decorado. ¿Sentiría ella nostalgia por el lugar del que estaba a punto de marcharse? Sé lo que se siente.

Mientras colocaba unos pastelillos en una bandeja plateada, la señora Bergerot me ha explicado cómo va a ser la cosa:

—A partir de hoy, cada vez será más duro. La gente está volviendo de vacaciones.

Cuando abrimos no había casi nadie. Me dije que quizá se había equivocado y que todo el mundo estaba aún fuera. Me equivoqué. Desde las nueve, ha sido un no parar. Cada vez tenemos que servir más rápido, la cola se alarga hasta fuera del establecimiento. Jamás vi a tantas personas recién despiertas cuando estaba en el banco. La mayoría están morenas. Algunos adolescentes recitan la lista de la compra que han memorizado. A otros clientes a veces les da tiempo a contar sus vacaciones en pocas palabras. La señora Bergerot les responde siempre con las mismas frases pero teniendo cuidado de no repetirlas con alguien que haya podido escucharlas mientras esperaba su turno. ¿Os imagináis la disciplina y la memoria que hace falta? «Por su cara parece que han sido unas buenas vacaciones.» «Lo importante es estar en familia.» «Nunca he estado pero todo el mundo dice que es un lugar magnífico.» «Una vez lo vi en un reportaje de la tele, era precioso, qué suerte tiene.» «Se come bien allí, pero nunca como en casa.» Treinta años de experiencia. Tiene decenas de frases en la recámara. Solo en una mañana he oído cada una por lo menos diez veces. Cuando todos los clientes habituales hayan vuelto, archivará las frases hasta el año que viene, como la decoración de Navidad. La mayoría ha veraneado en Francia, los menos se han ido fuera (todavía van vestidos al estilo de donde han estado para conservar un poco el ambiente). Los más horteras cuentan a voz en grito sus fabulosas vacaciones en fabulosas islas paradisíacas al otro lado del mundo.

A mitad de la mañana, una chiquilla entra y me quedo impacatada. Es como verme veinte años atrás. Toda tímida, con su vestido recatado. Con mucho esmero y cuidado, da los buenos días a todo el mundo y pide una baguette. Cuando la señora Bergerot le da el cambio, cuenta las monedas y se precipita hacia la vitrina de los caramelos. Está en esa edad que yo bien conozco, en la que todo es posible. Solo se puede escoger un caramelo, pero antes hay un mundo de posibilidades. Un momento mágico. Es la primera vez que veo esta situación desde el otro lado del mostrador. Comprendo que la señora Bergerot se enternezca siempre. La niña escoge una cocacola de pica-pica. Todavía tengo el sabor en la boca. Al principio, pica un poco en la lengua y se sienten los trocitos de azúcar raspando. Después, el sabor a cocacola, la goma se vuelve más blanda y se muerde hasta que se mete el sabor entre los dientes. Me hubiera gustado ser yo quien atendiese a la niña, pero le toca a Vanessa. Seguramente regresará.

Todavía no me atrevo a dirigirme a los clientes. Les sirvo, les respondo, les sonrío, pero con cuidado de no preguntarles nada. Cada vez que alguien se me planta enfrente, experimento inmediatamente algo por él. Podrían ser o mis mejores amigos o mis peores enemigos. Pero ya sabemos que eso no es verdad.

Hay uno que repugna especialmente a Vanessa: un anciano, con una cabeza calva de contable, camisa hortera, pantalones sin forma y tirantes.

—De ese mejor ocúpate tú —me dice mientras aparenta trabajar en unos merengues—. No lo aguanto. Me da ganas de vomitar.

El tipo no parece la alegría de la huerta, pero de ahí a reaccionar de modo tan extremo... Es el quinto en la cola. La señora que está pagando cuenta que ha vuelto de ver a su familia de España. Lo hace con naturalidad. De pronto, el tío comenta en voz alta:

—Pues ya podía haberse quedado, que aquí somos muchos.

Silencio incómodo.

La siguiente señora se queja de no tener noticias de su hija, que está de viaje. Y el tipo suelta de nuevo un comentario:

—Quien espera, desespera.

Silencio consternado. Vanessa va a la trastienda mientras se sujeta el vientre.

—¡Pero si tenemos a una nueva! —dice el hombre.

La señora Bergerot toma el relevo:

—Buenos días, señor Calant. Parece estar en plena forma hoy.

—Es mejor que le digáis lo que me llevo, porque odio repetirme. No me gusta la incompetencia de los nuevos. No terminan de aprender. ¿Dónde está la Vanessita? Me habría gustado decirle hola.

—Se lo diremos de su parte —responde la jefa—. Julie se encargará de servirle.

Después se gira hacia mí:

—Dale al señor Calant media barra bien cocida, un pan de uvas lo menos pegajoso posible y un pastel de nata.

Me pongo a ello. El señor Calant sigue mis gestos con ojo crítico.

—No, ese pan no —me ordena—. Quiero el que está justo detrás.

Obedezco mientras observo al tipejo cuando de repente, a través del escaparate, veo a Ric que pasa corriendo. Pantalón corto y camiseta. Va a hacer su recorrido. Me pongo tensa. Sobre todo porque, a pesar de su velocidad, estoy segura de que lleva la mochila.

—El pastel lo quería de nata, ¿no?

El pejiguero pone los ojos en blanco y suspira ruidosamente:

—Mal empezamos. ¿No es usted capaz de retener ni tres cosas? ¡Más vale que espabile!

La señora Bergerot interviene:

—Es su primer día, señor Calant, ya verá como al final la adora.

Con un gesto desdeñoso me dice:

—Ver para creer.

Coge su compra, sus vueltas y sale de la tienda. Suena increíble pero, justo en el momento en que atraviesa la puerta, el ambiente se relaja. Como si todos, clientes incluidos, hubiéramos sentido un alivio paralelo. Vanessa ha vuelto.

No hemos tenido más sorpresas desagradables por la mañana. Vanessa me ha enseñado a cerrar y a bajar la persiana del escaparate.

En el descanso para comer, me habría encantado acechar la vuelta de Ric, pero ya que es mi primer día y uno de los últimos de Vanessa, a la señora Bergerot se le ha ocurrido que podíamos comer juntos todo el equipo.

En la sala del horno, los trabajadores han apartado los sacos de harina y las carretillas para hacer hueco. La mesa es larga, somos nueve. La señora Bergerot preside, pero también es la encargada de ir sirviendo. Julien se sienta a su derecha. Nicolas, el aprendiz de pastelero, se instala frente a mí. No me quita ojo. Vanessa comienza a hablar.

—Qué mala pata la de Julie al equivocarse con el señor Calant.

—Qué viejo tan insoportable —exclama la dueña mientras sirve vino a los hombres.

Nicolas se inclina hacia mí:

—Ese tío es sóspido.

«¿Sóspido?»

Denis, el maestro pastelero, adivina mi perplejidad. Se inclina hacia mí para explicarme:

—Te va a llevar algo de tiempo hablar el «Nicolas». Junta palabras para crear otras. Sóspido quiere decir soso y estúpido. ¿No, Nico?

—Exacto, señor Denis.

Denis me dice al oído:

—Estos chicos tan raros solo sirven para amasar. Para hacer pasteles, se necesita a verdaderos profesionales.

—Te he oído —dice Julien—. Deja a mis chicos tranquilos. Los míos al menos no se dedican a untar de nata a sus compañeras.

Nicolas vuelve a inclinarse sobre mí.

—Eso sí que es «sorprebante».

Lo que seguramente es una mezcla de sorprendente y perturbante.

Al final de la comida, he aprendido mucho sobre el oficio. Nunca volveré a mirar un pastel con los mismos ojos.

35

Paradójicamente, a pesar de que acabo de empezar en este trabajo, ya me ha salvado de uno de los grandes peligros que amenazan mi vida: la obsesión por Ric.

A fuerza de no parar en la tienda, de ver a tanta gente, de aprender, sucede que no tengo ni un minuto libre para pensar en él. Después de comer, sí que tuve un minuto. No había mucha gente. Fuera, en la acera, veo a Mohamed que acaba de recibir mercancía. Se da prisa en meter las cajas porque el repartidor le ha dejado bastantes delante de la panadería. Si la señora Bergerot se da cuenta no tardará en salir, y no para darle las buenas tardes.

Una señora entra con su hijo de unos diez años. Pide unas pastas. Tiene pensado ir a visitar a su madrina mientras su hijo está en la academia de matemáticas, preparándose para empezar el cole que está a la vuelta de la esquina. El crío no parece muy contento, sobre todo cuando en la calle son muchos los que se dedican a montar en bici o a jugar al fútbol. Algunos de ellos, de más edad, vienen cogidos de la mano a comprar helados. El sol reverbera en el suelo, circulan pocos coches. Flota en el aire cierta indolencia que solo el verano sabe ofrecer. Es entonces cuando Ric entra en escena. Está radiante.

—¡Hola!

«¿Dónde estabas? Hace tres días que te estoy esperando. ¿Qué te traes ahora entre manos?»

—Hola.

—Quería pasar a verte en tu primer día. Espero que encuentres aquí lo que buscas.

«Si tú estás cerca, siempre encontraré lo que busco.»

—Muchas gracias. Muy amable de tu parte.

Cuando me mira así, siento que me derrito como el helado de los adolescentes que se besan al otro lado de la calle.

—¿Qué es lo que menos has vendido hoy?

—¿Perdón?

—¿Qué es lo que los clientes todavía no te han pedido?

—¿A qué viene esa pregunta?

—Porque venderlo todo hoy te traerá suerte.

Vanessa, que tiene siempre el oído atento, viene de la cocina y me susurra:

—Los *bavarois* de café. Jamás los escoge nadie. De hecho, no están demasiado frescos.

Miro a Ric.

—No hemos vendido ni un solo *bavarois* de café.

—Bueno, pues me llevo uno.

—... porque no están muy...

En ese momento aparece la señora Bergerot. Ric exclama en voz alta:

—Me has convencido. Me llevo dos.

Vanessa mira a Ric como si fuera un imbécil integral. Intento no reírme pero me cuesta.

Ric le tiende un billete a la señora Bergerot y después me dice:

—¿Te gusta la música?

«¿Qué tiene eso que ver con los *bavarois*? ¿Qué va a hacer con ellos? Espero que no me invite a comerlos. Y si lo hace no pienso probarlos.»

—¿Que si me gusta la música? ¡Vaya pregunta! ¡Me encanta la música!

—¿Te gustaría venir conmigo a un concierto el próximo domingo?

Sé que está mal saltar de alegría en la tienda, pero me cuesta horrores controlarme.

—¡Encantada!

—Pasa a verme una noche de estas y nos organizamos, ¿vale?

«¿Una noche de estas? Termino en tres horas y veinticuatro minutos. Estaré en tu casa en tres horas y veintiséis minutos.»

Aclara:

—Digamos mañana, si te va bien. Y así celebramos mi nuevo calentador.

—De acuerdo. Hasta mañana.

Se va. La señora Bergerot frunce el entrecejo.

—¿No es ese el nuevo de tu edificio?

—Sí.

—Te mira de un modo que parece que...

Vanessa entorna los ojos. La dueña me pregunta:

—¿Cómo le has convencido para comprar los *bavarois* de café? No lo vuelvas a hacer. Nadie los compra jamás. Es Denis el que se empeña en hacerlos, a pesar de que le digo que no lo haga. Por culpa de tu amiguito, se creerá en el deber de continuar.

36

De todas las cenas de chicas la que más me gusta es la de final del verano. Tras las vacaciones, todas tenemos algo nuevo que contar y todas estamos contentas de volver a vernos.

Llamo a la puerta de Maude. Llevo dos grandes cestas llenas de botellas. Sonia abre. A juzgar por el ruido, ya ha llegado casi todo el mundo.

—¡Hola, Julie! ¿Has traído las bebidas? Perfecto, la fiesta puede empezar. ¡Te tendríamos que haber pedido también el postre!

Las noticias vuelan. Sonia coge una de las cestas y me lleva hasta la cocina. Jade me saluda y nos sigue con una foto en la mano. Sonia me aclara:

—Estaba a punto de enseñar cómo es Jean-Michel.

Le quita la foto a Jade y me la pone delante. Un negro enorme, cachas, con kimono negro, con una pose a lo Bruce Lee, la mirada arisca. Tiene aspecto de creerse un ninja de verdad. Jade la mira, triste de no tener foto de ningún hombre para enseñar.

Sophie se zafa y me abraza.

—¡Hola! ¿Cómo ha ido la primera semana?

—Estoy agotada. Físicamente. He visto desfilar a la mitad de la ciudad. Pero para los cotilleos, trabajo en un lugar estratégico.

Sonia y Jade continúan su charla sin preocuparse por nosotras. Sophie me susurra:

—He terminado con Patrice. Lo he mandado a paseo. Estaba harta. No se lo digas a nadie, es demasiado pronto. Solo lo sabes tú.

—¿No ha sido duro?

—Es horrible, pero me siento más liberada. Si pienso en todo el tiempo perdido. ¿Y tú qué tal con Ric?

—Mañana vamos juntos al concierto de jóvenes talentos en la catedral de Saint-Julien.

—Estáis progresando. Pero no creo que allí podáis toquetearos.

Léna llega y da un grito de alegría cuando me ve.

—¡Julie! Guay, necesito que me des tu opinión.

Léna es bastante particular. Es esteticista, gasta compulsivamente la mitad del sueldo en la compra de cremas, *sérums,* tintes y, desde hace dos años, también invierte una gran cantidad en cirugía estética. Ha decidido convertirse en una *sex symbol* e invierte en todo lo que la ciencia le permite. Para que os hagáis una idea, su alias en Internet es «Princesadetussueños». El nickname lo dice todo. Pero hasta donde yo sé, su estrategia no parece funcionar muy bien porque, de momento, nadie ha venido a secuestrarla todavía. Apuesta muy alto. Fue a ella a quien se le ocurrió la gran idea de proponernos posar disfrazadas de hadas para un calendario en beneficio de las peluqueras necesitadas. Todo el mundo se negó, salvo Jade, que ya se veía con las alitas y la varita mágica. También Léna quiso convencer al ayuntamiento para organizar un concurso de belleza. Su pelo ha pasado por pelirrojo, negro carbón, rubio platino, y ahora tengo la impresión de que se ha cambiado algo y no sé el qué. Se me acerca con su escote abismal. Dios mío, ya sé lo que es.

—¿Has visto? ¿A que son bonitas? Me las acaban de poner en una clínica superfamosa.

Mueve los pechos como si fuera una bailarina del vientre electrocutada. Sophia comienza a reírse, y eso no me gusta. Intento ser agradable:

—La verdad es que son impresionantes.

De pronto Léna se levanta la camisetilla, que no deja demasiado a la imaginación, y me pone sus enormes senos en la cara:

—Toca, es superagradable.

No puedo. Imposible. Sophie se mea de la risa e interviene:

—Venga, Julie. Tienes que probarlas. Verás como es increíble. ¡Todas lo hemos hecho!

Léna me coge la mano y se la coloca sobre los pechos presionándome los dedos para obligarme a amasarlos.

—Muy astuto tiene que ser el chico para saber que son falsas. Si necesitas la dirección de la clínica, dímelo.

—Gracias, Léna.

Estoy a punto de vomitar. ¿Quién puede ser tan idiota como para creer que esas monstruosidades son naturales?

Cuando entro al salón, veo una bonita mesa con unas quince sillas alrededor. Le digo a Sophie:

—Nunca hemos sido tantas.

—Esto va a ser el infierno para los vecinos y el paraíso para nosotras. Espero que ninguna haya cambiado de sexo durante el verano, porque si te hace palpar...

—Eres asquerosa.

Un primer abrazo me atrapa y Maëlys me habla. Un segundo abrazo, un tercero. Llaman a la puerta. Llegan más. Reina un ambiente cálido. Descubro que Léna se ha lanzado sobre Coralie para que le toque sus nuevos argumentos de seducción. En cada rincón, en grupitos, se habla, se intercambian opiniones, se confiesa. Oigo a una que ha perdido algunos kilos y le explica cómo hacerlo a otra que ha ganado tres. Frívolo y fundamental, cómplice. Inès cuenta sus vacaciones «brutales» y entorna los ojos al final de cada frase. A Rosalie le han hecho una oferta de trabajo y se marcha del país el mes que viene. Laurence, que acaba de divorciarse, ha estado de vacaciones con sus dos hijos y se lo ha pasado genial. Las observo, contentas de estar juntas. Esta noche no hay lugar para la tristeza, la soledad o las esperanzas rotas. Esta noche somos felices. Observándolas, me siento un poco extranjera. Solo con Sophie comparto realmente alguna afinidad. No es que me sienta superior, ni mucho menos. Todas se las arreglan mucho mejor que yo en sus vidas, muchas veces bastante más complicadas que la mía. No, creo que simplemente me siento fuera de lugar. Supongo que todos sentimos alguna vez eso. Pero mirándolas, veo cómo la vida se escribe, la existencia se desarrolla, y eso me emociona.

—¿Has decidido excluirte?

Sophie se desliza a mi lado.

—No, solo disfruto del instante.

—¡Tú! ¿Disfrutando del instante? ¡Eso sí que es nuevo!

Florence y Camille se están poniendo una copa, un cóctel preparado por Camille con un ron traído de las Antillas, donde ha vivido un tórrido romance con el monitor de vela.

Cuando levantamos los vasos para brindar, Sarah toma la palabra:

—¡Tengo algo que anunciaros! Pero antes de nada, me gustaría contaros una historia.

Murmullos entre las presentes. Comienza:

—Este verano, en un arranque de valentía, decidí no hacer el tour por los parques de bomberos a la caza del bicho raro.

Aplausos.

—Era el momento de pasar a otra cosa.

Jade comenta:

—Pues yo os encuentro muy sexies.

—¡Cierra la boca! —grita Sophie poniendo otra voz.

Sarah continúa hablando por encima de las risas:

—En fin, en resumen, este verano he estado en Australia para despejar mi mente. Es un lugar precioso, con surferos por todas partes. No están nada mal los surferos. Encontré un hotelito encantador y barato cerca del mar. La segunda noche un incendio empezó en las cocinas. Pronto se propagó por todas partes y todo estaba lleno de humo.

Mi habitación estaba en el sexto piso. Alarma, evacuación. Entre los ascensores bloqueados y las ventanas que no se podían abrir por culpa del clima, no hace falta que os diga que no las tenía todas conmigo. Cogí la mochila y con una toalla en la boca, me lancé a las escaleras de emergencia. Bajando las escaleras hay unas italianas y una japonesa enganchada a su chico. No sé cómo me las apañé, pero entre el humo y el pánico, me perdí.

—Date prisa, tenemos sed.

Sarah se ríe, pero la emoción es palpable.

—De acuerdo, me daré prisa. Estaba a punto de un ataque de asma sin saber muy bien si me encontraba en el primer piso o en el segundo. Estaba angustiada. De pronto, vi cómo se abría la puerta de servicio, como si la abatieran. Bajo el dintel, con su casco y su ropa ignífuga, aparece la silueta enorme de alguien con un hacha en la mano. Justo ahí me desmayé. Me cogió en brazos y me sacó fuera.

Ya nadie se ríe, todas estamos pendientes de sus palabras.

—Allí, en la calle, bajo la luz de las sirenas, en medio de un follón increíble, comenzó a hablarme mientras me apartaba el pelo de la cara. Incluso con los gigantescos guantes, era muy dulce. Es el bombero más guapo que he visto jamás.

Registra su bolso y saca la foto de un tipo con uniforme y a su lado, ella. Le saca una cabeza. Aparte de la envergadura, lo primero que se ve son sus ojos azul intenso y una sonrisa de infarto.

—Se llama Steve, estamos muy enamorados. Quería venirse a vivir a Europa y llega en una semana. Nos casamos el veinticinco de septiembre, ¡y estáis todas invitadas!

Sarah llora de alegría. Maëlys y Camille se arrojan a su cuello. Lo que resuena en aquel piso no son simples aplausos, sino un auténtico estruendo de gritos y pisotadas. Los vecinos de abajo están llamando a la pasma.

—¿Te das cuenta? Podrías haber muerto en el incendio.

Aunque me case con Ric, creo que nunca dejaré de acudir a estos encuentros.

37

Cualquiera que nos vea andar juntos, esta tarde de domingo, podría pensar que somos pareja. Una pareja que lleva bastante tiempo saliendo, porque no vamos de la mano. Pero solo los que nos cruzamos pueden pensar que Ric y yo somos pareja. No me importa. Estoy encantada porque es nuestra primera salida.

Espero no meter la pata porque entre la noche de ayer, que acabó a las dos de la mañana, y la panadería, no veo tres en un burro.

Estoy feliz de ir al concierto con Ric. La frase es aún más cierta si se le quita el «de ir al concierto». Se ha puesto una elegante camisa de color gris perla y un pantalón de lino perfectamente planchado. Un agente secreto tiene que saber planchar. Yo he escogido minuciosamente un vestido estampado azul grisáceo, a juego con el gris de Ric. Los que nos vean pueden confirmar sus sospechas de que somos pareja por ir tan conjuntados.

Una ligera brisa me acaricia la cara, me encuentro bien. Tengo ganas de cogerle de la mano, pero estaría fuera de lugar. Después de todo, somos dos vecinos, dos amigos, de los que uno está a punto de enamorarse perdidamente del otro mientras se pregunta qué se trae entre manos con ese tejemaneje de mochilas y averiguaciones sobre el metal. La noche anterior no le conté nada a las chicas, pero Sophie casi se va de la lengua. Conseguí detenerla tras amenazarla con contar lo de su ruptura. Aunque jamás lo habría hecho, eso la calmó.

Ya en la plaza de la catedral, nos vimos rodeados por una multitud. Grandes carteles anuncian el evento: «V Festival de música amateur» bajo el apadrinamiento de la virtuosa pianista Amanda Bernstein. El festival es muy conocido en la zona, pero jamás he asistido. Y todo gracias a Didier, que solo quería que escuchara su música lamentable.

Me provoca curiosidad averiguar qué nivel tiene el talento local. El espectáculo está patrocinado por el ayuntamiento, el gobierno local y el célebre taller Charles Debreuil, especializado en marroquinería, insignia del lujo cuyas fábricas confieren a la ciudad cierta importancia.

El público, vestido de domingo, se apretuja en la catedral Saint-Julien, abarrotada como en las grandes ceremonias. Al pasar por el arco de entrada, me pongo bien cerca de Ric y cierro los ojos. Me imagino la futura boda de Sarah y pienso en nosotros. ¿Querré casarme algún día?

En la nave hace fresco. Ric me lleva hasta las primeras filas.

—Deben de quedar dos huecos para nosotros.

En el centro, un gran piano de cola negro delante del altar. La luz solar, coloreada por las vidrieras, inunda el espacio y proyecta imágenes en las columnas que se elevan hasta la bóveda. Los cientos de pasos y murmullos hacen presagiar un momento importante. Puedo distinguir a algunos clientes del banco y de la panadería. Incluso el señor Ping, el dueño del restaurante chino.

Poco a poco, la gente se va colocando. El señor alcalde aparece y comienza a subir desde el coro. Se hace el silencio.

—Buenos días a todos y bienvenidos a la nueva edición de nuestro festival. Hoy, los finalistas de un largo proceso de selección que ha durado todo el año nos van a dar lo mejor de sí mismos. Al final, anunciaremos al ganador o ganadora. Algunos de vosotros habéis venido hasta aquí para escuchar a los jóvenes talentos de nuestra ciudad, otros lo habéis hecho para escuchar a la maravillosa Amanda Bernstein que nos ha hecho el honor de aceptar nuestra invitación. Pero lo que es seguro es que todos estamos aquí por amor a la música y las artes...

Blablabla.

Ric escucha con atención. De reojo, veo su perfil, las manos con las palmas en las rodillas.

—... Sin más demoras, cedo la palabra a nuestra generosa mecenas, la señora Albane Debreuil.

La multitud aplaude. La señora Debreuil, nieta única de los fundadores y heredera de la prestigiosa marca, es lo que se podría llamar todo un personaje. Los bolsos y maletas diseñados por su ilustre padre y abuelo son conocidos en todo el mundo y se venden a precio de oro. Pieles excepcionales, una forma original reconocible entre un millón, pero sobre todo un marketing con famosos y gente del corazón que convence a miles de mujeres de que no se es elegante sin un «Charles Debreuil» bajo el brazo. La señora llega a grandes pasos, envuelta en un vestido largo de un rojo profundo y con un adorno de diamantes. Imposible no verla. Tiene presencia, prestancia y jamás pierde la oportunidad de lucir el último modelo de bolso que continuará aumentando su fortuna y su gloria.

—¡Bienvenidos todos! —suelta.

Habla de creación, de talento, de emoción, todo el mundo piensa que se refiere a la música pero no puede perder la oportunidad de hablar de la marca. Me parece perfecto que haga ese tipo de manifestaciones, pero me pregunto si lo hace para darle una oportunidad a los jóvenes o para inflar su ego.

Ric también la escucha con atención. Diría incluso que la escucha con más atención que al alcalde. La mira fijamente, inclinado hacia delante, las manos ligeramente crispadas sobre las rodillas.

Remata su discurso deseando buena suerte a los candidatos y propone comenzar con una pieza interpretada por Amanda Bernstein.

El público aplaude. Una señora pequeña, vestida con un traje de tela de cortina, hace su entrada sin mirar a la multitud. Como un fantasma que se desliza por el suelo de una iglesia, llega al piano entre ovaciones. Insensible al ruido, se sienta frente al teclado. Justo en el momento en el que levanta las manos para empezar a tocar se hace un profundo silencio. Salen las primeras notas. Debussy. No es necesario saber qué es para sucumbir al embrujo. Es lo que caracteriza a todo arte. Nos emociona. Sus dedos recorren, enlazan, hacen nacer la melodía que llena la nave entera. Somos cientos y, sin embargo, nada interrumpe la magia que nos rodea. No hay especie como el ser humano. Si se piensa en la suma de talento, de saber hacer, de genio que hace falta para que podamos escuchar una composición tal, tocada en ese instrumento, en este lugar, por esa pequeña mujer. Da vértigo. Siglos de esfuerzo y pasión para que todos, sentados, reunidos, cada uno perdido en sus propios sentimientos, estemos juntos, con escalofríos recorriéndonos, mudos. La música me causa este efecto.

Ric también escucha pero parece contrariado. Imposible preguntarle, imposible tocarle. Hasta la última nota de Amanda, el público está contenido, transportado, dejándose llevar. Creo que soy una de las primeras en levantarme para aplaudir. He saltado tan rápido que, durante un momento, he llegado a pensar que la pieza no había terminado y que era un inculta, la bárbara que interrumpió a la prodigio con su alegría ruidosa. Una pesadilla de un microsegundo. Gracias a Dios, solo fui la primera y la pieza estaba ya acabada. La pequeña señora, la gran artista, se retira otra vez sin mirar. Se lo perdonamos. Sus dedos acaban de regalarnos lo que sus ojos nos niegan.

Tras ella, el turno de los jóvenes finalistas. No es fácil ir detrás de semejante demostración. Cuatro pianistas y una flautista. Confieso que tengo preferencia por el piano. La flautista abre el festival. Vivaldi. Las notas agudas parecen poder atravesar los muros de piedra de tan finas que son. Contra todo pronóstico, me ha encantado.

El primer pianista se instala, solo tiene catorce años. Elige tocar jazz y parece muy dotado. El público está hechizado. El segundo, apenas un poco mayor, se decanta por Chopin y lo hace con una maestría destacable. La tercera es una niñita, Romane, que toca muy bien salvo por unas cuantas notas dudosas. La melodía no termina de encajar del todo. Cuando la cuarta y última pianista toma asiento, no me creo lo que ven mis ojos. Es una de las hijas del dueño del restaurante chino. Se llama Lola. Es la única que saluda al público. La tarde está ya bien avanzada, todo el mundo está pensando en la entrega del premio que seguirá a lo que ella interprete. Sin embargo, en cuanto Lola comienza a tocar, los asistentes se quedan paralizados. Rachmaninov, imposible para alguien de su edad. La pieza es suntuosa pero lo que ella le hace es sublime. La adapta, la vive, la domina. Sus manitas vuelan de tecla en tecla. Un momento de gracia absoluta. No tiene un aspecto serio como los dos chicos, ni sobrio como la otra niña. Parece feliz. Podría estar tocando en su casa, podría estar tocando delante de cien mil personas, lo haría igual. Ella con su piano y nosotros testigos afortunados de un talento incipiente, subyugados por la emoción que emana de su interpretación.

Al terminar el último acorde, ha recibido más aplausos y bravos que la mismísima Amanda Bernstein. El público está como galvanizado por esta pequeña tímida que, después de saludar, corre a acurrucarse con sus padres.

El alcalde vuelve bajo la avalancha de bravos que parece no tener fin. Invita a la señora Debreuil a que se una a él. Muestra el sobre que contiene el nombre del vencedor:

—Ha llegado el momento de recompensar a aquel o aquella que más se lo merece. Todo el mundo estará conmigo en que cualquiera de los presentes merecería ganar, pero como hay que elegir uno, el jurado, tras largas deliberaciones, ha encontrado a la persona que más talento tiene de nuestra ciudad.

Estoy segura de que Lola ha ganado. Los demás han estado bien pero ella, sin lugar a dudas, está claramente por encima.

—Me hace especialmente feliz anunciar que la ganadora es: ¡Romane Debreuil!

Estupor entre el público. El alcalde arranca los aplausos, los asistentes tardan en unirse. La ganadora se precipita hasta donde está él y los aplausos se trocan en ovación. Incluso Lola, su hermano, su hermana y sus padres aplauden. Estoy horrorizada. ¿He oído bien? ¿Romane Debreuil? ¿Una familiar? Si es cierto lo que estoy pensando, esto es un escándalo. Toda la felicidad que esos artistas nos han regalado está mancillada por lo que acaba de pasar. Para Lola no es una prueba, es una injusticia.

En el camino de vuelta me cuesta contener la rabia. Ric intenta tranquilizarme pero, a fuerza de verle tratar de encontrar excusas, tengo que confesar que acabé por enfadarme un poco con él.

—¿Cómo que quizá la pequeña Romane sea mejor pero que hoy no ha sido su día? ¿Te das cuenta de lo que dices? ¿Acaso no has escuchado a Lola?

Estoy ofendida, rabiosa e indignada por no ver la emoción que todo el mundo ha sentido lógicamente recompensada. ¿Por qué? ¿Porque Romane es la hija de alguien importante y Lola la de un humilde restaurador chino que nos ha puesto a todo el mundo enfermo al menos una vez? Inaceptable.

Cuando lo pienso me doy cuenta de que Ric debía sentirse desamparado ante mi cólera. Era la primera vez que me veía en un estado semejante. Pero sinceramente, en el trayecto de vuelta, no era eso lo que me importaba. Hubiera preferido compartir el único sentimiento que me parecía legítimo después de tal afrenta al talento.

Necesité horas para poder volver a calmarme. Se lo conté todo por teléfono a mi madre, luego a mi padre y después a Sophie. Pero fue más tarde cuando me di cuenta de que, por hacer trampas, los organizadores del concurso habían herido seguramente a una pequeña más que dotada, lo que me había hecho sacar una faceta de mi personalidad que hacía peligrar mi relación con Ric. Y de repente, tuve miedo.

38

Sé que me voy a pasar el día de descanso esperando cualquier señal de Ric. Minuto tras minuto. No me siento bien. Pero visto el estado en que estaba yo ayer por la tarde y lo poco que debo de significar para él, ya he previsto cualquier posibilidad, sobre todo las peores. ¿Y si nunca más vuelve a hablarme? ¿Y si aparta la mirada la próxima vez que nos veamos? Tengo un nudo en el estómago y la sensación de no poder respirar. ¿Qué debo hacer? ¿Lo llamo? ¿Me disculpo? Sin embargo, sigo convencida de que se había cometido una injusticia. De eso no cabe ninguna duda. ¿Por qué me invitó a ese concierto?

Esta mañana tengo que regar el jardín de la señora Roudan. Cuando subo a su casa paso por delante de la puerta de Ric y ralentizo el paso. Tan cerca, tan lejos. Ningún ruido. Me cuesta seguir subiendo. Demasiado triste.

El apartamento de la señora Roudan está casi tan silencioso como cuando ella está. Lleno la regadera y atravieso la habitación. Abro la ventana, algunos pájaros salen volando. Metódicamente riego surco a surco. Voy y vengo como un robot. Toda la azotea está recubierta de una buena capa de tierra que debe de haber acumulado desde hace meses. ¿Cuántos carritos llenos habrá tenido que acarrear para crear aquel huerto secreto? Me deslizo entre las fresas para regar los tomates más alejados. De pronto, me giro y me doy cuenta de que estoy al borde del vacío. A mis pies, un precipicio y tres pisos más abajo, el patio del edificio de al lado. Mi vista se nubla, presa del vértigo. Regreso a la ventana para recuperar el aliento. Compruebo mi móvil. Nada. ¿Ric, dónde estás?

La idea de perderlo me hace darme cuenta de qué cosas son importantes en mi vida. Si le quito de mi ecuación, el resultado es nulo. El chico no me ha pedido nada, no ha dado el primer paso, ni ha hecho nada que sugiera que podemos compartir el futuro. Yo sola, como una chiflada, me he atado a él. Yo sola, enloquecida, por el impulso que él me provoca, «he echado mi vida por la borda», como diría Sophie.

¿Podría sentirme feliz de trabajar en la panadería sin Ric a mi lado? No lo sé. ¿Quién me provoca las ganas de correr, ordenar, mejorar? Eso sí lo sé. De pronto, el miedo de haber construido castillos en el aire, de haber caminado sobre el vacío, me paraliza. No tengo ganas de probar, no tengo ganas de arriesgar. Querría que todo volviera a ser como antes. Antes de él. Sueño con regresar al banco, cumplir órdenes y tener una mesa propia en la que poder colocar mis cosas. No hay que esperar nunca nada para no decepcionarse jamás.

Cojo dos tomates y unas cuantas fresas. Se las voy a llevar a la señora Roudan. El mal que ella tiene es sin duda mucho peor que el mío. Pero en cierto modo, pienso que el mal que la afecta nace de dolores como este que estoy experimentando. La gente feliz enferma con más dificultad.

Por la tarde conseguí una cita con el doctor Joliot. Es grande y no parece estar muy en forma. Si le quitamos la bata y lo acostamos en una camilla podría pasar perfectamente por uno de sus pacientes en fase terminal.

—Siéntese, señora —me dice mientras se acomoda detrás de su mesa.

«¿Señora? ¿La ausencia de Ric me ha envejecido tan rápido?»

—La señora Roudan es su tía, ¿verdad?

—Desde luego, doctor.

—Quiero ser sincero con usted: los resultados de los análisis no son buenos. La metástasis se está extendiendo. El hígado está afectado y, a su edad, los tratamientos que podrían funcionar provocan más desgaste que lo que realmente consiguen.

Estoy abatida. El doctor seguramente está acostumbrado a comunicar ese tipo de noticias, pero para los que nos sentamos enfrente, es siempre la primera vez. Continúa:

—Por ahora hemos preferido no comunicarle los resultados a su tía. Pero si así lo desea, podemos decírselo, o si quiere puede hacerlo usted. Lo dejo en sus manos. Lo que recomiendo es no alarmarla e intentar hacer lo que se pueda.

—Según usted, ¿cuánto tiempo le queda?

—No le puedo dar una respuesta concreta. Algunos tratamientos pueden detener la enfermedad. Pueden estabilizarla. Aunque también puede agravarse rápidamente. En unos pocos días, cuando hayamos hecho más análisis, podremos ver la tendencia.

—En el peor de los casos, ¿cuánto le queda?

La pregunta es directa pero necesito saberlo.

—Lo siento, pero no tengo respuesta para eso.

—¿Está sufriendo?

—Según lo que nos ha contado y lo que sabemos por experiencia, pronto van a empezar los dolores. Pero claro, el dolor también es relativo y muy diferente en cada individuo.

—¿Qué se puede hacer para ayudarla?

—Su tía parece una mujer de bandera. Si me permite un consejo, siga comportándose con ella como lo ha hecho siempre.

—¿Y le ha hecho preguntas sobre su estado?

—Las enfermeras tienen la sensación de que no lo sabe todo. Por mi parte, prefiero no inquietarla.

—Gracias, doctor. Voy a ir a verla.

—Muy bien. Ah, se me olvidaba decirle que la hemos trasladado a una habitación individual. Ahí estará más a gusto.

Su nuevo pasillo es todavía más tranquilo que el anterior. Antes de verla, le he dado a las enfermeras unos útiles de aseo y unos camisones que le he comprado. También he hecho que le pongan una tele en la habitación. Cuando llamo a la puerta, su vocecita responde. Meto la cabeza:

—Buenos días, señora Roudan.

—¡Julie! ¿Pero ya ha pasado una semana?

—No, pero los tomates estaban muy maduros... y quería aprovechar mi día libre.

Se levanta trabajosamente. Abro la tartera debajo de sus ojos.

—¡También hay fresas! —exclama.

Aspira el ligero perfume con los ojos cerrados.

—Pronto le traeré más. Su huerto es maravilloso.

—Te agradezco mucho que te ocupes de él.

Me instalo en una silla frente a ella.

—Ya veo que la han puesto en una habitación más tranquila.

—Sí, pero prefería la anterior. La vecina no era muy simpática pero al menos tenía televisión.

—No se preocupe. Mañana a más tardar tendrá una aquí.

—¿De verdad?

—Sí.

—¿Y no tendré que pagar nada?

—No, señora Roudan. No se preocupe por nada.

Cambio de asunto:

—¿Cómo se encuentra?

—No tengo mucha hambre, pero tampoco es que aquí haga yo gran cosa. ¿Y tú? ¿Cómo estás?

Le hablé de la panadería, del trabajo, de los clientes. También le hablé de Ric, bastante. Me sentó bien. Era como hablar con mi abuela. Contando todo lo vivido con

Ric, finalmente, he logrado dominar mis sentimientos. La señora Roudan parecía feliz de escuchar mis historias. Su cara se animaba. Pasé más de una hora con ella. Comencé a darme cuenta de que parecía cansada. La dejé tras prometerle que como tarde el lunes siguiente vendría a verla. Me pidió un beso de despedida. Acepté de buen grado. Por ella y por mí. En el estado en el que me encontraba, la más mínima muestra de afecto me ayudaba a sobrevivir un cuarto de hora más.

39

No me lo esperaba, pero esta mañana me va a tocar hacerme cargo de todo. Estoy desbordada. Vanessa se las ha arreglado para que el médico le dé la baja. La señora Bergerot parece preocupada, pero no mucho. Me toca a mí subir la persiana. En la acera, Mohamed me saluda. Me acerco a hablar con él:

—Bueno, ¿qué tal va todo? —me pregunta—. ¡Ya veo que te han contratado!

—Estoy contenta, la verdad. Cuente conmigo para intentar mejorar su relación con la señora Bergerot.

—No te preocupes por eso. De hecho, voy a confiarte un secretillo: a veces, pongo a propósito las cajas delante de la tienda para que salga. De otro modo nunca nos hablaríamos. Es una buena mujer, pero la única manera de hablar con ella es o bien comprarle pan o hacerla enfadar.

Miro a Mohamed con los ojos como platos. Él, con una sonrisa maliciosa, me dice:

—Y ahora corre a tu sitio, que ya tienes un primer cliente.

Cada hora tiene su propio público. La primera es para los que van a trabajar, que preceden a los que tienen hijos que todavía no han empezado el colegio. Lo único que echo de menos del banco es no pasar a comprar mi croissant. Ahora tengo una montaña de ellos permanentemente y, de repente, ya no los como.

Aprovechando un momento en el que la tienda está vacía, la señora Bergerot se acerca.

—¿Por qué miras hacia la calle así? ¿Tienes miedo de que los clientes dejen de venir?

«No, tengo miedo de que Ric no vuelva. Espero al menos verle pasar. Solo eso. No servirá de nada porque no podré salir corriendo detrás de él, pero al menos sabré que no se ha mudado.»

La señora Bergerot continúa:

—No te preocupes, lo vas a hacer muy bien.

Sé que habla del trabajo, pero me habría gustado que lo hiciera de Ric.

—Ahora que Vanessa ya no está, vamos a tener que organizarnos. Puedes conservar mi bata. Y si crees que eres capaz, puedes empezar a ocuparte de la caja. Pero ten cuidado que es muy serio. Esta tienda es el gana pan de ocho personas.

«Qué gracia decir que una panadería es el gana pan.»

Duda antes de añadir:

—Personalmente, y aunque vaya a ser más duro para nosotras dos, me alegro de que Vanessa ya no esté aquí. No era muy simpática contigo y tampoco con los chicos de la trastienda.

Con los brazos en jarra me contempla con su bata:

—Si alguien me hubiera dicho que trabajarías algún día aquí no me lo habría creído. Te conozco desde que eras muy pequeña. ¿Te acuerdas de aquel día que te eché la bronca?

«¡Y que lo digas! Todavía me pone la piel de gallina. ¿Por qué crees si no que le digo hola a todo el mundo cuando entro en cualquier sitio?»

—Sí, me acuerdo.

—¿Qué edad tendrías?

Una clienta empuja la puerta. No la reconozco en el momento. Es la librera. Una mujer encantadora. La señora Bergerot rodea el mostrador para darle un beso.

—¡Bueno, Nathalie! ¿Qué tal las vacaciones?

—Hice como me dijiste, pero Théo, de la noche a la mañana, parece ser otra persona. En dos días, se ha echado su primera novia. ¿Te das cuenta?

Es asombroso lo diferente que puede ser alguien cuando lo conoces fuera de su marco habitual. Para mí, la librera era una mujer culta, discreta, que solo te aconseja si se lo pides. La he visto entusiasmarse tanto con libros de teatro clásico como con los de cocina. Quién hubiera podido adivinar que detrás de aquella fachada se escondía una mujer afectuosa y visiblemente triste.

—Ya no sé qué hacer —confía tristemente—. Si intento hablar con él, me rechaza. Eso sí, cuando necesita algo de mí tengo que estar al momento.

—A los quince, los críos nunca son fáciles. Hay que darles tiempo. Está intentando encontrar su lugar, saber quién es. Théo es buena persona, ya se calmará.

—Si tan solo tuviera a su padre cerca...

Se llama señora Baumann y me acuerdo de que fue una de las primeras personas que me causaron una gran impresión. Estaba en quinto de primaria y había ido a su tienda a comprar un *Britannicus* de Racine, que nos habían mandado en el cole. No me apetecía en absoluto. Ante mi aspecto enfurruñado, abrió el libro y leyó algunas frases. Entre las pilas de libros comenzó a declamar como una auténtica actriz trágica. Fue al mismo tiempo divertido y misterioso. Solo con algunas citas consiguió despertar en mí la curiosidad por descubrir cómo seguía el texto. No debe de acordarse. Ni siquiera me ha reconocido.

Se va con tres barras de pan, mantecados y unas minipizzas que seguramente Théo engullirá antes de seguir con su vida. Cuando la señora Baumann cruzó la calle, la dueña dijo algo que no olvidaré jamás:

—¿Sabes, Julie?, cuando veo la pena que embarga a las madres cuando sus hijos se alejan, dejo de lamentarme por no tener críos.

Sabía que no lo pensaba en realidad. La había escuchado varias veces quejándose de lo contrario. Hay que intentarlo todo, a riesgo de acabar decepcionado. Hay que darlo todo, a riesgo de que nos lo roben. Si Ric pasara en ese momento, lo tomaría como una señal y mi ánimo remontaría como una flecha. Pero por más que me dejo los ojos mirando la calle, solo veo desconocidos.

De pronto me fijo en Mohamed, quien, haciéndome un guiño, acaba de colocar su pizarra de ofertas al borde de nuestro escaparate. Le sonrío. La señora Bergerot sale del almacén. Sus detectores de intrusión parpadearon y reacciona al momento.

—Pero habrase visto. Parece que lo hace a propósito. Voy a decirle un par de cosas.

Sale como el séptimo de caballería. Los veo, pero no los oigo. La guerra entre Françoise y Mohamed. Aunque al principio me horrorizara, ahora me enternecen. ¿Se dará cuenta la señora Bergerot del juego de su vecino?

La señora Bergerot tiene una manía que me gusta mucho: compara a menudo a la gente con pasteles o con bollos. Fulanito es un buñuelo, Menganito un pan duro, Julien es amable como un brioche y Vanessa es un pastel. A ella también le funciona, viéndola con Mohamed, me doy cuenta de que bajo la dura corteza, hay una miga tierna.

40

Las horas pasan, luego los días. Podéis imaginaros el estado en el que me encuentro. Ya no soy capaz ni de ponerme la camisa de Ric, me da la impresión de que en cierto modo también me rechaza. No ha venido a comprar el pan, ni siquiera ha pasado por delante de la tienda. Estoy segura de que me evita. ¿Dónde se mete? ¿Acaso pasa reptando por la acera para que no lo vea? ¿O más bien va por otra calle para no tener que pasar por delante? ¿O se ha colgado de su calentador nuevo porque fui insoportable el otro día? Cualquiera que sea la respuesta, es todo mi culpa.

Mañana es domingo, hará exactamente una semana que no nos vemos. Me he decidido a enviarle un mensaje de móvil. No estoy acostumbrada a hacerlo y encima tengo que escribir, y es aún más difícil porque será Ric quien lo lea. Tras una madura reflexión (dos noches enteras), opto por un: «Espero que estés bien. Espero también que nos veamos pronto. Un beso. Julie». Sophie se hubiera reído de mí por escribir con tildes y puntuación. Pero, francamente, ¿me imagináis escribiendo «K tal? T exo d - bss ;)»? Un auténtico progreso de la civilización.

Tuve que volver a escribirlo ya que me temblaba tanto la mano al enviarlo que sin querer le di a «eliminar mensaje». ¿Es o no es una señal? Después, a esperar. Tengo el teléfono en modo vibrador en un bolsillo de atrás. En cuanto mi culo vibre, espero que sea Ric. ¿A quién más le podría decir algo así?

Mientras espero, me refugio en el trabajo. Me he convertido en la reina de las tartaletas, la experta del pan demasiado cocido. Todas las mañanas, hacia las once y cuarto, se presenta ante mí la prueba del día: el señor Calant. Nicolas tiene razón: es un sóspido. Y también un «repuyecto», repugnante y abyecto. Además, creo que solo se ducha una vez a la semana, los viernes por la tarde, porque su aspecto mejora un poco. Esta mañana lleva una camisa fea, pero menos sucia y el pelo le brilla también menos. Como Vanessa ya no está, me he convertido en su diana particular. Sospecho que viene más tarde para que haya cola. Así, como la rata que es, puede escuchar a los demás y criticarlos.

El miércoles, había una señora que no se decidía a elegir un pastel, y él soltó:

«Conocer a los demás es prudente, pero conocerse a uno mismo es de sabios.»

Pero ayer se llevó la palma. Detrás de él, a una mujer embarazada todo el mundo le cedió el turno. Ella llegó a su lado y él la bloqueó:

—Lo siento, pero yo estaba antes. La paciencia es la madre de la ciencia.

Pensé: «Algún día, mi puño será el padre de tu chichón, so rata». Es un tipejo muy desagradable.

Esta tarde he recibido una noticia que me ha levantado el ánimo un poco. Aunque no tenga nada que ver con Ric. Pero es una de esas nuevas que consiguen enriquecer el concepto que se tiene de la humanidad. Una clienta nos ha contado que el vendedor de los grandes dientes que vive en el edificio de Xavier, Kevin Golla, se ha ido a África para ayudar durante tres semanas a una asociación que construye pozos. Sorprende de alguien tan pretencioso como aquel vecino, pero hay que saber quedarse con los aspectos positivos. En todo lo que nos ocurre.

Sigo sin noticias de Ric. Ni tampoco de Xavier. Con mi suerte seguramente habrán decidido irse a vivir juntos, en pareja.

A la hora de cerrar, echo el cierre de la puerta y bajo la persiana, no sin antes atender al que llega en el último segundo. Paso por el horno y por el laboratorio a decir adiós a todos. No quiero entretenerme mucho ya que quiero hacer algo que he dejado esperar demasiado tiempo.

Voy hasta el restaurante chino. Cojo aire y empujo la puerta.

—Buenas noches. ¡Cuánto tiempo sin verla! —me suelta el señor Ping con su inimitable acento asiático.

—¿Qué tal va todo?

—Bien. ¿Y usted? He oído que ahora trabaja en la panadería. Es un buen lugar. Además, con una chica tan guapa, el negocio pronto va a subir como la espuma.

—Muchas gracias.

—¿Y qué es lo que quiere que le prepare? ¿Lo quiere para llevar?

—Rollitos de primavera y raviolis con gambas.

—Excelente elección.

—Señor Ping, estuve en la catedral el domingo pasado y tengo que confesarle que me impresionó la actuación de su hija. Lola estuvo extraordinaria. Lamento que no le dieran el premio que se merecía.

Se queda inmóvil. Lentamente levanta la mirada. Su habitual sonrisa desaparece. Mira alrededor y luego se inclina sobre mí para decir por lo bajo:

—Es usted la primera que me lo dice. No se imagina.

Se para a mitad de la frase. Ya no tiene ningún acento. Me hace una señal para que lo siga a la parte de atrás. Cruzamos una cortinilla de cuentas. Cuando llegamos a una escalera que asciende al piso superior, grita:

—Lola, baja, por favor.

Luego se gira hacia mí:

—¿Podría por favor repetirle a mi hija lo que me acaba de decir? Lleva llorando una semana. ¿Cómo puede uno animar a un niño a que se esfuerce cuando le traicionan así? El alcalde se lo había prometido.

Pasos en la escalera. La niña aparece. Tiene un aspecto muy normal. Tanto que al no llevar un teclado en las manos, nada la distingue de cualquier otra niña. Se oyen más pasos en la escalera. Tambien sale una mujer. El señor Ping le tiende la mano:

—Le presento a mi mujer, Hélène. Cariño, esta joven es una clienta que ha venido a...

Se interrumpe y me señala a Lola. Me arrodillo para ponerme a su altura:

—Hola, Lola, me llamo Julie y suelo comprar en el restaurante de tu padre porque me gusta mucho cómo cocina. Pero hoy he venido sobre todo a decirte que, el domingo pasado, tu recital en la catedral fue lo más maravilloso que jamás he oído. Para mí, y para todos los que estábamos allí, fuiste tú la ganadora. No se te ocurra renunciar a la música y tampoco te desanimes. Los adultos a veces cometen errores o hacen cosas deshonestas, pero eso no debe pararte. Tú amas la música y consigues que nosotros la amemos. Estoy muy contenta de haberte conocido y me encantaría volver a escucharte pronto.

Me mira con la intensidad que solo poseen los ojos de un niño. Da un paso hacia mí, y me da un fuerte abrazo. Puedo sentir sus deditos en mi espalda, esos que tienen tanto talento.

Cuando me suelta, su madre mueve ligeramente la cabeza. Está emocionada. En sus labios se lee simplemente: «Gracias».

El señor Ping me tiende la mano.

—No tiene ni idea de lo que esto supone para nosotros. Si algún día necesita algo.

—No tiene importancia. No he hecho nada extraordinario. Su hija sí.

Me resulta muy extraño escucharlo hablar sin acento. Volvemos al restaurante.

—Señor Ping, ¿puedo hacerle una pregunta personal?

—Claro.

—¿Por qué ese acento?

—La gente espera que uno sea como ellos creen. Yo soy el chino del barrio. Es mi papel. ¿Se imagina a un chino sin acento? A nadie le gustaría saber que nací en el norte, que mi hijo estudia teatro clásico y que mi hija toca el piano. La gente prefiere vernos en la casilla en la que nos han colocado.

—Mi abuela le habría dicho que no hay prisión de la que no se pueda uno escapar.

«Ric también se lo podría decir.»

Al salir del restaurante, el cielo estaba cubierto de nubes oscuras. A lo lejos, los truenos rugían. La primera tormenta de final de verano. Mientras cruzaba la calle sentía incluso electricidad en el ambiente. Los truenos se acercaban. Me recorrió un escalofrío. Con mi suerte, seguro que es un rayo. A no ser que sea mi teléfono que vibra. Lo saco del bolsillo como loca. Es Ric, y no es un mensaje, sino una llamada.

Pienso en Lola, pienso en la gente que a priori parece estúpida, pienso en Mohamed, pienso en los raviolis que me he olvidado, reflexiono sobre todas las señales que el destino nos envía. Tengo miedo de lo que Ric pueda decirme, pero después de haber esperado tanto a que mi teléfono sonara, nada me impedirá descolgar.

41

¿Por qué tienen ese poder sobre nosotras? ¿Por qué tipo de milagro son capaces de hacernos pasar de un estado a otro en un milisegundo?

—Gracias por tu mensaje. Yo no soy muy de SMS, por eso he preferido llamarte cuando hubieras terminado en el trabajo. ¿No te molesto?

«¿Pero qué dices? Hace seis noches que no duermo, que paso los días al acecho de verte, que rozo tu puerta. ¿No te enteras de nada, o qué?»

—No, estoy bien. ¿Qué tal tu semana?

—¿La semana? ¡Es verdad, si estamos a sábado! No me había dado ni cuenta.

«Yo en cambio he contado cada minuto. Y casi me da algo.»

Sigue:

—¿Y qué tal te va en la panadería?

—Hay que acostumbrarse, pero va bien.

Resulta terrible pero tengo la impresión de que no tenemos nada que decirnos. Como las parejas que llevan muchos años. El tiempo solo nos deja lo cotidiano. Somos como dos zoquetes, yo en medio de la calle y él... Me atrevo a preguntarle:

—¿Qué estás haciendo?

—Preparar el material para un cliente.

—¿Un sábado por la tarde?

—Es una urgencia.

«Vale, veamos qué pasa.»

—Ric, quería disculparme por lo del domingo pasado. No estuve muy correcta tras el concierto, pero estaba tan...

—¿Disculparte? ¡Deja de pedir perdón por todo! No es la primera vez que te lo digo. Me gustó mucho ir contigo y, respecto a lo del premio, creo que tenías razón. Si todo el mundo tuviera tu integridad, el mundo sería mucho mejor.

Me gustaría tenerlo delante para poder ver sus ojos mientras me dice eso. No sé cómo preguntárselo, pero me muero de ganas de saber cuándo volveré a verlo. Me dice:

—Mañana por la mañana voy a ir a correr. Tú tendrás que trabajar en la panadería, pero si quieres a la vuelta paso a recogerte y nos tomamos algo.

«Sí, por favor. Tomémonos algo.»

—Perfecto. Ánimo con tu urgencia y que corras bien.

—Hasta mañana.

—Hasta mañana, Ric.

Qué alegría decir esas simples palabras. Esta vez no ha dicho un «Hasta pronto». «Hasta mañana» es toda una cita.

Desde que el teléfono sonó hasta que colgué, apenas habían transcurrido tres minutos, en los que había estado ansiosa, molesta, emocionada, avergonzada, llena de esperanza, feliz e impaciente. ¿Por qué nos hacen esto?

Lo único que me apetece ahora: dormir. Las mangas de la camisa de Ric me seguían quedando largas. Me deslicé bajo las sábanas, se lo conté todo a Toufoufou y me quedé frita.

42

Lo vi pasar cuando metía dentro de una bolsa ocho pastelillos de chocolate. Perdí la cuenta. Llevaba su mochila. Dentro de mí, un cronómetro se encendió automáticamente. Tardó exactamente una hora y veintiún minutos en volver. Lo siento, pero no llegué a contar los segundos. Con su velocidad media en carrera podría haber llegado hasta el final de la ciudad o incluso más allá.

Entra en la tienda. La señora Bergerot lo saluda.

—Buenos días, joven. Lo dejo en buenas manos, Julie se ocupará de usted. Aunque creo que eso ya lo sabe.

Normalmente no suelo ponerme roja, pero ahora, siento que estoy más colorada que una tarta de fresas.

—Hola, Julie.

—Buenos días, Ric.

«Y en el estadio a punto de reventar, la muchedumbre aúlla como loca pidiendo: *¡Que se besen! ¡Que se besen!*, con animadoras que forman las letras con los brazos.»

—Quería una baguette. Es demasiado para mí solo, pero quizá venga alguien a cenar. Si no, la meteré en el congelador.

¿Por qué me dice eso? ¿No había sufrido ya bastante la semana pasada? A lo mejor ha conseguido liberar a su guarrilla (lo que explicaría por qué no le he visto durante días) y van a comer juntos antes de irse vete tú a saber dónde a hacer vete tú a saber qué, o a lo mejor él preparará unos simples sándwiches con amor.

Escojo una bien cocida, de las que no le gustan. Me dice:

—Vengo de ver a Xavier. Hoy va a hacer una pequeña fiesta para celebrar que acaban de traerle la última puerta. Me pidió que te lo dijera. ¿Te apetece que vayamos juntos?

Me sofoco. ¿Mi amigo de la infancia tenía que invitarme a través de un intermediario al que solo conoce desde hace un mes? Alucino. Ric añade:

—Hacia las tres, ¿te viene bien?

—Perfecto. ¿Pasas a buscarme?

—Claro.

Está a punto de salir cuando se gira y me pregunta:

—¿Estás bien? Parece que hubieras visto un fantasma.

La temperatura ha comenzado a bajar. En el patio, tres niños juegan al frontón contra la pared de un edificio contiguo. Xavier ha cubierto su monstruo con una lona azul. Es tan grande que parece que esconda un submarino. Ric va delante. Algunos invitados ya han llegado. A primera vista solo hay chicos. Aparece Xavier. Se ha puesto un mono caqui, impecable.

—¡Hola, Ric! ¡Hola, Julie! Qué bien que hayáis venido.

Felizmente, solo me da dos besos a mí.

—¿Hoy es el gran día? —le digo.

—Sí, pero solo para la chapa. Vais a ver a la bestia. Faltan por llegar un colega y su mujer y os la enseño.

Todo el mundo se coloca alrededor del monstruo cubierto.

—¿Has conseguido compensar el volumen del depósito? —le pregunta un tío muy grande.

—Sí, tuve que recortar un poco el maletero, pero sí.

Los dos últimos llegan por fin. Una joven pareja. Van de la mano. Rectifico: es ella la que está agarrada a él. Más me vale no hacer nunca eso con Ric.

—¡Nathan y Aude! —exclama Xavier—, ¡solo faltáis vosotros! Acercaos para asistir a la presentación oficial, venid a ver las maravillas de la chapa.

Todo el mundo se saluda. Impaciente como un niño, Xavier se coloca delante del coche:

—Es genial veros a todos aquí. Significa mucho para mí. De una manera u otra, todos me habéis ayudado en este proyecto. En solo unas semanas, el XAV-1 circulará por las calles, pero mientras quiero compartir este instante con vosotros.

Está emocionado. Coge un borde de la lona y tira de ella.

Lentamente, la tela se deliza por el vehículo, que se comienza a ver. La parte de atrás, las puertas, el techo, el capó y la parte de delante aparecen. En negro mate y con esas dimensiones, es más que impresionante. Durante meses he visto a Xavier ensamblar lo que parecía un amasijo de metales, pero con la carrocería se descubre la línea, la elegancia del fuselaje de su berlina. Espontáneamente, nos ponemos todos a aplaudir. Xavier va a llorar. Sus amigos se acercan para felicitarle. Ric y yo permanecemos detrás. Alertados por el ruido, algunos vecinos del inmueble han abierto las ventanas. Una mujercita grita:

—¡Es magnífico, Xavier!

En el piso inferior, una pareja grita «bravo». Los niños han dejado de jugar, subyugados por una máquina que solo se ve en las películas.

Uno de sus amigos acaricia la parte de atrás. Su gesto dulce y sensual sería el mismo que si rozara a la mujer de sus sueños. Algún día alguien debería explicarme esto.

—Has recuperado completamente la línea que tenía, es increíble, admirable —dice.

Otro saca una cámara de fotos.

—Hay que inmortalizar este momento.

Nos colocamos todos en un costado del coche y le pedimos a uno de los niños que haga la foto. Si alguien me

hubiera dicho que algún día posaría al lado de un cacharro y que eso me haría feliz. Pero esta foto me encanta.
Primero porque es una gozada ver a Xavier en este estado
y segundo porque es la primera foto de Ric y yo juntos.

Xavier nos reclama:

—Amigos, una pequeña formalidad más. Antes de
que ponga el cuadro de mandos, me gustaría que todos fir-
marais en el armazón. Será mi san Cristóbal, mi amuleto.

Saca un rotulador del bolsillo y se lo da al tipo
grande. De uno en uno, se van sentando en la plaza del
conductor. Todos escriben su dedicatoria. Xavier se me
acerca:

—Me encantaría que fueras la última, para terminar con algo bonito. ¿Te importa?

Me halaga tener ese honor. Cuando llega mi turno,
Xavier abre la puerta y me instalo. El interior es todavía un
poco industrial. Los botones y cuadrantes están colocados,
pero sobre la estructura metálica aún desnuda. En el aluminio, sus amigos han escrito los mensajes. Ric también. Ha
escrito: «Que tu camino sea largo y feliz. Me alegro de haberme cruzado en él. Ric». Es bonito. Pero extrañamente,
suena como una despedida de alguien a quien se aprecia.
Ric sabe que se va, se me forma un nudo en el estómago
pero, de algún modo, siempre lo he sospechado.

Xavier se sienta en el lado del acompañante.

—Aprovecha la ocasión, Julie. Es la única vez en la
que vas a estar al volante. La próxima yo seré tu chófer y
tú irás detrás como una princesa.

Nos reímos como dos chavales. A través de los cristales blindados los otros nos observan y hacen fotos. ¿Qué
debo escribir? Jamás había escrito una dedicatoria en el
cuadro de mandos de un coche. Me lanzo. Xavier va leyendo conforme escribo, lo que lo hace más intimidante si
cabe. «Hace mucho tiempo que eres uno de los motores de
mi vida. Espero que nuestros caminos sigan cruzándose.
Con todo mi cariño, Julie.»

Se me lanza al cuello.

—Me hace mucha ilusión firmar tu obra de arte, Xavier. Has tenido una muy buena idea.

—No es mía. Se le ocurrió a Ric. Me contó que sus padres siempre firmaban todos sus trabajos en el interior.

«¿Ric te ha hablado de sus padres?»

Miro cómo Xavier sale del coche. Fuera, Ric bromea. Estoy algo afectada. Xavier viene a abrirme la puerta con los modales de un mayordomo. Me hubiera gustado quedarme dentro un poco más, el tiempo suficiente como para poder digerir aquello. Y es cuando uno de los amigos de Xavier dice:

—¡Es increíblemente resistente! Me da la impresión de que es más grande de lo que habías previsto.

—Quince centímetros.

—¿Ya lo has sacado del patio?

—No, todavía no.

—¿Estás seguro de que pasa por la puerta? Sería de gilipollas.

43

Pasamos el resto del día intentando consolar a Xavier. Vaya marrón. Incluso desmontando la chapa, no cabe. Solo hay tres soluciones: romper la puerta del edificio (imposible de hacer), trocear el coche (irrealizable sin causarle daños irreversibles) o evacuarlo con un helicóptero. También se puede invocar a las hadas y duendes, pero nadie lo propuso. Xavier estaba tan enfadado consigo mismo que nos preguntábamos si, contribuyendo todos, no podríamos pagarle lo del helicóptero. Ric fue muy amable con él intentando hacerle creer que no era tan mala idea.

El lunes por la mañana traté de llamar a Xavier, pero saltó el contestador. Debe de haber pasado una noche espantosa. A mí en cambio me da vergüenza haber dormido tan bien. Cada noche, el mundo se divide en dos categorías: los que duermen como marmotas y los que al día siguiente tendrán ojeras. Y uno bascula de un grupo a otro con mucha rapidez. Pobre Xavier, esta noche le ha tocado el grupo que no pega ojo.

Cuando me acompañaba a casa, Ric me dejó caer que podríamos quedar un día de estos. Así que, a esperar de nuevo. No me atrevo a tomar la iniciativa todavía.

Esta vez he puesto los pasteles de la señora Roudan en una caja de plástico, así las puertas del ascensor del hospital no podrán aplastar ningún buñuelito (no me creo que yo haya dicho eso).

Al entrar en su habitación del hospital, me la he encontrado sentada en la cama con uno de los camisones que le había dado a las enfermeras.

—¡Buenos días, Julie!

Parece contenta de verme.

—Buenos días, señora Roudan. ¿No está viendo la tele?

—Sabía que vendrías, así que la he apagado.

—Tiene buen aspecto.

—Me alegra que hayas venido. ¿Has visto? Me han dado un precioso camisón. Y también cosas de aseo. Incluso me han traído perfume.

—Qué bien.

Me doy cuenta de que me observa. Para cambiar de tema saco sus tomates y fresas.

—Los guisantes no tardarán mucho.

—Quédatelos tú. Las enfermeras cada vez me prohíben más cosas.

Me enseña el tubo que le sale del brazo.

—Me han dicho que esto cansa menos al organismo si me alimento solo con él. ¿Qué tal en la panadería? ¿Ha vuelto tu cruel cliente?

—Sí, viene cada día.

—No tienes que dejar que te trate así.

—Es una tienda, no debemos decir nada. Es un cliente como los demás.

—Créeme, la gente llega hasta donde les permitimos llegar.

—Mi abuela hubiera dicho algo parecido.

—¿Y con Ric?

Se lo conté todo. Confieso que me viene bien. Sé que ella no me va a juzgar. Nos divertimos mucho. Hablamos también de su huerto, de la calle, del barrio y del parque del que, me ha confesado, había sacado la mayor parte de la tierra. Se cansó más rápido que en mi anterior visita. No me gusta nada. No quiero que eso sea una señal de nada.

Los que dicen que solo se puede hacer una cosa a la vez se equivocan. Yo estaba escuchando a la señora Roudan mientras me hablaba del parque, cuando de repente, una bombilla se encendió en mi cabeza. Tuve una visión. Ya lo tengo. ¡Sé cómo sacar el coche de Xavier!

44

—¡Xavier, abre! ¡Soy yo, Julie!

Vuelvo a golpear la puerta de su apartamento. Oigo ruido.

—Sal de tu encierro. Necesito hablar contigo.

Ruido de cerrojo, la puerta se entreabre. Xavier con la cara descompuesta.

—Creo que tengo la solución para tu coche.

—Sí, claro, eres un genio; si es imposible.

—Escúchame, Xavier.

Lo sigo dentro de su apartamento. Está mucho menos ordenado que el de Ric. La tele está encendida, hay restos de patatas fritas en el sofá. El mono de trabajo está hecho una bola en un rincón.

—Me gustaría ir ahora a comprobar algo a tu taller.

Termina un vaso de algo y gruñe:

—Conozco a la perfección el tamaño de mi cacharro. Y el de la puerta de entrada también. No hay manera. Punto pelota.

—No, no hablo de eso. Por favor, acompáñame a tu garaje.

Termina por ceder. Abre la puerta mecánica y el monstruo aparece ante nosotros, agazapado entre las sombras como una fiera decidida a dejarse morir en su jaula. Voy hacia la pared del fondo. La estudio, me pongo de puntillas. Ladrillos.

—Xavier, ¿estás listo para hacer un poco de albañilería para liberar al XAV-1?

—¿De qué hablas?

—Tras la pared está el parque. Si rompemos la pared y desmontamos la verja que hay detrás, desembocamos directamente en el camino central del parque. Podemos sacar tu coche a través del parque.

—¿Estás loca?

—Voy a hacer como que no te he escuchado. Reflexiona.

Se acerca a la pared.

—¿Dices que por el otro lado hay una verja?

—Acabo de comprobarlo. Está fijada con postes que se pueden desmontar muy fácilmente. Desatornillamos, pasamos, atornillamos, ¡y ya está!

—¿Y qué pasa con el seto?

—El seto está ahí desde que íbamos a primaria. Hace mucho tiempo que está muerto, por suerte para nosotros. Si no me crees súbete al techo del coche y lo ves.

Sale como un diablo. No me ha dado tiempo ni de salir detrás de él y ya se ha subido al techo. Apoyado en el tabique, mira el otro lado. Se rasca la cabeza mientras suspira. Me mira desde lo alto y pega un salto hasta donde estoy.

—Eres un genio, Julie. Probablemente no saldrá, pero eres un genio.

Me abraza.

La misma tarde, me presento en casa de Ric sin avisar. Antes de abrir, lo escucho mover cosas precipitadamente. ¿Qué es lo que trama?

—¡Ah! ¡Eres tú! ¿Te pasa algo?

—Qué va. De hecho tengo la solución a un problema. Pero necesito tu ayuda.

Me invita a entrar. Le expongo mi idea con entusiasmo. Escucha con atención sin mostrar en ningún momento lo que piensa. Cuando se da cuenta de que he terminado, con voz tranquila, objeta:

—No nos darán la autorización.

—Por eso no vamos a pedir permiso. Si somos bastantes, podremos hacerlo todo muy rápido sin que nadie se dé cuenta.

—¿Eres consciente de toda la gente que hace falta? Incluso si tiramos abajo la pared de ladrillo, antes tenemos que desmontar la verja, y hay que atravesar la mitad de un parque público con el tanque de Xavier. ¿Te imaginas todo lo que hay que coordinar?

—Sí, ya he hecho una lista.

Sonríe.

—La verdad es que eres una chica sorprendente.

«Podría haberme dicho que soy una chica guapa, sensual, fascinante, pero bueno, por ahora me conformo con eso.»

Dicho esto, me he sorprendido a mí misma. De pronto me he transformado en la organizadora de un plan retorcido. No sé por qué me he tomado esto como algo personal. Quizá porque quiero mucho a Xavier, o porque dos grandes injusticias en pocos días me superaban. Por Lola ya no puedo hacer nada, pero sí por XAV-1, y me voy a dejar las uñas.

45

El martes era la vuelta al colegio. En la panadería, lo hemos notado mucho. Cohortes de chiquillos con sus madres. Estaban por todas partes, en la calle y en la tienda. Entre todos, deben de haberse zampado dos toneladas de bizcochos y palmeras de chocolate, brioches y demás bollería. Da un poco de miedo, cuando se piensa bien.

Bueno, chicos, coged vuestras carteras y gomas nuevas. Se acabaron los helados y los juegos en la calle. Llega el momento de trabajar y de hacer nuevos amigos, con los que, veinte años más tarde, podréis organizar una evacuación clandestina de un coche demasiado grande para pasar por la puerta.

La señora Bergerot y yo ya hemos encontrado nuestro particular método de trabajo. De vez en cuando me ocupo de la caja registradora. Me da la sensación de que los clientes se han adaptado. Incluso el señor Calant, que viene siempre a la misma hora a montar su número, ya no me enerva. Ese tío terminará por cosechar lo que ha sembrado. Y no creo que sea obra de una justicia divina o de un dios vengador que venga a cobrarle su maldad. Simplemente pienso que cada acción siempre tiene su reacción y aquel memo recibirá su justo castigo.

Golla, el vendedor del edificio contiguo, el dependiente de muebles de cocina que se volvió un humanitario, ha vuelto de su estancia en África. Está muy moreno, su cadena de oro y su pulsera son aún más evidentes. Se ha comprado un cochecito rojo que se confunde con uno de Fórmula 1. Me sorprende sobremanera que un tipo tan chulo y engreído se haya puesto al servicio de los demás y debo decir que tengo mejor opinión de él y ganas de ser amable. Sin embargo, nunca he visto a nadie tan orgulloso de sí mismo. Parece convencido de que sus apariciones en público iluminan nuestra monótona existencia y que es una especie de Grial para ellas y un modelo a seguir para ellos. Como buen chulo, se las ha apañado para que todo el mundo sepa las buenas acciones que ha llevado a cabo en los pueblos más recónditos. ¿Qué imagen se habrán llevado los africanos de nosotros si tuvieron a este tipo como ejemplo? Coge su pan y su ensalada de queso y picatostes, me guiña un ojo y se va.

Me gusta mucho la vida que en este momento llevo. Veo a Ric a menudo, el plan de Xavier está a punto y me sorprende que todo el mundo me siga en esta iniciativa.

Sophie ha aceptado vigilar desde la esquina. Sonia le ha pedido a su novio ninja que nos ayude, se lo ha planteado como una misión de honor sagrado. He convencido a Xavier para que reclute a sus amigos para desmontar la pared de ladrillo. Él ha conseguido también un par de *walkie-talkies* del trabajo. Ric supervisará el desmontaje de las vallas. Dos amigas más vigilarán el edificio de Xavier y el lado sur del parque. Justo ahora acabo de recibir la confirmación de dos amigos de mis padres que tienen un terreno cerca donde poder albergar el XAV-1.

Catorce veces he cronometrado cada etapa y realmente creo que puede funcionar. El sábado por la noche pasaremos a la acción. Como es el primer fin de semana tras la vuelta al cole, habrá menos gente en la calle. Los trabajadores municipales cierran el parque a las once y media de la noche. Le he pedido a Xavier que se asegure de que tiene gasolina.

El viernes por la tarde, a falta de un día, paso a ver a los chicos que ya están rompiendo la pared de ladrillo. Cruzo el patio silbando casualmente para no levantar sospechas. Experimento un delicioso escalofrío de complot. Las puertas del taller están cerradas. Al acercarme, escucho algunos golpes sordos, pero nada que pueda levantar sospechas. Golpeo la puerta según el código convenido. Xavier ha querido que tengamos un código. Se toma muy en serio toda la operación. Al fin y al cabo, es su coche y nosotros su comando. Todo lo que siempre ha soñado.

Me abre Ric. Lleva camiseta de tirantes y en la mano un cincel. Cierra tan rápido la puerta detrás de mí que casi me pilla. Casi espero que me pregunte si me ha seguido alguien. A veces los hombres se comportan como niños grandes.

El garaje parece una obra. Xavier ha protegido el coche con la lona. En el suelo, un papel de burbujas evita que la caída de los ladrillos haga ruido. El chico de Sonia, Jean-Michel, maneja el mazo, mientras Xavier y un colega suyo colocan los ladrillos en un rincón.

Ric comenta:

—No está siendo tan fácil.

Jean-Michel lleva un traje negro como el de las películas de kung-fu. Espira antes de golpear y tengo la impresión de que saluda a los ladrillos que caen. Aun así, es muy majo.

Les pregunto:

—¿Os va a dar tiempo?

Xavier mira el reloj.

—Terminaremos en unas cuatro horas. Es un poco más lento porque quiero recuperar los ladrillos para poder reconstruir la pared después. Ric, te toca el relevo.

Jean-Michel le tiende a Ric el mazo. Es más delgado que su compañero ninja, pero lo hace de todo corazón. Sus golpes son precisos. Lo encuentro muy guapo con el esfuerzo. Por un momento, olvido la misión de la agente J. T.

Me encanta el ambiente, las lámparas portátiles que proyectan esa luz peculiar, los golpes que suenan como un metrónomo, Xavier que remata el trabajo del mazo para soltar los ladrillos. Parece una película bélica en la que los héroes tienen que escaparse de una fortaleza enemiga cavando un túnel.

Diez minutos más tarde es el turno del amigo de Xavier. Ric recupera el aliento. Tiene el pelo lleno de polvo de cemento. Se me acerca. Le brillan los hombros, sus brazos parecen aún más fuertes. Vais a pensar que siempre me parece guapo, y es cierto. Os prometo que si un día le encuentro feo, os lo diré.

Sábado por la tarde. Hora H-1. Llegados a este punto, estoy convencida de que es lo más loco y estúpido que he hecho en mi vida. El equipo come algo en casa de Xavier justo antes de pasar a la acción. Aunque esto no salga en las películas bélicas, he traído pasteles. Curiosa atmósfera. Muchos de los miembros del comando XAV-1 no se conocían.

Xavier le enseña a Sophie cómo utilizar el *walkie-talkie.* Ric le repite una vez más las fases a un amigo mientras Jean-Michel se concentra, en equilibrio sobre una silla en una postura imposible. Se ha puesto su cinta de combate. Sonia lo devora con los ojos.

Xavier termina la explicación a Sophie, ella se me acerca:

—Todavía me cuesta imaginar que has sido tú quien ha inventado todo este plan retorcido.

—¿Cómo me tomo tu frase?

—Te advierto que si nos cogen diré que me drogaste.

—Yo que tú se lo diría cantando. Así tendrás más probabilidades de que te crean.

—Eso es muy cruel.

—¿Estás lista?

—¿Te das cuenta de lo que está a punto de hacer?

—No, he preparado la toma de conciencia para dentro de dos horas.

Me levanto:

—Chicos, ha llegado la hora.

«Madre mía, vaya frasecita. He visto demasiadas películas.»

Casi se ha hecho de noche. Todo está tranquilo.

—Equipo Radar, ¿estáis todos en vuestro puesto?

—Vigilancia edificio: listo. Sin problemas.

—Vigilancia parque: listo. Sin problemas a la vista.

—Vigilancia calle: z... sin... lema.

—Sophie, si quieres que te comprendamos tienes que mantener presionado el botón.

—¡Me hago un lío!

—Así, perfecto. Todo el mundo te ha escuchado. Equipo Perno, ¿listo?

—Sí.

Xavier inspira y espira para intentar relajarse. Parece que se va a jugar la vida. Estoy con él en el garaje. Somos nosotros los que debemos dar la señal de salida. La pared está completamente derribada, vemos la verja. En cuanto haya vía libre, se pondrá al volante del XAV-1 y arrancará.

Me coge el *walkie*.

—Atención, comenzamos con la operación.

—¡Negativo, negativo! —interviene Sophie—. Se aproximan paseantes. ¿Pero qué mierdas hacen a estas horas?

—Avísanos cuando se hayan marchado —dice Xavier cada vez más estresado.

Los segundos son interminables. Si atrapan a cualquiera de nosotros lo torturarán hasta que diga el nombre de sus cómplices. Yo jamás denunciaría a Ric. Podrán presionarme con Jade, pero no diré nada. Antes la muerte.

El *walkie* crepita. La voz de Sophie:

—Se han marchado. Vía libre.

—Si está despejado para todo el mundo, ahí vamos.

Todos confirman.

—Preparados, listos, ya.

Al momento, escuchamos los destornilladores de Jean-Michel y Ric que entran en acción. En menos de tres minutos, han quitado el primer tramo de la verja. Al tercero, el coche pasa. Atravieso el parque para ayudar a Nathan a cargar con las verjas quitadas. Mientras el ninja desatornilla, Ric hace lo mismo con los postes. Ordena:

—Xavier, ponte al volante y estate listo para arrancar.

Un gato sale de la maleza y nos mira. Le amenazo:

—Si se lo dices a alguien te juro que te descuartizo.

—¿Qué estás haciendo, Julie? Ayúdame a quitar el segundo tramo de la verja.

Jean-Michel parece tener problemas con el último tornillo. Insiste.

—No lo fuerces —le susurra Ric—, te vas a cargar la cabeza del tornillo.

Ruido de destornillador en la noche. Demasiado tarde.

—Mierda, ¡me la he cargado!

Jean-Michel nos mira y dice:

—No podemos pararnos ahora, a dos tornillos del último tramo. ¡Que los espíritus de los ninjas nos guíen!

«Estamos muertos. No sé por qué les he metido en esto. Somos una banda de enfermos.»

Xavier se inquieta. Ric lo envía de vuelta a su bólido. De pronto, Jean-Michel lanza un gritito ridículo y da una patada al último poste. Cae como un flan mal desmoldado. La verja ha ganado el primer *round*.

—¡Coño! —grita—. Me he jodido el pie.

Ric no lo duda ni un segundo. Entra en el garaje, hurga entre las herramientas y sale con un sacaclavos.

—Me da igual romper el tornillo.

Hace palanca y arranca el último tramo. Jean-Michel se coloca a su lado y levantan el panel.

—Xavier, arranca y sal pitando.

En el momento en que gira la llave, el tubo de escape suelta una enorme nube negra. No sufráis por el medio ambiente porque Jean-Michel ha aspirado la mayor parte del humo. Seis años de tabaquismo pasivo en menos de un segundo. Es un auténtico héroe.

Con las luces apagadas, el XAV-1 viene lentamente hacia nosotros marcha atrás. Incluso a mí me parece que el motor hace un ruido magnífico. Ric lo guía.

El coche recula un poco más. Gira y se coloca para salir. Xavier baja la ventanilla:

—¿Pasa?

—Sigue. Ponte a salvo. Nos vemos en tu casa.

Ric coge el *walkie*.

—Vigilancia sur y verja, reuníos en la puerta. El XAV-1 llega.

Xavier sale y, en la noche, el enorme bólido se desliza entre las calles de flores.

Ric no pierde el tiempo.

—Jean-Michel, vete a descansar al garaje, yo colocaré todo con Nathan. Julie, ve con él y cúralo.

—¿Podréis los dos solos?

—No te preocupes. No puedes hacer nada.

Con Nathan comienza a levantar los tramos uno a uno detrás de mí. Ahí está, del otro lado de la verja, trabajando en silencio.

Jean-Michel se retuerce de dolor.

—Apóyate en mi hombro, vamos a casa de Xavier a ver qué es lo que tienes.

47

Alguien llama a la puerta de Xavier. Santo y seña correcto. Ahí está Ric. Salto literalmente a sus brazos. Mi mejilla sucia contra la suya llena de tierra. Los brazos alrededor de su cuello. Aprieto con todas mis fuerzas. Pone sus manos en mi espalda. Es quizás la diferencia de actitud lo que hace que me percate de lo que estoy haciendo. Me da igual, ha estado genial, y con toda la porquería que tengo en la cara, no puede ver que estoy roja como un tomate. Lo llevo hasta el salón donde Jean-Michel está tumbado con hielo en el tobillo y rodeado de chicas. El reposo del guerrero. Ric pregunta qué tal todo. Jean-Michel sobrevivirá. Sin embargo, el diagnóstico de su orgullo está complicado.

—¿Tenemos noticias de Xavier? —me pregunta Ric.

—Me ha llamado. Todo va bien. Estará aquí en breve.

Las chicas se cuentan los sudores fríos que han tenido. Jean-Michel se calla, o puede que esté meditando. Nathan sirve bebidas a todos, pero esperamos a Xavier para brindar.

Ric se acerca a mí.

—Has estado perfecta. Un verdadero soldado de élite.

—¿Lo crees de verdad?

—Has actuado como una profesional.

—A mí me impresionó tu sangre fría.

Llaman de nuevo. Es un código, pero no el correcto. Me acerco a la puerta:

—¿Quién es?

—Soy yo —dice Sophie—, abre, se me ha olvidado el santo y seña y como no me abras pronto me voy a mear en el rellano.

Minutos más tarde, Xavier se nos une. Por fin el equipo está al completo. Hemos ganado. Juntos, hemos hecho bien una locura. Como si fuéramos expertos, aparte de los surcos de los neumáticos en el césped, no nos hemos dejado ningún cabo suelto. Estamos tan satisfechos por haberlo logrado que, para celebrarlo, hacemos ahora todo el ruido que no hemos podido hacer durante la operación. Cantamos canciones de dibujos animados. ¿Os imagináis a un grupo de élite cantando eso?

Y allí, mientras todo el mundo brinda y se cuenta sus respectivas experiencias, tengo un ataque de pánico y me pongo a temblar. Es mi primera crisis de histeria. Sophie se acerca. No parece alarmada.

—Bravo, querida, sin un minuto de retraso.

Sollozo, me cuesta hablar:

—¿De qué hablas?

—De tu conciencia programada. Justo dos horas después. Ahora, tarada, ¿te das cuenta de lo que nos has hecho hacer?

Sé lo que me podría tranquilizar: una buena ducha fría, con Ric, sin ropa.

48

En las semanas que siguieron algo había cambiado. Desde aquella tarde, todos los que habían participado en la operación comparten ahora un lazo más fuerte, un secreto. Como diría Xavier, somos veteranos de guerra.

Los días que no nos vemos, Ric y yo nos llamamos por teléfono. Y llegados a este punto, tengo la tentación de plantear la gran pregunta de la noche: ¿Hasta cuándo es razonable esperar a que un hombre os bese o intente hacer el amor? Entre los invitados, tenemos un profesor de gimnasia que se cree un dios, especialista en psicología masculina; Géraldine Dagoin, experta en clips; un comercial con su excavadora y su hoyo, y un gato.

No digo que lo que hay ahora entre Ric y yo sea la peor de las opciones posibles. Pero tengo miedo de que a fuerza de desmontar vallas, de taponar calentadores y de evitar incendios, acabemos siendo los mejores amigos, los mejores colegas del mundo (y nada más). Nuestras actividades no tienen nada que ver con las de unos jóvenes que intentan ligar. Es cierto que hemos ido a un concierto, pero si tengo que ponerle un adjetivo, no sería «romántico» el primero de la lista. ¿Qué debo hacer?

En la panadería marcha todo muy bien. Me llevo bien con el resto del equipo, que ya no echa nada de menos a Vanessa. Denis suele buscarme para que pruebe sus nuevas recetas, Nicolas me enseña nuevas palabras, lo que me ha permitido tratar al señor Calant de «asquenoble» haciéndole creer que es un adjetivo que se utilizaba para designar a las familias más poderosas de la zona. Incluso la señora Bergerot se partía de risa.

Es más, he espabilado mucho como dependienta, puedo escuchar los chismes y rumores que se cuentan en la panadería a lo largo del día, a la vez que envuelvo los pasteles más complejos. Por ejemplo, unos días después de la operación XAV-1, unos clientes contaban que unos maleantes habían forzado las vallas del parque para escapar de la policía y que su vehículo se había volatilizado misteriosamente en el camino lateral. La señora Touna confirmó incluso que había huellas de neumáticos en la arena que todavía eran visibles. Unos días más tarde, escuché hablar de un ovni que había sobrevolado la ciudad aquella noche; algunos afirmaban haber visto una nave espacial enorme y negra volando a ras de suelo por el parque, sin duda para recoger muestras de nuestra fauna y flora. Lo que me hizo reír durante un buen rato.

Finalmente, este trabajo es un fabuloso puesto de observación para quien se interese por sus semejantes. Se ve desfilar a nuestros congéneres tal y como son. No hacen falta dependientes en las panaderías, sino antropólogos y especialistas en psicología. No merece la pena esperar a que una civilización desaparezca para desenterrar sus restos e intentar comprenderla. Si se quiere capturar la realidad de los individuos y de la especie, solo hay que dedicarse a vender pan.

Desde mi puesto, no tengo ni las ganas ni la intención de juzgar cuanto oigo. Pero aprendo. A veces, me conmuevo o me quedo en shock, pero por encima de las anécdotas, se forma en mí una definición del ser humano bastante simple y aceptable. La inteligencia es un factor importante, también la educación y el aspecto físico, pero sobre todo la gente se define por lo que elige libremente hacer o contar. El resultado, aunque infinito, se divide naturalmente entre dos grandes polos. A fuerza de ver desfilar a gente de todo tipo, de todas las edades y de toda condición, me doy cuenta de que se puede dividir a la humanidad entre los que aman y los que ni siquiera saben lo que eso significa. Los afectuosos y los otros. Desde entonces, me divierte observarlos a través de este filtro. El resultado es sorprendente. Se traduce tanto en la manera de ser como en la de actuar. En la forma con que alguien te mira o coge el cambio, todo son muestras. Desde el más mínimo buenos días hasta la puerta que se cierra en las narices del que está detrás. Algunos son buenos escondiéndose tras su fachada de duros, y tienen un corazón de oro. Otros intentan pasar por amables, pero solo piensan en lo que les interesa. Incluso yo pensé que era una idea muy simple en un primer momento, sin embargo, intentadlo, ya veréis como funciona.

Inevitablemente, me hice la misma pregunta respecto a la gente que conozco (Sophie, la señora Roudan, Mohamed, Xavier y mis padres y el caso que más me afecta: Ric).

Y como siempre, nada era ni blanco ni negro, pero en cuanto a él me parece aún más difícil tener una visión imparcial. ¿Será porque mi teoría es estúpida o porque no se libra de la condena? Sus actos y comportamientos revelan a una persona amable. No obstante, está claro que esconde algo. Piensa, Julie, de la respuesta depende sin duda buena parte de tu vida.

Por la tarde, cuando Ric me preguntó si podía pasar a verme, os aseguro que me imaginé de todo. Mi mente, para que no la pillaran desprevenida, se había formado todo tipo de respuestas para cada caso posible:

«¿Vamos a un restaurante?»

Eso es un sí.

«¿Quieres que salgamos?»

Eso es un sí.

«¿Puedo besarte aquí y aquí?»

Eso es un sí.

«¿No tienes calor con ese vestido tan ligerito?»

Eso es un sí.

«¿Quieres casarte conmigo?»

Eso es un sí.

Sobra decir que estaba lista para cualquier cosa. Pero ya conocéis el don que tienen los hombres para sorprendernos.

49

—Tengo que ausentarme unos días. Pero no confío demasiado en la llave de paso del agua. Me gustaría saber si de vez en cuando podrías subir a mi casa para comprobar que no se ha convertido en una piscina.

«Qué pena que no vivas encima de la casa de la señora Roudan, eso le regaría el huerto.»

Reconozco que no me había planteado esa opción. Pero es un sí, de todos modos. Además, Ric parece preocupado.

—Sin querer ser indiscreta, ¿es algún problema lo que te obliga a irte?

—No, no es nada grave.

—¿Tus padres están bien?

—Todo va bien, de verdad.

—Puedes contar conmigo para lo del apartamento.

—Muchas gracias.

—¿Quieres también que te recoja el correo?

—No te preocupes, solo serán cinco o seis días.

«¿Cinco o seis? Aclárate. Es por calcular cuántas canas me van a salir.»

—Si hay una fuga, ¿te llamo al móvil?

—Quizá no pueda cogértelo, pero deja un mensaje y avisa a Xavier.

Ausente. Destino desconocido. Sin fecha de regreso. Imposible de localizar.

—¿Cuándo te vas?

—Mañana, temprano.

Siento una fisura en mi estado de ánimo. Me esfuerzo por impedir que la barbilla se me ponga a temblar como un niño que va a romper a llorar.

«Te voy a echar de menos. No sé si te vas para ayudar a escapar a la perdida esa, pero tengo miedo de que no vuelvas. Si es así, esta es la última vez que te veo.»

—Julie, ¿estás bien?

—Sí, sí, de verdad.

No he debido de sonar muy creíble. Avanza hacia mí y me abraza, muy fuerte. Sus manos suben hasta mi cara, que recoge dulcemente entre las palmas. Está muy cerca. Siento su aliento en la piel.

—No te preocupes —murmura—. Es importante para mí. Y pronto estaré libre.

Pone los labios sobre los míos. Cierro los ojos. Algo más fuerte que todo lo demás me desborda. Soy un castillo de naipes que se derrumba a cámara lenta. Cuando abro los ojos, Ric ya se ha marchado y las llaves de su casa están encima de la mesa.

50

Mi vida sin Ric. ¿Cómo diríais que es? Pienso aún más en él que cuando estaba cerca. Ya nos ha pasado que no nos hemos visto en un tiempo, pero al menos tenía la esperanza de cruzarme con él o verlo. Ahora, sé que eso no va a ocurrir y tengo miedo de que sea así para siempre a pesar de lo que me ha dicho.

Su beso ha provocado una ola que ha alcanzado los lugares más recónditos de mi espíritu y de mi corazón. ¿Me lo ha dado por confesar sus sentimientos o como regalo de despedida?

Sus palabras resuenan en mi cabeza: «Pronto estaré libre». ¿Qué ha querido decir con eso?

Tengo la sensación de que al marcharse me ha hecho la guardiana del mundo, así que intento mantenerme digna. Para que os hagáis una idea del nivel de mi esfuerzo, estoy a un pelo de adoptar uno de los gatos del anuncio en el escaparate. En cada uno de mis actos, incluso en el más insignificante, intento ser irreprochable, rendirle honor, comportarme como si me estuviera viendo u oyendo, para que esté orgulloso de mí. Una vez, escuché a la señora Bergerot decir algo parecido. Hablaba de su difunto marido. Me gustaría compartirlo con ella, pero esos dolores son demasiado íntimos como para poder expresarlos en voz alta. Mi abuela solía decir que las alegrías compartidas se multiplican y las penas compartidas se dividen. La señora Roudan hubiera añadido que todo dolor tiene su consuelo. Pero no siempre es verdad porque lo más común es que cada uno cargue con sus propio sufrimiento.

La primera tarde, cuando entro en su apartamento, siento algo extraño. Es como si me estuviera observando. No hay ni un ruido. Avanzo de puntillas como haría un pecador en un santuario. Compruebo el suelo de la cocina, está seco. Abro el armario de debajo del fregadero. Algunos botes de productos de limpieza han reemplazado las herramientas y artefactos que vi en nuestra memorable noche. ¿Qué habrá hecho con eso? Quizá se lo ha llevado todo para acometer lo que prepara.

Me giro, observo el interior de su casa. Todo es funcional, está ordenado, limpio. Ninguna foto, ningún objeto superfluo que pudiera decir algo de sus gustos o de su historia. Casi no me atrevo a mirar por miedo a resultar indiscreta. Sin embargo, no dejo de hacerme preguntas sobre lo que no dice, sobre quién es realmente. Las respuestas deben de estar aquí, en los armarios, en el portátil, en esos documentos minuciosamente apilados. Estoy tentada de echar un ojo, pero soy incapaz. Habría sido como traicionarlo, abusar de la confianza que ha depositado en mí. De pronto, una duda me asalta: ¿me ha confiado sus llaves porque de verdad le daba miedo un escape de agua o es que quería ponerme a prueba? Si es así, el apartamento tiene que estar plagado de micrófonos y cámaras y, en este mismo momento, me está observando. Madre mía, ¡y yo con estos pelos!

Estudio con cuidado la llave de paso y, en voz alta, como una mala actriz que articula mucho, declaro:

—Impecable. No hay ningún escape. Me alegro por Ric.

Me marcho todo lo rápido que puedo de su casa. Una vez en el rellano respiro de nuevo. Me apoyo en la pared. Pero de pronto me digo que quizás haya puesto mecanismos de vigilancia para proteger la puerta. Me levanto con una descarga de adrenalina.

—Oh, ¡qué calor hace! —digo en voz alta.

¿Dónde habrá escondido las cámaras?

Estoy completamente loca, y encima me estoy volviendo paranoica. Soy una tía irresistible. Pero esta tarde he aprendido algo nuevo: no es que me falte algo, es que me falta alguien.

51

Cuento los días. El fin de semana sin él ha sido complicado. He visto a Xavier, en muy buena forma. He visto a Sophie, en muy mala forma. He hablado con mi madre por teléfono y le he contado un poco por encima, está loca de alegría con la idea de que por fin haya encontrado a alguien decente. Me ha confesado que, a pesar de haber visto a Didier solo una vez, no le había caído nada bien. ¿Qué diría de Ric si lo viera algún día? Seguro que mi padre ya ha empezado a construir la piscina para los nietos que le van a sobrar en cuanto encontremos una esquina oscura y unos diez minutos. ¡Miau!

Rozando el fetichismo, he comprado el mismo detergente que había visto debajo del fregadero para lavar su camisa y que siga oliendo a él.

La señora Roudan me preocupa. El doctor Joliot dice que los análisis no se estabilizan y que la enfermedad avanza. Me da muy pocas esperanzas. Ahora que nos conocemos mejor, la señora Roudan acepta salir a pasear conmigo por el jardín del hospital, aunque en su silla de ruedas. No dura demasiado porque se cansa enseguida. Tengo la impresión de que sus verduras le interesan menos. Lo único que le hace sonreír son las historias que le cuento, de Ric, de los cotilleos de la panadería. Para mí, que nunca hablé demasiado con mi única abuela, esta relación colma un inmenso vacío. Cuando me iba a marchar me pidió un favor que interpreté como una mala señal. Quería que le llevara la foto amarillenta de encima de la mesilla de noche. No me gusta nada lo que eso puede significar dado su estado de ánimo. Voy a intentar visitarla más a menudo, pero es difícil con mis horarios de trabajo. Cuando cerramos, las horas de visita ya se han acabado.

Hoy hace cinco días desde que Ric se ha marchado. Espero que regrese pronto. Quizá ya haya llegado a nuestra casa (al edificio, quiero decir).

Esta mañana, la señora Bergerot me ha confiado una misión muy especial. Denis y yo tenemos que llevar diez kilos de pastas al ayuntamiento, para una ceremonia. Me pongo una camisa limpia, la camioneta está llena de bandejas de pequeños pastelillos multicolores impecablemente alineados.

Denis conduce. La verdad es que es encantador. No entiendo que un tipo así siga soltero. No va deprisa para que no se estropeen los pasteles.

—Vamos a aparcar detrás del ayuntamiento —me explica—. El alcalde es muy simpático, ya verás.

—Ya lo conozco. Su hija tenía una cuenta en mi banco.

—¿Te alegras de haber cambiado de oficio?

—Es la mejor decisión que he tomado en toda mi vida.

—No sé si la dueña te lo habrá dicho, pero entre tú y Vanessa, hemos salido ganando con el cambio.

—Gracias, Denis.

Llegamos frente al ayuntamiento. Rodea la plaza atestada ya de coches, de los cuales hay varios oficiales.

—¿Cuál es el motivo de esta ceremonia?

—Ni idea. Hacen una todas las semanas. Una inauguración, un apadrinamiento, una celebración. Siempre hay medallas que repartir y manos que apretar.

Un agente de la policía municipal nos hace señal de que aparquemos cerca de la salida de emergencia de la sala de honor. En cuanto nos detenemos, un camarero sale a preguntarnos:

—Estamos hasta arriba. ¿Podríais ayudar a meter las bandejas?

—Claro —responde Denis.

Todo el mundo corre de aquí para allá. Un técnico hace ensayos con el micrófono, otro sitúa plantas verdes en las esquinas del escenario. Colocamos las bandejas en una mesa larga. De pronto, entra el señor alcalde. Sonríe a todo el mundo con sonrisa de candidato permanente. Detrás de él, también entra la señora Debreuil. No saluda a nadie. Comprueba que todo está en orden antes de que comience el espectáculo. Se ha puesto un vestido azul tan elegante como la vez anterior. Lleva su bolso estrella y un collar que emite destellos.

Se pone justo delante del lugar donde debo depositar la bandeja. Jamás la he tenido tan cerca. Tiene rasgos marcados, e impone bastante. Me mira sin verme. Su collar me fascina. No creo que sea falso.

Se gira hacia el alcalde.

—Gérard, ¿no crees que falta más luz? Me parece que todo está demasiado oscuro.

Él a su vez se gira hacia sus empleados:

—Chicos, ¿creéis que se pueden poner dos o tres proyectores más?

Los trabajadores municipales se ponen manos a la obra.

—Gérard, necesitamos también iluminar el escenario, si no, es muy triste.

Cuando se les ve juntos es complicado saber quién es el político. Como si estuvieran solos, ella da órdenes y él las obedece.

Denis entra con la última bandeja. Va a saludar al alcalde y a la señora Debreuil, que no coge la mano que él le tiende.

—Venga, Julie. Vámonos.

De vuelta a la panadería, compruebo que no había visto a todas las bellas almas. Me he perdido al señor

Calant, pero la señora Bergerot está estupefacta con lo que una clienta le está contando:

—Mi hija me lo ha contado. Trabaja en la comisaría. Lo interrogaron ayer durante cuatro horas y se enfrenta a una gorda.

Tengo miedo de que hablen de Xavier. ¿Habrá alguien identificado su coche? Si es así, debo declararme culpable. Les diré que soy yo el cerebro de la operación. Y cuando salga de prisión dentro de veinte años, iré a despellejar al gato, que seguro que ha sido él quien se ha chivado.

La señora Bergerot parece escandalizada. Cuando me ve, me dice:

—Estamos hablando del vendedor que vive al lado, ya sabes, el del coche rojo que había estado ayudando a los africanos.

Se gira hacia la clienta y le dice:

—Cuénteselo usted, señora Merck. Estoy demasiado asqueada.

—Pues bien, no fue para ayudarles en nada. Se ve que leyó en algún sitio que un tipo había hecho fortuna en Nigeria vendiendo caramelos de colores haciéndolos pasar por medicamentos. Y ese cerdo quiso copiar la idea. Así que se marchó al último pueblo de Senegal haciéndose pasar por médico. Los caramelos rojos eran para la disentería, los azules para la fertilidad y los verdes para el crecimiento de los niños. Les vendía aquellos «medicamentos» por el equivalente a dos meses de sus sueldos. Todo el mundo en la comisaría quería partirle la cara. Los empleados de la Cruz Roja han descubierto su negocio y se lo han comunicado a las autoridades.

¡Y yo que intentaba ser amable con él! Si lo tuviera delante le partiría la cara. Deberíamos confiar siempre en las primeras impresiones. Ese hombre es una basura. Le deseo el peor de los castigos.

A la señora Bergerot sobre todo le indigna que hubiera presumido por todas partes de su viaje «humanitario». Grita:

—¡Seguro que ha pagado su coche hortera con el dinero que le sacó a esa pobre gente!

No os escondo que durante los días siguientes no quedó nadie que entrara en la panadería que no se enterase de la historia. Pero lo mejor fue cuando él vino a la tienda.

52

Cuando aquel despojo humano aparca su coche en la acera, solo hay tres personas en la panadería. Oigo zumbar ya los reactores de la señora Bergerot, que mete la cabeza en la parte de atrás y grita:

—¡Julien, Denis, os necesito aquí!

El hombre entra, con su traje demasiado grande. Solo hay mujeres en la tienda. Se pavonea como un gallo en un corral. Pero, a juzgar por las miradas asesinas que le echan dos de las clientas, la información ha circulado bien. Sin embargo, esto no parece perturbarlo. Está contento de lo que es. Increíble. ¿Cómo un humano, si se le puede llamar así, puede pasearse con la conciencia tranquila hasta tal punto que parece tan orgulloso después de lo que ha hecho en África y con los maderos detrás de sus pasos? Sin duda el poder que tienen es que son insensibles a todo, salvo a sus intereses.

Se planta delante de la señora Bergerot, que le podría fulminar.

—Quiero dos baguettes y cuatro tartaletas de cebolla.

—Lo siento, no quedan.

Desconcertado, abre mucho los ojos.

—¿Es una broma?

Señala una balda llena de baguettes y de tartaletas.

—¿Y eso qué es?

—Una ilusión óptica. Sin embargo, si quiere, tenemos pastillas contra la estupidez y la maldad —añade la dueña mostrando el expositor de caramelos.

Julien y Denis salen. El jefe panadero lleva incluso su pala para el horno.

El miserable estafador demuestra una vez más hasta dónde es capaz de llegar. Con un dedo amenazante, señala a la señora Bergerot y declara:

—No tiene derecho a hacer eso. No puede negarme una venta. Voy a ir a quejarme.

La señora Bergerot está a un pelo de explotar. Julien la para y pasa al otro lado del mostrador. Se planta delante del idiota:

—Escucha, pedazo de imbécil: no vas a volver a poner un pie en la panadería nunca más. Lárgate. La gente como tú es una vergüenza.

—¿Crees que me das miedo?

Denis da un paso hacia delante:

—Si no tienes miedo, es otra prueba más de lo estúpido que eres. Te han dicho que te pires. Vete del barrio, vete de la ciudad.

La señora Bergerot añade:

—¡Vete incluso del planeta, pedazo de cerdo!

Levanta la cabeza y se bate en retirada, creyéndose digno. En tres días, Mohamed le pidió que saldara la cuenta que tenía con él y le prohibió la entrada, la librera dejó de dirigirle la palabra, su jefe recibió la anulación de casi la mitad de los pedidos que los clientes le habían encargado en el último año. La farmacéutica hizo una colecta de fondos para enviar medicamentos de verdad a la gente de la que se aprovechó. Al menos esto anima. A veces, el mal engendra bien. Quizá sí consigamos humillar a ese fracasado. Pero voy a confesaros lo que más me duele: puede que se libre de su castigo después de todo. Aunque lo juzguen, tendrá derecho a un abogado que le salve el culo. Este tipo de gente siempre encuentra excusas. Tienen ese talento (yo he vivido con uno algunos años). Prefieren renunciar a su honor a cambio de un coche. Eso me trastorna. Si no fuera una chica, me habría puesto al lado de Denis y Julien. Me arrepiento de no haber dicho nada y de no haber podido hacer nada. Se me ha ocurrido algo con su coche, pero es muy chungo.

53

Ric me ha llamado, vuelve hoy, tarde. Me ha prometido pasar a saludarme. Ha estado fuera siete días. Su llamada me ha tranquilizado, me alivia que vuelva. Le voy a contar todo, los ovnis, la señora Roudan, lo del capullo y hasta lo de los australianos que han venido para la boda de Sarah. Espero que también me lo cuente todo y que acepte lo que le voy a pedir.

Me he traído de la panadería multitud de cosas dulces y saladas por si viene con hambre. También he decidido cogerle el correo. Lo creáis o no, no le he echado ni un ojo a lo que ha recibido. ¿Os habéis dado cuenta? Hace solo unas semanas me quedé atrapada en su buzón y ahora, con las llaves en la mano, ni siquiera me he molestado en cotillear.

Le estoy esperando. Espío los ruidos en la escalera. Tengo ganas de bailar de lo feliz que me hace volver a verlo, aunque Toufoufou lo desaprueba. Alguien llama. Ahí está. Siento que mi vida vuelve a retomar su curso tras un paréntesis. Parece cansado. Le encuentro más delgado. Su mirada parece más sombría. Esta vez, soy yo quien lo atrae hacia dentro y lo abraza. No me atrevo a besarlo pero apoyo la cabeza en su pecho. Acaricia mi pelo.

—Te he traído un recuerdo.

Me tiende un paquete. Por la forma, no puede ser la muñeca Yupi, pero sé que me va a gustar también. Lo desenvuelvo. Una caja. En el interior: un jersey marrón, suave, grueso, precioso. Aunque parece de hombre. Dudo.

—Es genial, muchas gracias.

—Como parece que te gusta la ropa de hombre.

«Para que me guste tanto como tu camisa deberías llevarlo durante un año a ras de piel. Pero déjalo, son cosas de mujeres.»

Me lo pongo, es dos veces más grande que yo. Le puedo alquilar la mitad a Sophie o a una familia de gatos. Lo peor es que con ese tipo de regalo no puedo deducir dónde ha estado.

—No ha habido ningún problema en tu apartamento. Ningún escape.

—Ya lo he visto. Gracias por subir el correo.

«Puedes comprobar en tus vídeos de seguridad que no he cotilleado nada. Ni siquiera me he acercado a tus cosas.»

—¿Quieres comer algo?

—Muchas gracias, pero estoy muerto. Necesito dormir.

«¿Has hecho lo que tenías que hacer? ¿Ya eres libre? ¿Se acabaron los secretitos, las mochilas misteriosas y las herramientas para cortar barrotes?»

—¿Has tenido buen viaje?

—Sí, gracias. ¿Tienes mis llaves?

El mensaje está claro. Cojo un estuche de mi biblioteca.

—Sé que estás cansado pero me gustaría hacerte una pregunta.

—Dime.

—El sábado que viene es la boda de una amiga, ¿te gustaría...?

Dudo. No quiero que me rechace el día de nuestro reencuentro. Inspiro y me lanzo:

—¿Te gustaría venir conmigo?

Ya está, ya lo he dicho. Y ahora, cronometro lo que tarda en contestar, hasta los milisegundos, y grabo su reacción en alta definición para poder repasar la escena y analizarla bien.

—Encantado. Ya me dirás qué tengo que ponerme.

Qué fácil es unas veces y otras qué difícil. Qué raros son los hombres. A veces, se montan unas películas enormes por insignificancias y otras, nada de nada. ¿Alguien tiene las instrucciones?

Me besa en la mejilla, pero no es solamente un beso de amigo.

—Estoy contento de verte. Me encantaría quedarme pero estoy derrotado. Hablamos mañana, ¿vale?

54

Durante toda la semana, las chicas me han estado llamando para decirme que habían visto a Steve, a su familia o a uno de sus compañeros bomberos. Algunas incluso han pasado por la panadería solo para contármelo. Están como locas con los australianos. Sophie ha pasado una tarde con Sarah y su futura familia. Dice que Sarah y Steve parecen muy enamorados. También dice que los padres de Steve son tan feos como guapo el hijo.

La señora Bergerot me ha dejado la tarde del sábado libre para ir a la boda. Sarah tiene suerte, el tiempo es sublime.

Ric está superelegante. Pantalón crema de lino, camisa parda, corbata y chaqueta de un tono un poco más oscuro que la camisa. Yo me he puesto mis zapatos especiales de tortura, pero lo hago por Sarah. Nos contemplo en el reflejo del escaparate de la carnicería que da a la plaza del ayuntamiento y encuentro que quedamos bien juntos.

Ya han llegado los primeros invitados. Para reconocer a los australianos, no hace falta pedirles el pasaporte, son una cabeza más altos que la media. También es cierto que son guapos. Parecen contentos de estar aquí. Maëlys y Léna ya han llegado. También están los bomberos locales que han venido a saludar a sus colegas del fin del mundo y a cerciorarse de que, a partir de entonces, podrán bajar gatos de los árboles y apagar fuegos sin que Sarah se les arroje al cuello. Presento a Ric a todas mis amigas. Sophie me sonríe pícaramente.

Un coche antiguo lleno de tul y flores de lis se para frente a la puerta del ayuntamiento. Sarah baja la primera.

Está radiante. Lleva un peinado y un maquillaje naturales, así que es ella, pero mejorada. Ha tenido una gran idea al no metamorfosearse para el día de su boda porque, como sucede en tantas ocasiones, a veces cuesta reconocer a la novia. Steve baja, un murmullo surge entre los presentes. De hecho, sobre todo han reaccionado las chicas. Seguro que algunas están locas de celos, y las más moderadas comentan que Sarah ha hecho bien esperando y yendo tan lejos a buscarlo. Aparte de su envergadura, Steve emana algo simpático. Ha hecho el esfuerzo de aprender algunas palabras en francés y se muestra encantador con las histéricas que, con el pretexto de darle la bienvenida, se cuelgan de su cuello.

La ceremonia no es pesada. El alcalde no deja casi tiempo a Sarah de disfrutar del momento. Sophie es testigo y, del lado australiano, Brian, el mejor amigo del novio. Steve responde con un acento que hace reír a las más cortadas. Jade, que nunca defrauda, se cae de la silla cuando se intercambian las alianzas.

Ric está a mi lado. Me emociona ver a Sarah tan feliz. Las horas de depresión quedan lejos. Animada por el alborozo general, le cojo la mano. Me sonríe. El alcalde felicita a los recién casados. Aplausos, flashes de fotos, vítores y Jade que grita «¡Rabo!».

A la salida, los bomberos se han colocado en fila para recibir a la pareja. Sophie se desliza detrás de mí y me susurra:

—Creo que Jade ha decidido celebrar la fiesta por su cuenta y ya ha empinado el codo.

—La vigilaremos. Díselo a las otras.

Sophie se acerca más a mi oído para decirme:

—No me extraña que escondas a Ric, es muy guapo.

Durante la sesión de fotos en la plaza, los invitados se presentan unos a otros. Intentamos comunicarnos con gestos y sonrisas. Un chico alto y rubio le ha dicho a Maëlys que tiene «un hermoso paisaje». La cosa promete.

Me gusta ver a la gente unida, feliz. Al fin y al cabo, el de la boda es el único día en el que se puede reunir a todas las personas a las que se quiere. Se mezclan entonces familia, amigos y compañeros. Todo revuelto. También se podría decir que lo mismo sucede en los funerales, pero los protagonistas no disfrutan tanto de la fiesta. Voy a hacer como Sarah parece hacer, disfrutar del momento.

El convite se celebra en el Domaine des Lilas, una casa solariega que recibe todos los eventos importantes de la zona. Sarah y Steve no han hecho las cosas a medias. En el jardín, a los pies de un edificio enorme, sobre una gran explanada de césped rodeada de árboles, han instalado carpas, un gran buffet y globos blancos. Es a la vez campestre y sofisticado. La gente se divierte y los niños corretean por todas partes. Su ropa no va a tardar en estar llena de manchas. Las copas se llenan. Es el primer brindis por los casados. Los australianos comienzan a cantar. En inglés, con acento cerrado, es imposible saber si es un himno o un baile regional. Dos señoras mayores hablan con un amigo de Steve, también bombero. Están delante de él igual que a los pies de un rascacielos, obligadas a levantar la cabeza para ver el final. Se ríen cada vez que él intenta pronunciar una palabra en francés. Le enseñan a decir otras: «matrimonio», «castillo», «arte de vivir» y no sé muy bien por qué, «braguitas».

Ric y yo no nos separamos. Pero no me hago ilusiones, no es a causa de una pasión devoradora que queramos exteriorizar. No. Nos sentimos como dos niños intimidados y nos aseguramos de no quedarnos solos. Sospecho que él no es plenamente consciente. Observa, habla amablemente con los que le dirigen la palabra. Mucha gente, muchos desconocidos. Es la primera vez que lo veo así, tan vulnerable. Las miradas de los que nos consideran pareja son, en verdad, sorprendentes. Nos aceptan, nos legitiman. No nos hablan por separado, sino a los dos. Nos preguntan si estamos casados, si después de hoy nos animaremos. Es la primera vez que alguien me considera la novia de Ric.

Ojalá fuera verdad, pero tengo la impresión de estar usurpando algo.

La voz de Sarah resuena en los altavoces. Se ha subido al escenario y habla a través del micrófono que utilizará el cantante. Steve está a su lado. Forman una pareja estupenda. Con un grácil movimiento de brazo, Sarah señala el cielo:

—El verano ha querido prolongarse hasta hoy. Me alegra mucho veros a todos aquí: mamá, papá, mi hermanito, y la familia de Steve junto con los más cercanos, que han hecho un largo camino para estar aquí hoy.

Aplausos.

—Me gustaría decir unas palabras a mis amigas, con las que he tenido el inmenso privilegio de compartir tantas cenas felices. Ahora que estoy casada, pierdo el derecho a ir a esas reuniones, pero espero que me permitáis seguir yendo con vosotras.

Más aplausos y gritos.

—Os deseo a todas que algún día viváis la misma alegría que Steve y yo vivimos hoy.

Steve coge el micrófono y saca una hoja de su bolsillo y la despliega:

—Hola. Hablar no sé *french,* pero feliz. Un *friend* de Sarah ayuda a escribirlo. No sé si decir bien. Perdón.

Se vuelve hacia su mujer.

—Te veo primera vez en incendio. Mi corazón ardió. Quiero tu país y a ti y vengo a estar con tú.

Veo que tienen lágrimas en los ojos.

—Estoy aquí para hacerte hijos con mi manguera.

Sarah le arranca la hoja y pasa de la beatitud más absoluta a la sospecha más salvaje. Se ríe a medias ante el público que estalla en carcajadas.

—¿Quién ha ayudado a Steve con su discurso? ¡Quiero saber el nombre del culpable!

Mientras Sarah intenta averiguarlo, un bombero francés traduce a Steve lo que acaba de pasar. El hermano de Sarah, Franck, acaba por inculparse, y el resto de los asistentes estalla en aplausos. Riéndose, Steve hace una señal a sus compatriotas, que lo agarran y empiezan a lanzarlo al aire como si fuera un saco.

La fiesta comienza como Frank, lanzadita. Hace buen tiempo, el champán brilla al sol, los que no se conocen se presentan y Ric está a mi lado. Los australianos han encendido una gran barbacoa que Steve ha pedido. Todos se han reunido para pasar un día memorable, sin problemas. Sin contar a Jade.

55

Si soy culpable de algo es solamente de no haber vigilado a Jade por haber estado todo el tiempo con Ric. Ya sabíamos que no aguanta bien el alcohol pero jamás la habíamos visto antes en aquel estado.

La primera señal de alarma la tuvimos cuando Sarah quiso reunir a todas las amigas para una foto. Una a una, nos fue presentando a sus padres y a los de Steve. Es cierto que no eran muy guapos. Pero obviaremos la cosa si el nieto tampoco sale guapo. El contraste es demasiado violento.

Cuando Jade se encontró cara a cara con el padre del novio, le tendió la mano como fascinada, al ver la cara más arrugada que una pasa y el cráneo aplastado completamente calvo. Abrió bien los ojos y le dijo con voz pesada:

—¡E. T.! ¡Estás vivo! Qué bien que te quedaras. ¿Quieres llamar a casa?

Le tendió su móvil. Luego intentó cogerlo en brazos. Afortunadamente, en ese momento intervinieron Sophie y Léna, que con uno de sus grandes pechos la hizo recular un metro. El hecho de que el padre no hable francés fue una suerte. Pudimos convencerle de que el comportamiento de Jade se debía a su extraordinario parecido con un tío fallecido recientemente, al que le había ofrecido su teléfono. La idea no es mía.

Hubiéramos debido extraer conclusiones y vigilar permanentemente a Jade. Pero teníamos cosas más interesantes que hacer que vigilar a una loca. Ric y yo, por ejemplo, decidimos ir a ayudar al resto. Él se dirigió hacia la barbacoa y yo donde las bebidas. Desde mi sitio podía ver cómo se las apañaba con el resto de hombres.

Sarah vino a buscar un vaso de agua. Se lo serví mientras la felicitaba.

—Estás guapísima y la fiesta es maravillosa. No había estado en un convite tan bueno.

—Gracias.

Se bebe su vaso de agua de un trago:

—Tenía mucha sed. Tengo que estar en todas partes. Pero ¡estoy tan feliz!

De pronto se me queda mirando perpleja.

—¿Por qué te has puesto a servir? Eres una invitada. ¡disfrútalo! Ve a estar con Ric.

—Está ayudando a tu marido con la barbacoa. Además, esto no me supone ningún problema. ¿Quieres una baguette poco hecha?

Sonríe y luego se queda mirando al grupo de bomberos que rodea el fuego de la barbacoa y añade:

—Creo que es a ellos a los que vamos a tener que vigilar hoy. Ya me conozco yo cómo terminan los bailes de bomberos. La mayoría de las veces con un incendio. Sin ir más lejos el amigo de Steve acaba de herirse. Casi roza la tragedia.

—¿Qué ha pasado?

—Mientras jugaba a los mosqueteros alguien le ha clavado un tenedor en el cuello.

Pongo una mueca de desagrado, ella continúa:

—Parecen duros pero luego no veas el drama. Bueno, tengo que seguir saludando y vigilar que ninguna de nuestras amigas histéricas trate de violar a Steve.

Observo de nuevo el grupo de los chicos. A pesar de ser más bien alto, Ric es uno de los más bajitos. Lo encuentro muy tierno. Desde lejos, parece un adolescente que se divierte entre adultos. Nunca le había visto así. Será cosa del ambiente. También espero que sea porque está conmigo, parece más relajado, más feliz.

Estar en el buffet me ha permitido conocer a casi todo el mundo. La única a la que no he visto es Jade. O bien porque ha dejado de beber, o bien porque ha caído muerta borracha en algún rincón o bien porque ha encontrado otro sitio para pimplar.

—¿Vienes a dar una vuelta?

Me sobresalto. Ric ha llegado por detrás sin que me dé cuenta. ¿Qué me acaba de decir?

He tardado menos de seis segundos en encontrar a una chiquilla encantadora para que me reemplace. Creo que no sabe diferenciar el agua con gas del champán, pero no me importa. Ric me agarra de la mano, y nos dirigimos hacia el camino que va al bosque. Estamos a punto de salir de la zona de las carpas, cuando Jade hace su entrada triunfal. Ya sé cuál es la respuesta: ha encontrado otro sitio donde beber.

—Jade, deberías lavarte la cara y hacer una pausa. Ve a ver a Sophie.

No parece reconocerme. Levanta un dedo y dice frunciendo las cejas:

—Están ahí, están en todas partes. Ya he visto uno. Hay que destruirlos para salvar a los niños.

—Jade, ¿de qué hablas?

Ni siquiera responde. Ric me sostiene la mano y casi me arrastra. ¿Voy a dejar que se me fastidie el paseo romántico por vigilar a una tía a la que se le han fundido los plomos? No. Sin embargo, debería.

56

El rumor de la fiesta se apaga. Ahora se oye más el canto de los pájaros. En un baile acompasado, las ramas más altas de los árboles se agitan mecidas por la suave brisa. En el suelo, las manchas de luz componen figuras cambiantes. Qué romántico es el matrimonio ajeno. Ric y yo andamos el uno junto al otro, en silencio, pero sé que no va a durar. Cada uno disfruta, cada uno hace un viaje interior hasta el otro.

Al lado del camino hay un tronco caído.

—¿Quieres sentarte un momento? —me propone.

—Sin duda.

Me instalo teniendo cuidado de que mi vestido caiga con gracia. Él se sienta sin que nada le importe.

Las hojas al viento, la luz, las risas que de vez en cuando se oyen. El tiempo parece detenerse. No voy a decir nada. Que elija él el momento de hablar. Es libre.

—¿Julie?

—Sí, Ric.

—¿Alguna vez te has planteado vivir lejos de aquí?

Sonrío inocentemente:

—Habría que salir del bosque para buscar algo de comida, aunque puedes probar a cazar. Pero ¿por qué? Podríamos construirnos una cabaña en los árboles. Alguien me ha dicho alguna vez que las ardillas saben a conejo.

—Julie, hablo en serio.

«Ya sé que no hablas del bosque, sino de marcharte de la ciudad. Pero no puedo responderte en serio. Tu pregunta me preocupa. ¿Qué es lo que hay detrás?»

Insiste:

—Cuando te observo en la panadería y con tus amigos veo que tú ya tienes tu lugar. ¿Crees que podrías ser feliz en otro sitio?

—Todo depende del lugar. Y sobre todo depende de con quién. ¿Tienes alguna idea?

—No, simplemente me planteaba esa pregunta.

—¿Y tú? ¿Dónde te sientes más como en casa? Ni siquiera sé de dónde provienes.

—Tienes razón. No suelo hablar de mí. Algún día debería contártelo.

—Ya le he hablado de ti a mis padres.

Según pronuncio esas palabras, creo que he metido la pata. He ido demasiado lejos. Hablar de mis padres es hacerlo también de una futura presentación. Seguro que va a huir. Vuelve, Ric, ¡si todavía no han empezado con la piscina de nuestros hijos!

Tarda en contestar varios segundos.

—Me emociona que les hayas hablado de mí.

No entiendo a los hombres. Nada de nada. Pero ¿qué más da? Todo lo que deseo es amar al que tengo a mi lado. Me aventuro con un tema delicado:

—¿Y tus padres?

No le quito los ojos de encima. Su respuesta será decisiva. Pero de pronto un grito. Luego otro. Viene de la boda. Chillidos, no hay duda. Y no son de alegría, precisamente.

—¿Has oído? —me pregunta Ric.

Asiento con la cabeza. Estoy molesta. Por dos razones. La primera, porque esa interrupción le permite escapar a mi pregunta. La segunda, porque en mi fuero interno algo me dice que la culpable de aquellos gritos es Jade.

Cuando salimos del bosque está claro que algo anormal está ocurriendo. Los niños se refugian entre las piernas de sus padres. Las personas mayores se reúnen entre frases de horror. De pronto veo a Jade corriendo como una descosida, descalza, con una tabla de madera en lo alto, con sus tres bomberos australianos que no parecen estar disfrutando. Ella zizaguea entre los invitados gritando:

—Ya acabé con uno. ¡Ayudadme con el resto!

Cerca de la barbacoa, veo a Brian, el mejor amigo de Steve, sujetándose la cabeza y, al lado, a Sophie en la misma posición. Ella tiene los dedos llenos de sangre. Ric me dice con voz firme:

—Ve a ayudar a Sophie. Yo voy a ayudar a capturar a esa loca.

Jade sigue corriendo mientras vocifera. Una vez que se supera el primer susto, los invitados observan la escena surrealista que está teniendo lugar. Una mujer joven histérica que grita como una gata en celo, perseguida por unos hombres rubios y grandes que no entienden muy bien qué está pasando. Ya están a punto de capturarla. Para desembarazarse de sus perseguidores, Jade arroja la tabla de madera sobre los bomberos.

—¡Jamás tendréis mi sangre! *Drop dead my blood!*

Me dirijo hacia Sophie. Me da la impresión de que solloza. Pero no. Está muerta de risa. Tiene la frente llena de sangre.

—¿Qué sucede? ¿Estás herida?

—Todo bien, aunque no se puede decir lo mismo de Jade. Mírala.

—Pero ¿qué ha hecho?

—Ha atacado a Brian porque cree que es un vampiro. Intenté ponerme en medio y recibí también un golpe.

Estoy consternada. Brian se ríe. Me señala el cuello, donde tenía dos heridas del tenedor que le había clavado. Es cierto que parece el mordisco de un vampiro. Pobre Jade, había visto demasiadas películas. Brian me enseña también sus incisivos monstruosos.

Jade grita con todas sus fuerzas. La acorralan. Los tres amigos y Ric se tiran sobre ella como en un partido de rugby. Los niños ya no tienen miedo, se ríen con ganas. Ella grita como loca en dos idiomas. A esos tiarrones les cuesta mucho domarla. Siempre consigue sacar un brazo o una pierna y les arrea golpes. Ni siquiera Géraldine ha ha sido capaz de eso cuando se contonea.

Brian y Sophie lloran de la risa. Sarah vuelve corriendo con vendas y alcohol. Le cojo los productos de las manos.

—Déjalo, ya me ocupo yo. Tu boda hasta ahora había sido perfecta. Pero ahora se ha convertido en algo inolvidable.

Sarah no está decidida a ver el lado positivo tan fácilmente.

—¿Te das cuenta de que ha pensado que un invitado es un vampiro? ¡Está enferma!

Brian se levanta los labios para enseñar su gran dentadura blanca y gruñe. Sarah le dice:

—Para ya. Si te ve, no va a detenerse hasta matarte. ¿De dónde habrá sacado la madera?

El ataque de locura de Jade tuvo al menos el mérito de distender el ambiente. Los australianos comenzaron a actuar como si fueran vampiros y Léna y las otras como si fueran las víctimas. Florence y Maude se ocuparon de Jade. Comenzaron por darle una ducha fría. Ya caía la tarde cuando apareció nuestra asesina de vampiros. Llevaba unos pelos tan revueltos que parecía que acabara de escapar de un naufragio, aunque también podían pasar por una creación de alta peluquería. Fue hasta donde estaban Sarah y Steve a pedir perdón. Luego fue a buscar a Brian, que no se despegaba de Sophie. Él hizo como que se arrojaba a su cuello. Necesitamos una hora para volver a tranquilizar a Jade.

Por la noche, el cantante se cayó del escenario porque alguien había estado hurgando en las tablas del suelo. Ya sabíamos de dónde había sacado la madera Jade.

58

Ric y yo no habíamos podido terminar nuestra conversación, pero mientras me acompañaba a casa me dio un dato que inmediatamente me enloqueció: el lunes por la mañana había pensado salir a correr. Pero si ya se tomó siete días para «hacer aquello que tenía que hacer», y su físico, después de lo que corrió detrás de Jade, tampoco es que lo pida a gritos, entonces os pregunto: ¿por qué quiere salir a correr?

No soportaría la espera de otra semana para obtener retazos perdidos de información. Me mata. A la velocidad con que ensamblo las piezas del puzle, necesitaré medio siglo para saber cuál es su color preferido. Así que estoy decidida a echar mano de todos mis recursos.

—Sophie, ¿te molesto?

—He quedado con Brian en diez minutos.

—¿Estáis mejor?

—Perfectamente. Me cuesta confesarlo, pero esa pirada de Jade casi me hizo un favor.

—¿Cuando te golpeó con la tabla? Eres muy rara...

—Sin ella Brian y yo no nos habríamos dirigido la palabra. Pero dime, tampoco parece que a Ric y a ti os vaya mal, ¿no?

—Te llamo precisamente por él. ¿Qué haces mañana por la mañana?

—Ni hablar. ¡Ya me conozco tus planes, me tienes harta!

—Sophie, eres mi amiga. Acuérdate de todos los buenos momentos que hemos vivido juntas...

—Me gustaría poder acordarme solo de los buenos, pero también están los otros. ¿Con qué saldrás esta vez? ¿Un maratón, vampiros, ovnis?

—Una patrulla de espionaje...

—¿Cómo dices?

—Ric va a salir a correr mañana y no sé adónde. Estoy segura de que me oculta algo. Cogemos tu coche, yo me escondo detrás y lo seguimos.

—¿Estás loca? Como sigas así vas a acabar en el mismo manicomio que Jade. ¿Crees que te está engañando? Julie, ¡no sois una pareja! ¡Déjalo tranquilo!

—Sophie, lamento tener que decirte esto, pero viniendo de un chica capaz de pasar cuatro horas en la taquilla de un vestuario para ver ducharse al equipo de vóley, creo que tu respuesta no viene a cuento.

—¿Cómo te atreves? ¿Qué tienes que decirme tú, si intentaste aprender a tocar la guitarra para gustarle a Didier y casi te electrocutas?

—Tienes razón. Lo había olvidado.

—No lo dudo. Sin embargo, yo jamás olvidaré cuando comenzaron a enjabonarse...

—Sophie, por favor, ayúdame.

—Odio cuando pones ese tono de voz. Siempre consigues lo que quieres. Me parece desleal.

—Pues si ya sabes cómo va a terminar, mejor no perder el tiempo.

—Te prometo que si alguna vez te necesito y tú te niegas...

—Te firmo un papel: «Vale por una locura sin derecho a objetar».

—Te odio. ¿A qué hora quieres que quedemos?

—Para que no se nos escape será mejor que quedemos a las ocho y media.

—¿Y qué hago si Brian se queda hasta tarde?

—Dile la verdad: que necesitas salvarle la vida a tu mejor amiga. Creo que un vampiro australiano podrá entenderlo.

59

Aquella mañana descubrí una de las siete verdades fundamentales que rigen el universo: el gorro peruano no le queda bien a nadie.

Cuando vi a Sophie al volante con su gorro peruano y enormes gafas de sol estuve a punto de cancelar todo el plan. No sé si es por el tejido, el color o la forma, pero entiendo muy bien que las llamas se pongan nerviosas y les dé por escupir a gente inocente.

—No he encontrado nada mejor para evitar que tu chico me reconozca —se quejó.

—¿Y no podrías haberte puesto algo que llamara menos la atención?

—Si no te gusta, no tienes más que buscar a otra cómplice.

—No te enfades, es que llevas unas pintas.

Me senté en el asiento trasero.

—He dejado una manta por si acaso él se acerca. Ante la menor duda, tú te escondes y te haces la muerta.

—Genial. Así los policías que están persiguiendo el ovni podrán lanzarse también a la caza de la peruana que lleva un fiambre en la parte de atrás.

Nos paramos frente a mi calle, en el cruce que Ric suele atravesar. Imposible que se nos escape.

Cuando Sophie gira la cabeza los cordones de su gorro vuelan y planean. Dan ganas de ponerse a tocar la flauta andina y hacer un sacrificio humano.

—¿Qué crees que hace cuando sale a correr?

—Si lo supiera no estaríamos aquí.

—Creo que estás totalmente paranoica.

—No solo me preocupa eso. Hay un conjunto de indicios. La semana pasada sin ir más lejos la pasó entera fuera, sin explicación alguna. Nada. Ni siquiera sé adónde fue.

—No me parece que eso sea un crimen. Quizá sea un espíritu libre.

—No lo creo. Apostaría la cabeza de Jade a que se trae algo raro entre manos.

Sophie se giró. Los cordoncitos sobrevolaron su cabeza.

—Escóndete, que ya viene.

Me lancé bajo los asientos. Sophie encendió el motor.

—Dejémosle avanzar un poco. Sobre todo porque a mi coche no le gusta demasiado la lentitud.

No me atreví a asomar la cabeza.

—¿Está subiendo la calle?

—Sí.

—¿Lleva mochila?

—Sí, y tiene un culo precioso.

—¡Sophie!

—Si estamos aquí para vigilar, yo vigilo.

Mete primera y comenzamos a avanzar. Me siento como un perro, sacudida por los movimientos y con ese olor a gasolina. Me incorporo con cuidado para tratar de ver a Ric, pero también para bajar la ventanilla. El aire fresco me sienta bien. Introduzco la cabeza entre los dos asientos de delante.

—Como me babees la tapicería te voy a tener que sacrificar.

—Y yo te morderé hasta contagiarte la rabia si lo pierdes de vista.

—Tranqui.

Ric corría muy rápido. Mucho más que cuando corríamos juntos. La verdad es que tuve que parecerle un molusco.

—¿Y tú crees que entrenándote habrías llegado a correr tan bien como él?

—Dicen que el amor es ciego, no que tenga un velocímetro.

—Es bueno tener sueños.

—Gracias por tu apoyo.

Cuando llegamos al paso de cebra frente al colegio, Sophie se detiene para ceder el paso a las hordas de niños. Dos pequeños la señalan entre carcajadas. Es el efecto provocado por el gorro peruano en las almas puras que aún no saben disimular sus sentimientos. Adorables mocosos. Uno de los niños esconde la cara sofocada de la risa entre las piernas de su madre. Una monada. Cada vez son más los que pasan doblados de la risa.

—¡Lo vamos a perder! —grito.

—Tienes razón. Déjame atropellar a unos cuantos de estos horribles críos que se burlan en mi cara y seguimos.

Ya estoy viendo el retrato robot elaborado por los niños de preescolar para buscarla: una patata con ojitos de mosca cubierta con una bolsa para vomitar.

Ric ya no es más que una silueta en el horizonte. Por fin arrancamos. Dos coches nos impiden acelerar. Sophie pone la mano en la palanca de cambios y declara:

—Vamos a tener que correr algunos riesgos...

¿Qué piensa hacer? ¿Circular por la acera? ¿Pulsar el botón secreto de los turborreactores?

Pone el coche en tercera haciendo rugir el motor. Casi llegamos a la altura del parque de las antiguas fábricas. Ric continúa hacia el norte, como pareció cuando lo esperaba en el parque. Toma una calle a la derecha. Sophie conduce a toda pastilla. En esas calles hay menos tráfico y resulta más fácil detectar nuestra presencia.

—Deja que se aleje un poco. Estamos demasiado cerca. Si se gira solo nos verá a nosotras.

—A mi coche no le gusta circular despacio, ya te lo he dicho. Como se cale, vamos a estar monísimas empujando: tú con la manta y yo con el gorro y las gafas.

Ric sigue corriendo sin cansarse. Parece saber adónde va. Deja atrás la zona residencial e incluso las naves industriales. ¿Qué hay más allá?

Sophie se rasca la cabeza sin quitarse el gorro.

—¡Qué pesadilla este estúpido gorro! Me da calor y me pica.

Una calle más a la derecha y otra a la izquierda. Los edificios están ahora dispersos, hemos salido de los límites de la ciudad.

—Pues no entiendo cómo tu chico, con lo guapo que es, no ha dado con una amante que viva un poco más cerca.

—Muy gracioso.

Ric acaba de pasar una nave rodeada de una reja y bordea un parque descuidado. De pronto salta un seto y se pierde entre los árboles.

—¿Y ahora qué se supone que debo hacer? Mi coche no es un todoterreno.

Reflexiono rápidamente. Como no nos demos prisa, lo perderemos en los bosques.

—Sophie, aparca y síguelo a pie.

—¿Cómo? Pero ¿estás mal de la cabeza?

—Si me ve a mí lo habré fastidiado todo.

—Ya, y a mí en el mejor de los casos me tomará por una prostituta sudaca que hace la calle mientras espera a que se produzca un eclipse, ¿no? Gracias.

—Sophie, te lo ruego. Si no lo seguimos, todo esto no habrá servido de nada.

Tira del freno de mano a regañadientes.

—Te juro, Julie, que un día me lo pagarás.

—Te lo prometo. Mañana si quieres.

Se baja y echa a correr hacia el seto. El gorro desentona con sus vaqueros y su camisa. Se lanza sobre el seto y desaparece. Me quedo allí, a cuatro patas en el coche con la manta sobre la espalda.

¿Adónde pretende llegar a través de ese bosque? ¿Qué hay en ese lugar? Esta vez es evidente que no ha escogido aquel lugar porque fuera bonito. No penetra en ese bosque para correr tranquilamente. Intento reflexionar. Me preocupa Sophie. ¿A qué trampa la he enviado? Me muero de ganas de ir tras ella. Si le pasara algo, jamás podría perdonármelo. Nunca encontraría a nadie como ella.

De pronto se me enciende la bombillita. Ya sé dónde nos encontramos. Estamos cerca de la finca de los Debreuil. Allí, justo detrás, está la verja de su enorme propiedad, decenas de hectáreas, la casa familiar, los talleres e incluso la fábrica de marroquinería más famosa del mundo. El puzle empieza a encajar en mi cabeza cuando de repente veo a Sophie surgir de detrás del seto como un muñeco de muelle. Corre como si tuviera detrás una jauría de llamas carnívoras. Tiene el gorro lleno de ramitas y me parece que su camisa está rota. Derrapa cuando llega a la altura del coche y se lanza dentro.

—¡Escóndete! ¡Ya vuelve!

—¿Has visto lo que hacía?

—Tienes razón, ese chico oculta algo.

—Pero ¿qué es lo que ha hecho?

—Calla, que ya está ahí.

Ric cruza el seto con más clase que Sophie. Sube por la calle hacia nosotras, estoy paralizada. Pasa muy cerca del coche. Sophie saca un mapa y se parapeta detrás de él. Para parecer más natural, a esta idiota no se le ocurre otra cosa que decir, con acento peruano:

—Buenos días, señor.

Creo que es la primera vez en mi vida que me meo encima.

60

Sophie me lo cuenta todo. A través de una jungla de ramas y de lianas, Ric se abrió camino hasta llegar a la verja con un teleobjetivo. Según ella, acribilló a fotos una de las puertas traseras de la fábrica. Entonces el objetivo de Ric son los talleres Debreuil. A la luz de esta información, muchas cosas cobran sentido: sus preguntas a Xavier sobre los metales, sus grandes herramientas y los envíos misteriosos. Seguramente me invitó al concierto para poder ver de cerca a la heredera de la célebre marca. Me utilizó como tapadera. Me siento de pronto perdida. Tengo la impresión de ignorarlo todo sobre él. ¿Hay algo verdadero en nuestra relación? ¿Habrá sido todo obra de un buen actor?

Ric me preguntó si me veía viviendo en otro lugar porque, una vez cumplida su misión, piensa irse y proponerme que lo siga. La idea de que quiera que lo acompañe me emociona. Pero me duele que haya utilizado también a mi mejor amigo, Xavier, para preparar su golpe. Lo odio. Me arrulló creándome ilusiones y jugó a ser mi cómplice para obtener una mera coartada. Eso lo vuelve todavía más detestable. Me había propuesto no dejarme engañar nunca más. ¿Cómo es que yo, que me jacto de conocer a las personas a primera vista, he podido sentirme atraída por un ser tan deshonesto? ¿Quizá albergo también cierta perversidad?

Seguramente su misterioso viaje no tenía otro fin que reunirse con sus cómplices. Pero ¿qué cómplices? Puede que sea agente secreto de alguna organización gubernamental que investiga delitos fiscales de las empresas Debreuil. Me gustaría creerlo. Quisiera creer de verdad que todo esto tiene como fin una buena causa.

De pronto me viene a la mente la imagen de Albane Debreuil, con un vestido azul o rojo, pero sobre todo adornada con unas joyas espectaculares. ¿Y si lo que quiere Ric es robárselas? ¿Será un ladrón de guante blanco que prepara su golpe definitivo? ¿Y si se tratara de su último robo antes de fugarse al fin del mundo? ¿Estaría dispuesta a seguirlo? ¿Cómo podría vivir con todas estas preguntas en el aire? La respuesta a esta última es la única sencilla: no viviré más.

Esta tarde, a pesar de mi estado, debo ir a visitar a la señora Roudan. Me espera. Esta vez no le llevaré ni pasteles, ni verduras, ni frutas. Por desgracia se los han prohibido.

Cuando entro en la habitación me doy cuenta de que parece más consumida. Sus ojos brillan con un extraño resplandor. Declina mi propuesta de ir a pasear por el jardín. Intenta sonreír pero es evidente lo mucho que le cuesta. Trato de distraerla, pero los sentimientos me dominan y no logro ser frívola. Espero que al menos no se dé cuenta de mi esfuerzo.

La foto amarillenta reina sobre su mesilla. En ella se ve a un hombre alto con chaleco de terciopelo, bigote y sombrero. Está muy tieso ante la puerta de una finca. Aunque la placa esmaltada fija en la piedra está borrosa se distingue que es el número veinte.

—¿Puedo hacerle una pregunta?

—Claro, Julie.

—No quiero ser indiscreta.

—No tengo nada que ocultarte.

—¿Quién es el hombre de la foto? ¿Su marido?

Con dificultad estira su brazo delgado. La vía le molesta. Coge la foto.

—Estuve casada hace mucho tiempo, Julie. Se llamaba Paul. Pero aquello no duró mucho porque me engañaba con otra, una mujer más rica y más guapa por la que me dejó. En aquella época este tipo de historias podían destrozarte la vida. La reputación era muy importante, por lo que nadie volvió a acercarse a mí.

—¿Todavía lo ama?

—¿A Paul? ¡Claro que no! ¡Que se vaya al infierno! De hecho creo que lleva allí varios años.

—¿Entonces por qué conserva esa foto?

—Este no es Paul. Es mi hermano, Jean. Es a él a quien echo de menos.

Su voz tembló.

—¿Y dónde está?

—En el cementerio, con mi madre y mi padre. Se murió hace cuatro años.

—¿Lo quería mucho?

—Lo adoraba. Era mi hermano mayor. Pero hacía veinte años que no nos hablábamos, desde la venta de la casa que se ve detrás.

—¿Un problema de herencia?

—Un problema de vida. Los dos estábamos solteros. Cuando mi madre murió le propuse que nos fuéramos a vivir a la casa familiar. Cada uno en un piso diferente. Por aquel entonces él vivía en un pequeño apartamento y yo también, cada uno en una punta de la ciudad. Habríamos salido ganando los dos. Así hubiéramos tenido más espacio, un jardín. Y una familia. Pero él no quiso. No quería que yo ocupara el lugar de la mujer que esperaba poder encontrar.

—¿Y encontró alguna?

—No. Me forzó a vender mi parte, me mandó la mitad del dinero y no nos volvimos a hablar.

—¿Y ya lo ha perdonado?

—Sí, pero mi gran lamento es no haberlo hecho mientras todavía vivía. Ahora ya no tengo ni casa ni familia.

Su cara está tranquila, su mirada pausada. ¿Cómo se puede hablar de cosas tan graves sin la menor pasión?

La emoción se apodera de mí. Quisiera decirle que nunca
es tarde, prometerle que todo puede arreglarse, pero es imposible. Yo ya conozco la frontera infranqueable que separa el antes y el después.

—Julie, ¿puedo pedirte algo? Me gustaría que me
llamaras Alice. Desde el entierro de mi madre, nadie me llama por mi nombre. Y de eso hace veintidós años.

—Encantada, Alice.

Seguimos hablando un buen rato más. También
lloramos un poco. Me cuenta muchas cosas que yo escucho con atención. Cuando llego a casa por la noche llamo
a mis padres. Me alegra oír a mi padre con sus historias de
bricolaje y a mi madre con las de la nueva peluquera que le
ha hecho mal las mechas. No tengo ningún hermano.
Quizá por eso tengo tantos amigos. A falta de una gran familia de sangre, me he construido una de afectos. Daría
cualquier cosa por saber si Ric forma parte de ella.

61

Antes veía a Ric con fascinación. Ahora con inquietud. Llevo un mes intuyendo que trama algo, pero eso no me ha impedido enamorarme. La realidad supera el guión más enrevesado. Es peor de lo que sospechaba. Ya no hay lugar a dudas. Lo sé. Ya no es mi imaginación la que se embala de la mano de mi corazón, sino mi cerebro en plena lucha contra mis sentimientos.

Él se muestra tan encantador como siempre. Creo que incluso más. Nos vemos con frecuencia, pasamos momentos increíbles, como una pareja a punto de formarse. Todo sería perfecto si me limitara a pensar en la parte visible del iceberg. Cuando voy a su casa, no puedo evitar pensar que sus archivadores están llenos de secretos, que tras las puertas de los armarios se esconden instrumentos sospechosos, o peor aún, armas y explosivos. Deseo ser capaz de ver a través de la materia como los superhéroes. Sueño con verlo y leerlo todo. No para traicionarlo o impedirle actuar. No. Soy suficientemente lúcida como para saber que en lo que a Ric se refiere he renunciado a toda objetividad. Solo quiero descubrir si bajo el disfraz de príncipe encantado se esconde un monstruo.

Afortunadamente Sophie estaba conmigo cuando descubrimos adónde se dirigía a escondidas. Sola habría sido incapaz de asumir el peso de esa verdad. Me habla del tema, se preocupa por mí, me pregunta qué pienso hacer. Los días pasan, también sus noches, y yo le doy vueltas al problema pero sigo sin saber cómo actuar.

A veces Ric me llama o pasa a verme, y siento que pone más ilusión en la relación que yo. El colmo.

Cuando estoy en la panadería no le quito ojo a la calle y a menudo lo veo pasar corriendo por delante del escaparate. He notado una cosa: nunca saluda cuando sale. Parece concentrado, taciturno. En cambio, a su regreso, cuando no pasa a comprar algo al menos me saluda a través del cristal. Jekyll y Hyde. El doctor Ric y Mr. Patatras. Vaya título.

El 10 de octubre, dentro de nueve horas, será mi cumpleaños. Ric me ha invitado a su casa el próximo sábado. Ese detalle me habría hecho feliz si no existiera esa cuestión que me tiene en vilo.

Estoy en la panadería rebanando un pan de pueblo. Cuando me doy la vuelta allí está.

—Hola, Julie.

—Hola, Ric.

Hace tiempo que la señora Bergerot sabe lo que representa Ric para mí. Cada vez que entra por la puerta ella se las arregla para desaparecer y cederme el placer de atenderle.

Ric señala una gran tarta detrás de una vitrina.

—Si me llevo esa tarta, ¿vendrás a compartirla conmigo esta noche?

«Más bien te vas a llevar la tarta puesta si no respondes a mi pregunta. ¿Por qué te dedicas a espiar las fábricas de los Debreuil?»

—¿Por qué no?

—Entonces la compro y te espero a las ocho.

«¿Qué te traes entre manos? Por favor, Ric, confiesa.»

—Llegaré en cuanto salga del trabajo.

Hace un tiempo, si un hada me hubiera concedido el deseo de poder hacerle una sola pregunta a Ric ante la que él no pudiera mentir, le habría preguntado si me amaba, o a qué esperaba para besarme. Ahora mi obsesión por descubrir en qué está involucrado, unida al miedo de que ese secreto nos separe, ha tomado la delantera.

Cuando sale de la panadería, la señora Bergerot se acerca a mí.

—Julie, no quiero meterme en tu vida privada, pero siento que estás más distante con este chico. Sin embargo, tiene muy buena pinta. ¿No te gusta?

«Sí, tiene muy buena pinta y me tiene loquita, pero...»

—No lo tengo muy claro.

—No quiero darte consejos, Julie, pero en el amor es mejor dejar la razón de lado y hacer caso al corazón. Rara vez la decisión más meditada es la que nos hace felices. Sigue tu instinto.

Ha puesto el dedo justo en la llaga. Justo ahí. Reflexionar y dudar o dejarse llevar esperando no despertarse nunca. Me entran ganas de arrojarme a los brazos de la señora Bergerot y confesárselo todo, de echarme a llorar como una niña pequeña.

De pronto veo que cambia la expresión de su cara. Acaba de localizar, al otro lado del cristal, un nuevo expositor de frutas que ha aparecido por arte de magia justo delante de nuestro escaparate.

—¿Qué demonios es esto?

«Seguramente Mohamed, que acaba de mover otra ficha en ese juego que os traéis.»

—¿Quiere que vaya yo?

—No, hija mía. Es necesario tener experiencia para enfrentarse a ese hombre.

«Veamos.»

62

Mis padres llegan tres días antes de mi cumpleaños. Siempre regresan a la región en esta época del año para visitar a los amigos que dejaron y pasar conmigo al menos un día al año. El tiempo pasa rápido. Como buenos jubilados, tienen la agenda más repleta que un ministro, y yo tengo mi vida. Mi madre suele repetirme que ya nos veremos más cuando tenga hijos.

Se alojan en casa de los Focelli, unos antiguos vecinos. Su hijo Tony era compañero mío del colegio, pero nunca fuimos amigos. Cuando jugábamos en la arena de pequeños ya era un creído. Vociferaba, ante quien quisiera escucharlo, que sus castillos eran los más bonitos. Mantuvo esa actitud al crecer, se jactaba de escribir las mejores redacciones de la clase y de ir vestido más a la moda que nadie. Se casó con la chica más guapa, y estoy segura de que cuando se divorció, en lugar de pasarlo mal y tratar de cambiar, proclamó que su abogado era el mejor. Otro dios. Sin embargo, sus padres no son así y siempre me he llevado bien con ellos.

Mis padres se han empeñado en invitarnos a Ric y a mí a cenar en un restaurante. Cuando pienso en el modo en que han insistido me da la impresión de que les apetece más conocerlo a él que estar conmigo. Se llevarán un buen chasco cuando vean los titulares en los periódicos: «Tu futuro yerno en la cárcel», o «Exclusiva: El padre en potencia de los niños por los que ibas a construir una piscina es un criminal peligroso».

No vayáis a pensar que soy reticente a la idea de presentárselo a mis padres. Simplemente me pregunto a quién les estoy presentando exactamente.

A Ric también le hace mucha ilusión conocerlos. Así que, atrapada en una maniobra envolvente por parte de los tres, acabo sentada en el Cheval Blanc, una institución en la zona, con la cara iluminada por una vela posada en nuestra mesita redonda. Ric va vestido como para una boda y yo he optado por mis zapatos planos por si se vuelve necesario salir corriendo.

Mis padres parecen a gusto. Mi madre se ha puesto sus joyas —son menos llamativas que las de la señora Debreuil, pero algo es algo—. Espero que a Ric no le dé por robarlas. Ella no calla ni un minuto, tiene una opinión para todo: el color del mantel, los camareros, que deberían caminar más rectos, el cuenco de galletitas saladas del aperitivo, del que podrían haber retirado las que estaban rotas, siempre hay algo que comentar. Mi padre me mira. Parece estar pensando en lo mucho que ha crecido su niña. Cada vez que nos vemos se las apaña para pasar un momento a solas conmigo. Siempre me ha gustado eso de él. En sus ojos siempre me siento más joven. Se dedica a rememorar nuestra vida, desde la época en que cabía en la palma de su mano hasta el día que descubrió que ya era una mujer. Aun así, nunca dejará de verme como a un bebé.

Mi madre le ha pasado revista a Ric. Él anda con pies de plomo, midiendo cada palabra. Yo tiemblo cuando abordan algún tema sensible. ¿Quién será el primero en lanzarse sobre los platos? Mi padre no dirá nada, pero sus miradas son elocuentes. Lo peor es cuando se dedica, en silencio, a dar golpecitos con la uña del dedo en la base de su copa. El ritmo va acompasado con el de su pie derecho. En cuanto a mi madre, lo que temo no son precisamente sus silencios, que no se producen nunca. En este momento me siento como un conejo que debe correr a través de un campo de minas. En el ambiente denso de este restaurante casposo, con un hilo sonoro de éxitos de jazz y el lento movimiento de las langostas entre las rocas del acuario, a punto de ser devoradas, soy como una funambulista en equilibrio entre dos bandos dispuestos a abrir fuego.

—Entonces, Ric, ¿me permites que te llame Ric? ¿Qué tal va la informática?

—A veces demasiado bien, incluso. Sabe, señora Tournelle, cuanto peor va más trabajo tengo.

—Llámame Élodie, me resulta más simpático.

Mi padre observa a Ric. No parece disgustarle. Siempre me ha interesado el momento en el que el macho dominante se encuentra con el joven. Se juzgan y se olisquean. Sin duda se plantean si podrían haber sido amigos de no existir diferencia de edad. He asistido a ese rito iniciático en varias ocasiones. El pretendiente se ve frente al padre de su amada. Se produce entonces un examen secreto, una prueba tácita en la que la mujer es lo que está en juego. Miles de años de evolución para acabar encontrándote con la sensación de estar en una cueva prehistórica con unos hombres que negocian contigo como en una feria. ¿Es que no podemos decidir por nosotras mismas sin que otros se pongan de acuerdo? ¿Los hombres se sienten responsables de nosotras o acaso nos consideran de su propiedad? ¿Mi padre trata de determinar si puede confiarle la integridad de su hija a este individuo o Ric está marcando su territorio frente a un hombre ya tan asentado? ¿Y qué puedo hacer yo? Al fin y al cabo, se trata de mi vida.

Mi padre habla de trabajo dejando caer indirectas sobre los ingresos necesarios para mantener a una familia. Ric responde a la perfección. Obtiene un diez en las tres primeras preguntas del examen. Si la conversación se mantiene en el afable intercambio en torno a temas universales, saldré del paso sin demasiados estragos. Pero por suerte ahí está mi madre:

—Entonces qué pasa, ¿te gusta nuestra pequeña Julie?

«Dispuesta a abrir fuego, os lo decía. Si sigue así, en un rato podrá preguntarle, con la misma naturalidad, si le van las prácticas sexuales no convencionales.»

Ric no se inmuta. Ni siquiera vacila su sonrisa.

—Eso será mejor preguntárselo a ella, ¿no?

«¡Rajado, cobarde, traidor! Me pasas la patata caliente. Me importa un bledo, llevo zapatos planos y estoy cerca de la salida de emergencia.»

Decir que no me altero sería mentir. Durante ese medio segundo mi párpado izquierdo se pone a temblar, mi mano se crispa sobre el mantel, me golpeo la pierna izquierda con la derecha y, de haber tenido comida en la boca, mi padre habría acabado regado con ella.

Los tres tienen los ojos fijos en mí. De hecho me da la sensación de que todo el restaurante me observa atentamente. Pero solo soy capaz de soltar una carcajada nerviosa que evoca más los sofocos de un cerdo que el brillo cristalino de una sutil risa femenina.

Mi padre viene al rescate.

—Élodie, déjalos tranquilos, no es asunto nuestro.

«Gracias, papá. Menos mal que estás aquí.»

—¿Y por qué no puedo preguntar? Es natural que una madre quiera saber, ¿no, Ric?

«Te lo mereces. A ver cómo te deshaces de esta patata caliente. Apáñatelas, cariño.»

Ric baja la mirada. Juguetea con su tenedor. Me siento incómoda por él. De repente, levanta los ojos y los clava en mi madre:

—No tengo la respuesta a su pregunta, señora. Lo que sí sé es que jamás le había tenido tanto aprecio a nadie como a su hija.

De la impresión, mis ojos se ponen a parpadear y estoy a punto de autofracturarme la tibia. Casi me caigo de mi silla, y diría incluso que se me cae la baba.

Miro a Ric. Está sereno. Aunque oculte algunas cosas, no me cabe duda: lo que acaba de decir es verdad.

Tengo la piel de gallina. Mi padre me mira. Se le ve claramente satisfecho del joven macho. Mi madre parece totalmente hechizada. Ric está frente a nuestra familia. Parece sencillo, sincero y frágil. Sin embargo, jamás lo había visto tan fuerte. Se ha atrevido por mí. Los dos hombres de mi vida asumen riesgos: uno para protegerme y el otro para ayudarme. ¿Qué mejor regalo se le puede hacer a una mujer? Soy una princesa y mi padre el rey. Ric es mi caballero andante y yo me encuentro en un castillo sitiado por vieiras. La vida es magnífica.

63

La lluvia cae desde hace horas. Hacía mucho que no ocurría. Nadie se esperaba la llegada del otoño pero esta mañana está aquí. La calle parece más oscura, los coches pasan salpicando y la gente ha sacado sus paraguas y apura el paso.

La caída de la temperatura y el tamaño de las gotas de lluvia alimentan la mayoría de las conversaciones. La señora Bergerot saca su nuevo repertorio de frases hechas. Estoy en un sinvivir porque mis padres piensan pasar a lo largo del día a admirar lo bien que trabaja su hija. También quieren saber cuándo me tomaré vacaciones; están impacientes por recibirnos. Temo su visita, pues en general, cuando los veo delante de gente, se creen obligados a tratarme como si tuviera seis años.

Al final de la mañana la panadería está repleta. La gente se apiña dentro para que nadie tenga que esperar bajo la lluvia. Hace su entrada el señor Calant. Las gotas de lluvia brillan sobre su pelo grasiento. Parece feliz. Diría que su naturaleza de gasterópodo viscoso lo lleva a disfrutar de las inclemencias del tiempo, pero pienso que es más bien su espíritu rancio que se alegra ante el mal humor de sus congéneres.

—O se pone una segunda caja o se contrata a dependientas que sepan hacer su trabajo.

Indiferencia generalizada. Yo ni pestañeo, sigo a lo mío. La señora a la que atiendo tiene la feliz idea de comentar que la humedad le provoca dolor de huesos. El otro aprovecha para soltar una de sus frases lapidarias: «La gente da importancia a cosas que no la tienen». Espera a sufrir una rotura de pelvis y te lanzaremos de vuelta tu propia frase. Debemos tener paciencia, en solo unos minutos se habrá marchado. Si se piensa bien, este tipo de personas son una bendición para la humanidad, gracias a ellas una nunca termina de acostumbrarse a la bondad de la gente, no considera la amabilidad como un bien adquirido por derecho natural. A su lado, todo el mundo parece más simpático. Además, se tiende a apreciar de un modo especial cada segundo de vida lejos de él. Imagino su existencia: apartado de su familia, siempre a la gresca con sus vecinos. Hasta su gato se meará en sus zapatos. Todos habíamos confiado siempre en que algún día recibiría su merecido. Lo que no podíamos imaginar es que la encargada de proporcionárselo fuera a ser esa viejecita enfundada en un impermeable y con un paraguas de flores.

Llega el turno de esta, y avanza hasta el mostrador. Nos saluda a la señora Bergerot y a mí. Suele venir cada dos días. Hace un mes la operaron de cataratas, y es notorio lo mucho que ha cambiado su visión del mundo.

—¿Me da por favor media baguette y una hogaza, si tiene?

—Espero que tengan, de lo contrario esto no sería una panadería —interviene el cretino.

Es el único en reírse. La ancianita levanta los ojos hacia el techo. El imbécil insiste:

—Cuando uno ve lo espabiladas que son las mujeres, entiende mejor por qué Dios es hombre.

Algo se altera en el rostro de la viejecita. Apoya la baguette sobre el mostrador, esquiva a la persona que la separa de Calant y lo acribilla con su mirada renovada. Todos contenemos la respiración. No hay duda de que le va a soltar a la cara unas cuantas verdades. Cuando llega hasta él, levanta su paraguas y lo golpea con todas sus fuerzas mientras grita:

—¡Cierra el pico de una vez, imbécil!

Se abalanza sobre él y sigue atizándolo como si fuera un herrero. Todo el mundo se queda perplejo pero nadie interviene. En algunos la expresión roza la auténtica satisfacción. Olvidad a los superhéroes de disfraz ajustado y con capas al viento. Se acabaron los hombres musculosos que surgen del cielo para restablecer la justicia y salvar al mundo. La cosa ha cambiado. La mano del destino, la venganza divina, la emprende una anciana que empuña la más terrible de las armas: un paraguas de flores.

Calant intenta protegerse la cara de los golpes mientras emite grititos de rata. Pero pierde el equilibrio y se cae de culo. La señora se inclina sobre él.

—Hace años que se dedica a envenenar la vida del barrio. No respeta a las mujeres y aterroriza a los niños. Usted es un capullo —le planta unos paraguazos más antes de añadir—: Y ya que tanto le gustan las citas, déjeme enseñarle una. Pitágoras dijo: «El silencio es la primera piedra del templo de la sabiduría». ¡Así que cállese de una vez!

—Pero señora...

—¡Cierre el pico! Y no olvide nunca tampoco que Platón dijo: «Sé amable, cada persona que te encuentras está librando su propia batalla».

Aplausos. Calant se marcha a cuatro patas. De pronto la mujer ya no renquea, a diferencia de su paraguas, que está todo doblado. Todos la felicitan. La señora Bergerot no le cobra su compra. Julien y Denis le dan un beso. Yo pienso regalarle un nuevo paraguas. También imagino lo que mi abuela hubiera dicho en semejante situación: «Mientras haya ancianas habrá esperanzas».

64

Ya me parecía raro que Sophie no me hubiera llamado para felicitarme. Pero cuando Xavier ha aparecido en la panadería sin tampoco pronunciar palabra me pregunto si no habrá gato encerrado. Veo venir una emboscada en un corto plazo.

Veintinueve años, da que pensar. Casi treinta. Los primeros balances, caminos que se dejan atrás de manera irreversible. Empiezan a padecerse los frutos de las decisiones. Una se da cuenta de que hay otros jóvenes, más jóvenes aún, abriéndose camino detrás de nosotros. Me aferro a mi edad. Aún me queda un año antes de entrar en pánico. Por el momento, subo a casa de Ric, con quien he quedado para cenar.

Al abrir me planta un beso y me desea feliz cumpleaños, pero hay algo extraño en su comportamiento. Me habla en voz baja y sus gestos no son tan cálidos como los de los últimos días. Nada más entrar la puerta de su habitación se abre de par en par y mis amigos salen de ella. Aparecen Sophie, Xavier, Sarah y Steve con paquetes. Me rodean. Forman parte de mi vida, cada uno por razones diferentes. Entre Xavier y Ric disponen una mesa con platos, ensaladas, platos de comida bastante poco armónicos y galletitas.

—Ya puedes agradecérselo a tu jefa y al pastelero. Lo han preparado para ti disimuladamente —me dice Ric.

Estoy tan contenta de que a Ric se le haya ocurrido reunirlos, y tan contenta también de que no se le haya ocurrido invitar a Jade. Ponen sillas en círculo y Xavier se sienta en el suelo en un puf hundido.

Nos ponemos a charlar, y comenzamos a comparar la realidad de nuestras vidas con cómo imaginábamos de pequeños que serían. Sarah es la primera:

—A los seis años ya coleccionaba cochecitos de bomberos. Literalmente, esperaba al pie de la escalera de incendios. Pero jamás había creído que se podía experimentar la felicidad que siento hoy en día. Y pensar que apareció justo cuando había tirado la toalla...

—Sí, ya sabemos, con su manguera antiincendios —bromea Sophie.

Steve reacciona:

—He comprendido. Aquí sois todos unos obesos sexuales.

—Obsesos sexuales —corrige Xavier—, unos malditos obsesos.

—Es lo que he dicho —responde él con concentración—. Sois todos unos malditos sexuales.

Y se pone a besar fogosamente a su mujer.

Steve había mejorado mucho su francés. Xavier le había enseñado muchos insultos y palabrotas. Para lo demás leía libros y veía la televisión.

Cuando le toca a Xavier responder sobre su vida presente, se pone serio.

—Yo coleccionaba coches blindados, tanques y metralletas. ¡Y no creáis que soñaba con casarme con un militar! La idea de coleccionar armamento pesado siempre me pareció rara, y más tratándose de mí, pues soy más bien pacifista. Puede que reflejase cierta búsqueda de seguridad o mi necesidad de proteger a la gente, no sé. Pero al final conseguí tener mi propio tanque. Aunque para eso fue necesario que lo construyera y que luego vosotros me ayudarais a robarlo.

Steve se sorprende:

—¿Robaste un tanque?

Les contamos a Sarah y a Steve la aventura del XAV-1. Steve está muerto de risa. Asegura que si alguna vez necesitamos hacer algo parecido podemos contar con él. Cuando le toca responder a Sophie, dice que es pronto para decirlo. ¿Demasiado pronto en la noche, o en su vida? No tiene buen aspecto.

Ric sale del paso declarando que acaba de llegar a la región y siente que su vida está a punto de dar un giro. Por mucho que me mire mientras pronuncia esas palabras yo no sé cómo interpretarlas.

Por supuesto terminan por plantearme a mí la pregunta, pero ni siquiera me da tiempo a responder: ya se encargan ellos de hacerlo. Sarah hace un resumen de mi situación:

—Para ti, en este momento, hay una revolución cada semana: cambias de trabajo, cambias de nov...

Ric hace ademán de fruncir el ceño, pero luego se echa a reír mientras le guiña un ojo a Xavier de un modo un tanto exagerado. Como Xavier haya soltado prenda me va a oír. Sarah se pone más roja que los camiones de su vieja colección.

Nos quedamos hasta tarde comiendo un poco de todo, ya que cada uno ha traído un plato. Incluso intentamos hacerle probar a Steve una tabla de quesos autóctonos pero, con todo lo cachas que es, se echa atrás cobardemente ante un trozo de roquefort. Hay gente capaz de hacer surf y lanzar bumeranes pero que, cuando se trata de ingerir una pizca de moho, sale huyendo. Soplo las velas de un pastel, y me entregan sus regalos. Xavier: un pisapapeles fabricado por él mismo con diferentes metales en forma de volutas. Sarah y Steve: un libro sobre los viajes más maravillosos alrededor del mundo. Ric: un CD de Rachmaninov. Sophie: treinta cajitas que me pongo a abrir una a una. Veintinueve de ellas contienen velas perfumadas, y en la última ha metido paquetes de comida para gato, condones y un anuncio de detectives privados recortado de un periódico gratuito. Cabrona. Nos reímos mucho, pero sobre todo ella.

Para que os hagáis una idea de hasta qué punto hablamos un poco de todo, no sé cómo llegamos a eso pero, en un momento dado, Sarah me pregunta:

—¿Por qué te ensañas con los gatos? ¿Te han hecho algo? ¿Te arañaron cuando eras pequeña?

—No lo sé. Admito que son bonitos y elegantes. Pero no transmiten tanto afecto como los perros.

—No es cierto —asegura Xavier—. Yo he conocido muchos que eran realmente adorables.

—Puede ser, pero ¿por qué no existen gatos salvavidas o gatos para ciegos? ¿Porque los perros son más inteligentes? No lo creo. ¿Has visto alguna vez a un perro cambiar de dueño porque el suyo no le gustaba? Nunca. Pues los gatos sí que lo hacen. El gato se aprovecha de nosotros, ¡pero va a su bola!

Termino mi réplica como una exaltada. En pie en la barricada, exhorto a las masas a luchar contra el felino invasor.

Mis amigos me miran alucinados. En el fondo creo que a ninguno le importan los perros o los gatos. Debería dejar de hacer ese tipo de discursos. Además, es cierto que los gatos también son monos.

Hacia las dos de la mañana ayudamos todos a recoger a Ric y nos retiramos. Le doy las gracias. Me da un beso, pero hay demasiada gente como para que lo haga del modo que yo espero. Sophie me acompaña abajo para ayudarme a cargar los regalos. Al llegar delante de mi puerta, dejamos que los demás se marchen y aprovecho para decirle:

—No quería decirlo delante de todos, pero no tienes buena cara. ¿Qué te pasa? ¿Echas de menos a Brian?

—Si solo fuera eso...

—¿Quieres hablar de ello?

Entramos en mi casa. Sophie coge una silla y se deja caer en ella, agotada.

—Lo siento, he tratado de no cortar el rollo en tu cumpleaños, pero me estaba costando.

—Cuéntame, anda.

—Pienso todo el rato en Brian. No sé si por ver a Sarah casada o a ti tan enamorada, pero me siento muy sola. Ahora mismo me estoy planteando incluso, teniendo en cuenta el punto donde está mi vida en este momento, irme a vivir a Australia con él.

«Si te fueras sería un trauma para mí. Pero eso mejor te lo diré en otro momento.»

—¿Y ya lo has hablado con él?

—Es él quien lo ha planteado. Nos llamamos todas las noches debido a la diferencia horaria.

—Podría venirse a Francia, estaría cerca de Steve.

—Su padre está enfermo y no quiere dejarlo solo.

Sophie me miró a los ojos.

—Pero eso no es lo que más me inquieta, Julie.

«¿Con qué me va a salir ahora?»

—Es en relación con Ric...

Busca el modo de contármelo.

«Dilo, por Dios, ¿lo has visto besando a otra chica? O peor aún: ¿estás enamorada de él?»

—Sophie, cuenta, por favor.

—Sigues preguntándote lo que trama, ¿verdad?

—Cada minuto. Es una pesadilla. Me invaden las dudas: ¿por qué vigila a los Debreuil? ¿Qué le impide pasar a la acción? Lleva meses tomando fotos. ¿A qué espera?

—Dudaba si contártelo pero creo que no podría mirarte a los ojos si te lo ocultase. Prométeme que no vas a hacer ninguna tontería.

—Venga, Sophie, me estás dando miedo. ¿Qué es lo que sabes?

—Primero promételo.

«Me importa un pito, podría prometerte que la Tierra es plana con tal de que me lo cuentes.»

—Te lo prometo.

Saca un sobre de su bolso. Dentro hay un artículo de periódico que despliega y me tiende.

«La célebre marca Debreuil va a abrir un museo en su finca. En él se expondrán las más bellas piezas de la colección familiar, obras de arte de valor incalculable adquiridas por Charles Debreuil y su descendencia por todo el mundo, incluida la colección de joyas de su nieta y actual directora, Albane Debreuil. Gente de todo el mundo podrá admirar los fabulosos tesoros de una de las más prestigiosas dinastías de artesanos. La apertura tendrá lugar dentro de tres semanas, el 1 de noviembre, en presencia de numerosos políticos y personalidades...»

He aquí lo que Ric está esperando, esa es su presa. Todo se confirma. Estoy locamente enamorada de un ladrón. Feliz cumpleaños, Julie.

65

Con el regreso de las lluvias ya no es necesario que suba a regar el huerto de la señora Roudan. Estoy a punto de recoger los últimos calabacines cuando mi móvil comienza a sonar.

—¿Es usted Julie Tournelle?

—Sí, soy yo.

—La llamo a propósito de su tía, Alice Roudan.

—¿Qué le ocurre?

—Siento comunicarle que ha fallecido esta mañana. Mi más sincero pésame.

Me pongo de pie entre los arriates, con las manos llenas de tierra. El viento sopla por encima de los tejados. Es un día gris. Vértigo.

—¿Ha sufrido?

—A priori no. Aumentamos las dosis de morfina. Su cuerpo está en la morgue, puede verla si quiere. Ha dejado unos papeles para usted.

—Ahora mismo voy.

—Como desee. Ya no hay mucha urgencia.

Cuelgo y me siento en el suelo. Las lágrimas llegan de inmediato, cálidas y abundantes. Lloro mientras acaricio las plantas. Ya no verá las últimas flores de su jardín. No siento el mismo dolor que cuando David se estrelló con su moto. Esta vez no hay indignación, no hay rabia, solo un inmenso dolor. La primera vez que sentí algo parecido fue cuando murió Tornade, el perro de mis vecinos. Vi su cadáver a través de una puerta semiabierta mientras mis padres hablaban con sus dueños. Ya no volvería a ladrar, no vendría a buscarme para que le lanzara su pelota.

Me fui corriendo hasta el último rincón del jardín y me escondí en un hueco tras el macizo de lilas. Era mi refugio secreto. En este momento daría cualquier cosa por estar ahí. Mis padres me buscaron y llamaron pero yo no respondí. Necesitaba estar sola. No fue hasta la noche que mi padre, mientras la policía se dedicaba a buscarme por las calles, decidió dar una vuelta más por el jardín y me localizó agazapada tras las plantas como un gorrión asustado. Me abrazó y lloramos juntos. Era mi primera vez, mi primer cadáver, la primera muerte de una criatura que quería. Después hubo otras. La segunda lección llegó unos meses más tarde. Cuando mi tío murió, no lloré. Para ser sincera, ni siquiera me apenó. Me di cuenta con horror que prefería mil veces el perro de mis vecinos que a aquel viejo gruñón. Me dio vergüenza, pero aprendí a ver las cosas de frente. Siendo honestos, no se ama a la gente por parentesco o lógica. Hay algo más. Algo irracional que solo se mide en ocasiones como esta. La señora Roudan acaba de morir y mi tristeza es infinita.

Cuando llego al hospital todo el mundo me trata como si fuera de la familia. Me proponen ir a ver el cuerpo. Acepto. Apenas reconozco a Alice. Quizá por culpa de las luces de neón o porque ya no hay ninguna vida en ella. Hace dos horas me ocupaba de sus verduras y de pronto me encuentro allí, frente a ella, con miedo a acercar mi mano a su cuerpo. Sin embargo, le debo ese último gesto de afecto. Está fría. Me vuelvo a echar a llorar. No era nadie para mí y a pesar de eso siento que va a dejar un enorme vacío.

—¿Ha pensado ya en el funeral?
—¿Necesita la respuesta ahora?
—¿Sabe al menos si la quiere enterrar o incinerar?
—Enterrar. Creo que hay un panteón familiar en el cementerio del norte. Su madre y su hermano ya están allí. ¿Están seguros de que no tiene más familia que yo?

—Más bien es usted quien debería decírmelo. En la hoja de contactos solo figura usted y todos los papeles que ha dejado están a su nombre.

—¿Qué papeles?

La enfermera me tiende un sobre bastante grueso. Lo cojo y me instalo en la sala de espera. Saco los papeles. En primer lugar aparece la foto de su hermano. Luego papeles oficiales con sellos de notarios. Todo parece haber sido firmado el mismo día, la semana pasada, al día siguiente de mi última visita. También hay otro sobre más pequeño con mi nombre escrito. Lo abro.

Mi querida Julie,

Siento que me voy a ir y creo que no aguantaré hasta tu próxima visita. Así que he decidido dictar esta carta a una enfermera. No poseo gran cosa, y como no tengo familia me alegro de dejártelo a ti. Tengo un último favor que pedirte: entiérrame junto a mi hermano y mis padres. Volveremos a ser una familia. Y ven a vernos de vez en cuando. Mi casa está ahora a tu nombre. No creo que valga mucho pero así podrás retomar tus estudios. Espero que todo vaya bien con Ric y que seáis muy felices. Me hubiera encantado veros juntos. Has sido el último rayo de sol de mi vida. Contigo he sentido que tengo una hija de la que estar orgullosa. Te planteas muchas preguntas. Sé que encontrarás las respuestas. A tu edad no debes mirar el pronóstico del tiempo para hacer lo que desees. Son los viejos los que miran las previsiones antes de salir. En fin, gracias por todo. Y no olvides nunca, mi pequeña, que tienes la suerte de estar viva, y que nada es imposible.

Un beso,
Alice

El jueves por la tarde la señora Bergerot se queda atendiendo sola la panadería. Sophie, Xavier y Maëlys me acompañan al cementerio. Ric también ha venido. No sé qué me emociona más, si el fallecimiento de Alice o el hecho de que mis amigos no me hayan dejado sola en ningún momento. Llevo apretada contra mi pecho la foto de su hermano y su carta. No llueve pero el cielo tiene un color plomizo. Nos hemos vestido todos de negro y esperamos el coche fúnebre ante el cementerio. El viento sopla entre los álamos, las hojas salen volando. Nadie habla pero estamos juntos.

Cuando llega el coche lo seguimos hasta el lugar en el que los sepultureros han abierto la fosa familiar. Vivo la escena en una especie de ingravidez, como a cámara lenta. Los hombres sacan el ataúd. Lo ponen en el hueco y esperan mi señal para comenzar a bajarlo. Lo posan justo encima del de su hermano. En ese momento quiero creer que se han reunido en un mundo mejor. Espero que se hayan reencontrado y que no se separen nunca.

Me sitúo junto a la tumba. Arrojo las flores. Sophie llora. No debe de ser fácil para ella ya que perdió a su padre hace tan solo un año. Xavier y Maëlys, con el semblante serio, no me quitan ojo. Ric se mantiene rezagado, como si se escondiera. Cuando me aparto para dejar trabajar a los hombres, observo su cara desencajada. Parece inmerso en una tristeza que no puede ser producto de la simple empatía.

Nos quedamos hasta que colocan la lápida. Pronto habrá un nombre más grabado en ella. El cementerio está desierto. No sé rezar. Me agacho y acaricio la piedra. Murmuro suavemente:

—Buenas noches, Alice. Abrázalos de mi parte. Pronto volveré. Te lo prometo.

66

Mi aspecto debe de ser realmente lamentable porque todo el mundo es extremadamente amable conmigo en la panadería. La situación con Ric me consume. El desfase entre lo que aparentemente vivimos y lo que ahora sé es demasiado grande. Me da vergüenza, pero el duelo de la señora Roudan me permite tener mal aspecto sin que nadie me pida explicaciones.

Ya no consigo alegrarme con nada. Solo pienso en sus planes de robo y la apertura del museo. La fecha se acerca. Solo quedan dos semanas. ¿Llevará a cabo el golpe justo antes? ¿Huirá inmediatamente después? ¿Me propondrá que me vaya con él? Entretanto se comporta como si nada, y yo toda angustiada.

Ver desfilar a los clientes me permite cambiar de aires. Cada una de sus conversaciones, por muy anodinas que sean, las paso por mi prisma de duda. He notado una cosa a fuerza de observar a las chicas más jovencitas que pasan a comprarse ensaladas para la comida. Ya no hablan de chicos o de amor como yo lo hacía a su edad. Las escucho. Se animan, se creen algo. Y por encima de todo, tienen esperanzas. Me enternecen. Cada generación tiene su propio código, su vocabulario. Dependiendo de la edad, nos hemos sentido arrebatadas, apasionadas, flipadas o colgadas por alguien. Sin embargo, sin importar la época, algunas palabras permanecen inmutables, al margen de la influencia de las modas. Querer, esperar, aguantar, llorar. Nadie, ni siquiera estas niñas despreocupadas, se atreve a jugar con la verdad profunda de nuestro destino.

Ric iba a pasar a verme esta mañana pero no lo ha hecho. Es ya la hora del cierre de mediodía. Acompaño a la puerta a la última clienta y echo el cerrojo. Mientras bajo la persiana, Mohamed me saluda. Le respondo. Es bueno saber que lo tengo ahí. Solemos charlar un poco cuando llego por la mañana o a la hora del cierre. Cuando llueve se ve obligado a colocar una lona. Me pregunto cómo es su vida fuera de las horas de apertura. Aunque visto el horario de su tienda, no debe de quedar gran cosa.

Al llegar la tarde comienzo a preocuparme por Ric. No es normal que me tenga sin noticias tanto tiempo. Lo llamo al móvil.

—¿Ric?

—Hola, Julie.

—¿Dónde estás? Apenas te oigo.

—Mierda, ya son las tres. Llevo dormido desde ayer por la tarde. Creo que he cogido frío.

Tose, se medio ahoga. Jamás lo había oído así.

—¿Estás tomando algo?

—Café y aspirina.

—Voy a la farmacia y paso a verte.

—No te preocupes. Mañana estaré bien.

—¿Tienes fiebre?

—Si esperas que me ponga un termómetro...

—¿Tienes la frente caliente?

—Más bien helada y con sudor.

—Descansa. Hacia las ocho estaré allí con lo que necesitas.

—De acuerdo.

No intenta detenerme. Mi abuela solía decir que los hombres enfermos son como lobos heridos: solo dejan que se les acerquen las personas en quienes confían. Me sube la moral el tener una cita con un lobo.

Arraso en la farmacia. Tanto es así que la señora Blanchard me avisa de que puedo devolver lo que no utilice. La primera vez que llamo a la puerta de Ric no me abre. Llamo más fuerte y una voz de ultratumba me dice que pase. La puerta está abierta.

Lo encuentro en su cama, pálido y tapado con el edredón hasta las orejas.

—No quiero contagiarte.

—¿Cuánto tiempo llevas así?

—Ayer por la tarde comencé a temblar. ¿Qué es esa bolsa llena de medicinas? Te lo advierto, nada de supositorios.

Me siento en el borde de la cama.

—¿Puedo al menos tocarte la frente?

Acepta con un movimiento de cabeza.

Cuando me acerco a él, cierra los ojos como un animal herido que de pronto encuentra cierto consuelo. Está hirviendo.

—¿Tienes los ganglios inflamados?

—No lo sé.

—¿Me dejas?

Aparta el edredón. Tiene el torso desnudo. Le palpo el cuello. Su barba incipiente me raspa los dedos. Me encanta esa sensación.

—¿Y bien?

«Deberíamos llamar a un médico pero prefiero que sufras un poco y ser yo la única en curarte.»

—Te voy a preparar un brebaje casero y te voy a dar jarabe. Has debido de coger frío. Claro, ¡siempre corres en camiseta de manga corta!

Sonríe.

—Julie, ya tengo una madre y todavía no estamos casados.

¿Qué ha dicho? ¿Casados? Sus ojos brillan. Voy a perder la compostura. Hace semanas que no me hace sentir así. De pronto ya no lo veo como un ladrón, vuelvo a confiar en él, me siento como el primer día. Necesito alejarme o acabaré lanzándome a su cuello y obligándole a pasarme sus microbios por la boca.

—Supongo que no has comido nada, ¿no?

—Me planteé zamparme unas buenas salchichas con chucrut y una triple cheeseburger con mucha mayonesa, pero solo de pensarlo tengo ganas de vomitar.

—No debes estar con el estómago vacío. Aunque estés malo tu organismo necesita alimentos. Voy a prepararte un buen caldo.

«Ya está, qué horror. Acabo de cumplir veintinueve y ya hablo como mi madre. Estoy jodida, el tiempo comienza a hacer estragos. Un día de estos le recordaré que se ponga las zapatillas y él me llamará *mamá* delante de los niños.»

Voy hacia la cocina.

—¿No tendrás nada en la nevera para preparar algo ligero?

—¿Un caldo de pizza con nuggets de pollo y paté, por ejemplo?

Abro la nevera. Es genial. Me siento como en casa, en nuestra casa. En la mesa de la cocina veo las famosas carpetas, apiladas en dos columnas. Ninguna inscripción que dé una pista sobre su contenido.

Ric masculla:

—Odio estar enfermo.

«¡Qué descubrimiento! ¡Un tío que odia estar enfermo! Si alguien encuentra a uno que no monte un número cada vez que intentan curarlo, que no imposte una agonía digna de un torturado por la Inquisición, habría que hacer un documental.»

Ric se quita el edredón. Efectivamente, tiene el torso desnudo. Quizá incluso esté del todo desnudo. Vuelve a protestar:

—Tengo calor, luego frío. No puedo más. ¿Y si abrimos la ventana?

—Tienes razón, una buena corriente de aire y así podrás coger una pulmonía.

—Me estoy asando en mi propio jugo desde ayer. Me sentiría mejor si me diera una ducha.

Tengo la sensación de que quiere levantarse. Me siento terriblemente incómoda. Voy a volver a mi casa a por lo necesario para hacer un caldo. No tengo ningún interés en verlo en bolas en esas circunstancias. Es muy fuerte lo de los hombres. Son capaces de mostrar su culo antes que abrir su corazón.

—Voy a bajar a buscar verduras.

—¿Volverás?

Por su voz parece que lo está deseando.

—Vuelvo en diez minutos. El tiempo de darte una ducha si quieres.

—Vale, dejo abierto.

La verdad es que solo necesito tres minutos para llegar a casa, coger lo necesario y volver a subir. Pero voy a darle tiempo. Puede sonar mal, pero me encanta que esté enfermo. Estoy con él, como si compartiéramos nuestras vidas, como si en el mundo solo existiera nuestra relación. Me necesita, lo cuido y nada ni nadie se interpone entre nosotros. La vida ideal: un tío con una gripe tremenda y una chica que le prepara sopa.

Al subir, entro directamente.

—¿Ric?

No hay respuesta. Tampoco se oye el sonido del agua en el cuarto de baño. Avanzo hasta su habitación. Está completamente sopa. Me acerco de puntillas. Lo miro y me atrevo a acariciarle la frente. Jamás lo había observado mientras tiene los ojos cerrados. Hay algo conmovedor en la gente que duerme. Se vuelven vulnerables. Como si se hubieran ido muy lejos y nos confiaran, en cierto modo, su cuerpo.

Está tan profundamente dormido que si me acurrucara contra él ni se enteraría. Pero no me atrevo. Me conformo con mirar la forma de su espalda y de su brazo. Con observar los rasgos de su rostro, su mandíbula, sus labios. Sus largas pestañas y sus párpados custodian una mirada que pronto renacerá. Lo vuelvo a acariciar y me deleito en la idea de que, pese a estar dormido, aprecia mi gesto.

Ric, confías en mí a la hora de dejarme la puerta abierta. Te encomiendas a mí para que te cuide. Me permites tocarte como nunca antes lo había hecho. ¿Por qué no me confiesas tu secreto? ¿Cómo has caído enfermo? ¿Acaso ese plan delirante te está desgastando? Sé que no hablarás. Quisiera que este instante durara para siempre, no pido otra cosa en mi vida que volver a sentir lo mismo que ahora.

Pero muy a mi pesar la imagen de las carpetas en la mesa de la cocina termina por imponerse. Ric no confesará nunca, pero yo tengo una oportunidad de averiguar las cosas por mi cuenta. Vuelvo la cabeza y las veo. ¿Debo seguir a mis dedos, que se pierden en su pelo, o bien a mi instinto, que me obliga a aprovechar esta ocasión única? En mi cabeza, el abogado y el procurador llegan a las manos. Se está armando una buena. El procurador amenaza pero el abogado le saca la lengua. Eso pone nervioso al otro, que salta por detrás de su pupitre para meterle un buen bofetón. Se persiguen para hacer amagos de estrangularse el uno al otro con sus estolas de piel. Es patético. Pido un aplazamiento de la sesión.

Me levanto. Cierro la puerta de su habitación para que me oiga. Me tiemblan las manos. ¿Cuál abro primero? Cojo una al azar. Contiene facturas. La segunda, una colección de fichas de intervenciones informáticas. La siguiente, fotos de la residencia de los Debreuil, un magnífico edificio con diferentes niveles de tejados superpuestos, los talleres y lo que parecen ser distintas entradas a la finca. Otros clichés muestran un panel con teclado numérico, sin duda tomado con un teleobjetivo, en el que una mano va pulsando los distintos números de una contraseña. Se puede reconstruir fácilmente la secuencia. También hay fotos tomadas desde el aire. Paso de un documento a otro, agitada. ¿Cómo habrá obtenido todo aquello? La última carpeta es roja y mucho más gruesa. Tiro de las gomas. Tengo un presentimiento. En primer lugar, un calendario con la fecha del treinta y uno marcada con una cruz. También hay planos de la fábrica, del edificio y de diferentes talleres. Algunos muestran itinerarios señalados en azul. De pronto doy con algo que me llama todavía más la atención: es un plano que dice «Sala principal del museo». No es fácil de descifrar, pero se distingue la posición de las vitrinas. La número diecisiete lleva un intenso subrayado rojo.

Oigo un ruido proveniente de la habitación de Ric.

—¿Julie?

—¡Voy!

Se ha incorporado en la cama. Está despeinado por culpa de mis caricias, y también por haber estado apoyado en la almohada. Se estira.

—¿Llevo mucho rato dormido?

«Según se mire: demasiado para ti e insuficiente para mí.»

67

En solo doce días, la víspera de la inauguración, Ric va a robar el contenido de la vitrina diecisiete de la colección de los Debreuil. Probablemente las piezas más hermosas de la colección. ¿Cómo podría yo vivir con normalidad sabiendo eso?

En la panadería parece que me han dado cuerda. Todo me hace sobresaltarme. Ayer solté un grito digno de película de terror al pensar que me perseguía un loco con un cuchillo. En realidad era Nicolas, que me traía las baguettes haciendo el tonto.

Más vale que al señor Calant no se le ocurra asomarse, o yo misma me encargaré de saldar sus cuentas. Incluso Sophie ha notado mi estado, y eso que no le he dicho nada.

—Esta historia te está volviendo loca —me dice—. No sé si vas a poder aguantar la presión.

«Como mucho en doce días, estará en la cárcel o huido, no tienes de qué preocuparte.»

Espero que Ric no renuncie a la idea de escaparnos juntos. Seguramente estará convencido de que soy demasiado buena como para aceptar vivir como una fugitiva. Me considerará incapaz de abandonar mi pequeña y cómoda existencia para darme a la fuga con él. ¿Estará en lo cierto?

¿Qué estaría yo dispuesta a hacer por él? Más allá de todos los discursos, de los sueños, ¿de qué sería verdaderamente capaz? Eso es lo que marca la diferencia. Y temo mi respuesta. Me da miedo que Ric me pida algo que yo no sea capaz de darle.

Sin embargo, no tengo ninguna duda de lo que significa para mí. No es solo un chico guapo del que me he encaprichado porque me sentía sola. No. Yo no lo buscaba, no esperaba ni un ligue ni ningún otro tipo de relación. Se ha producido un cambio en mí por su culpa. El resultado me supera, me tiene pillada, y me hace sentirme viva, es cierto, pero también podría destrozarme.

Si no me cree capaz de seguirlo en su huida, debo hacerle cambiar de opinión. Necesito transmitirle el mensaje, sutil y eficazmente. Solo entonces me propondrá que me vaya con él. Prometido, no llevaré apenas equipaje: un par de bragas, un pelapatatas y mi osito de peluche. No tengo ni un segundo que perder.

Ric todavía no se ha recuperado de su gripe. Intenta levantarse pero su cuerpo no le obedece. Cada vez estoy más convencida de que su mal es resultado de la angustia ante la proximidad de la fecha definitiva de su robo. Pero, si tanto le cuesta soportarlo, ¿por qué lo hace? Si no tiene las agallas necesarias, ¿por qué semejante empeño? Quizá su mujer esté secuestrada y solo así podrá pagar el rescate. O quizá tenga dieciocho hijos ilegítimos que en algún lugar del mundo se mueren de hambre, de ahí este intento de darles una vida mejor. A menos que tenga un lío secreto con Jade y esta se haya empeñado en ponerse las mismas tetas que Léna. La cuestión es que, debilitado por su enfermedad, Ric apenas sale de su apartamento.

Con el pretexto de hacerle cambiar de aires lo he invitado a cenar en mi casa esta noche. Acepta sin dudarlo. Creo que a estas alturas no peco de orgullosa si digo que oficialmente busca mi compañía. Trompetas, cañonazos y palomas liberadas. A ser posible no suelten las palomas antes de lanzar los cañonazos o será una carnicería. Gracias.

Traigo de la panadería ensaladas y un pastel ligero para que se acuerde de nuestro primer encuentro. Como he aprendido de la experiencia, compruebo el estado de mi calentador de agua y desenchufo todo lo que no sea indispensable para un correcto desarrollo de la velada, incluido el teléfono. Nada debe estropear nuestro encuentro. Tenemos que hablar, yo debo plantearle las preguntas que me tienen en vilo y él no puede irse sin haber respondido. Nuestro futuro depende de ello, sobre todo el mío.

Ha tenido el detalle de afeitarse y ponerse una camisa. Cuando entra en mi casa se detiene y mira a su alrededor.

—Tengo la impresión de que ha pasado una eternidad desde que estuve aquí por última vez.

«Si quisieras te daría la llave.»

—Ni siquiera he encontrado el momento para desmontar el disco duro de tu ordenador.

—No te preocupes. Seguramente tenías cosas más importantes que hacer.

«Como robar planos o pensar en cómo infiltrarte en el museo Debreuil.»

Se ofrece a ayudarme a poner la mesa pero yo lo obligo a sentarse.

—Apenas te mantienes en pie. Déjame a mí.

«Pareces tan cansado que casi estoy por pedirte que me dejes ocuparme a mí de tu robo.»

Me pregunta por mis padres, por Xavier y por los demás. Luego se interesa por cómo me va en la panadería. Tiene un don para hacerme hablar, y de paso evitar tener que descubrirse. Lo que me pregunto es si esta estrategia será consciente. Me da la sensación de que actúa así con todo el mundo, en todo momento, desde siempre. Intenta protegerse.

Con lo poco que come, la cena no dura mucho. Sus ojos brillan cada vez más, pero es por la fiebre. Hasta ahora siempre se las ha apañado para que nuestra conversación no se aventure en terrenos demasiado invasivos para él. En ese punto de la cena, debo pasar al fin a la ofensiva.

—¿Tu enfermedad no te ha pasado demasiada factura en tu trabajo?

—Nada catastrófico. Solo he tenido que mover las citas.

—¿Ninguna urgencia?

—No, he tenido suerte.

—¿Y vas a tomarte vacaciones de aquí a fin de año?

—Todavía no lo sé. ¿Y tú?

«Bien jugado, pero no voy a caer en tu trampa.»

—No, solo algún día aquí y allá.

Vuelvo al ataque:

—¿Y en Navidades irás a visitar a tu familia?

—Aún faltan dos meses, ya lo decidiré. ¿Y tú tienes novedades sobre el apartamento de la señora Roudan?

«Escurridizo el bicho.»

—Aún tiene las escrituras el notario. Es un hermoso regalo, la verdad.

Las agujas del reloj siguen avanzando. Debo decirle algo antes de que el lobo vuelva a la madriguera. Lo miro fijamente.

—Ric, si tienes problemas ya sabes que puedes compartirlos conmigo.

Suelta una risotada nerviosa. Tema sensible.

—Mi único problema es esta maldita gripe, y bastante me estás ayudando ya.

—No me refiero a eso.

No consigo sostener su mirada. Bajo los ojos.

—No sé si lo sabes, pero eres muy importante para mí.

—Gracias, Julie. Tú también lo eres para mí.

—No quiero que te suceda nada...

—No te preocupes que no me va a pasar nada.

—Porque si te sucediera cualquier cosa, aunque fuera muy difícil de contar, recuerda que siempre me tendrás aquí para escucharla.

Me mira de un modo extraño. En su actitud algo se ha tensado. Lo conozco. Está replegándose sobre sí mismo. Su boca se retrae hasta convertirse en un mero trazo. Tengo miedo pero no debo echarme atrás.

—Ric, todos hacemos tonterías o nos fijamos metas inalcanzables.

Su mirada se endurece.

—Julie, ¿qué intentas decirme?

Su voz es fría.

—Trato de ayudarte, nada más.

—Eres muy amable y aprecio mucho todo lo que haces por mí, pero no tienes por qué preocuparte, todo está en orden.

—Me gustaría que no hubiera secretos entre nosotros. Que tuvieras en mí la suficiente confianza como para poder contarme todo lo que te sucede.

Gira la cabeza. Su rostro está huidizo. Cuando vuelve a mirarme ya no es el Ric que yo conozco. Es un extraño que fusila con la mirada a la intrusa que trata de violar su intimidad.

¿Debo insistir? ¿Debo persistir con la incomodidad que se acaba de instalar entre nosotros? Sin duda comienza a sospechar que algo sé. Seguramente tiene miedo. Debo tranquilizarlo pero no sé cómo. Estoy a punto de echarme a llorar. Lo único que se me ocurre hacer es tenderle la mano. Él no la acepta.

—Ric, no quiero perderte. Lo único que deseo es vivir contigo sin importar el tipo de vida que elijas para nosotros. No quiero hacerte razonar ni te pondré nunca trabas, solo quiero saber qué es eso que te preocupa hasta el punto de ponerte enfermo.

Se contiene, pero noto que algo hierve dentro de él. No es la reacción que esperaba. Hace girar rápidamente su tenedor, como si fuera un arma. Reflexiona por última vez. Finalmente me mira y se levanta:

—Julie, te quiero mucho pero me voy a marchar. Creo que es mejor que no nos veamos durante un tiempo. Te llamaré. Gracias por la cena.

Se va de mi apartamento. El portazo suena como un disparo en el corazón.

Estamos a 19 de octubre, son las 21.23, y estoy muerta.

68

Es de noche y hace un poco de frío. Desde el balcón del apartamento de Jérôme, tiemblo mientras observo las luces de la ciudad parpadear. De pronto me viene a la mente la estúpida idea de saltar por encima de la baranda, pero luego pienso en la bofetada que me daría la señora Roudan cuando me viera aparecer por las puertas del paraíso. Además, tampoco estoy segura de merecer el paraíso. Sobre todo si los gatos y sus nuevas vidas tienen algo que opinar al respecto.

La fiesta por el divorcio de Jérôme va de maravilla. Me da la sensación de que algunos de los que llegaron solteros terminarán por marcharse en pareja. Jérôme habla con su primera ex mujer. Se ríen. Sería gracioso que volvieran a casarse. Los observo desde fuera a través del cristal. Veo también al mensajero del destino, al tipo con cara de ardilla. Habla con una chica guapa de pelo corto. Seguramente le está preguntando qué es lo más estúpido que ha hecho en su vida. Puede que ella conteste que cortarse así el pelo.

Si vuelve a preguntármelo ya sé lo que debo contestar: conseguir que el hombre al que amaba me dé la espalda. Unas horas antes todavía teníamos posibilidades. Le quedaba tiempo suficiente para que me propusiera huir con él. Tiempo suficiente para besarnos y sentir la fuerza de un sentimiento tal vez compartido. Tiempo suficiente para hacerle renunciar a su proyecto mediante un recurso distinto del interrogatorio. Pero ya no estamos en ese punto.

La confianza es la base de todo. Debería haber confiado en él, haberle dejado jugar sus cartas como qui-

siera sin entrometerme. Si a Jérôme se le ocurriera organizar la elección de Miss Patosa, sin duda me llevaría el primer premio. Perder a Ric, ¿qué hay peor que eso? Su
imagen cuando se marchó de mi apartamento, su voz
cuando me dijo que era mejor que no nos volviéramos a
ver, el dolor que se me formó en el pecho. Jamás podré olvidarlo. Son cicatrices invisibles que siempre quedan ahí.

Cuando sea vieja, esté sola y moribunda, abocada
a la tristeza por haber perdido a quien, lo sé, era el hombre
de mi vida, seguiré abrazando su única foto, de un hermoso domingo frente al coche de Xavier.

En diez días llegará el día fatídico y Ric robará las
joyas de la vitrina diecisiete. Es un ladrón, y sin embargo
me cuesta condenarlo por el delito que va a cometer. Le
deseo incluso que le salga bien y obtenga así toda la alegría
que yo no he sido capaz de ofrecerle. Pero en el fondo sé que
nunca nadie lo querrá como yo. Bueno, eso tampoco es
cierto. La única verdad es que jamás nadie podrá aportar-
me tanto como me daba él.

Ric no es un criminal. Si lo fuera no tendría esa
mirada, esas palabras ni esos gestos. Y no digo esto cegada de amor. Si fuera un vulgar ratero no se habría puesto
enfermo conforme la fecha se aproximaba. ¡Cuando pienso que para colmo le he complicado tanto la vida que lo he
obligado a prescindir de la única persona que le hacía un
poco feliz!

En el salón de Jérôme todos sus amigos se divier-
ten y ríen. Muchos esperan el encuentro que les cambiará
la vida. Yo he arruinado mi oportunidad, he perdido mi
tren.

Es duro contemplar tanta felicidad con el corazón
roto. Prefiero girarme hacia la noche y buscar la luna, es-
condida tras las nubes. Escucho el sonido del viento. ¿Cómo
podría reparar mi error? ¿Cómo ayudar a Ric? ¿Cómo de-
mostrar de qué sería capaz por él? ¿Cómo protegerlo de sí
mismo?

De pronto aparece la luna, clara y luminosa. Su belleza ilumina mi alma y, al igual que en el cielo, en mi mente se abren también las nubes. Se me acaba de ocurrir una idea. Quizá la idea más estúpida que haya tenido en toda mi vida. He dado con la solución a mis problemas, la respuesta a todas mis preguntas. Robaré esas joyas antes que Ric.

69

—Géraldine, es cuestión de vida o muerte. ¡Te lo ruego!

—No te pongas tan trágica. ¿Te das cuenta de lo que me estás pidiendo? Ya es bastante que te haya dejado acceder al dossier de nuestro cliente más importante.

—Lo sé y te lo agradezco.

—Si Raphaël se da cuenta de que he utilizado sus claves, me matará y perderé mi empleo.

«Ojo, si estás muerta ya no necesitas el trabajo.»

—Soy consciente de ello, pero te suplico que confíes en mí. Sabes que jamás haría nada que pudiera perjudicarte y que en la agencia siempre he sido honesta...

—Lo sé, pero sé también que eres capaz de meterte en los peores líos con tal de ayudar a alguien.

—Si pasara algo, prometo asumir toda la responsabilidad. Puedes delatarme si quieres. No tendría ninguna importancia, ya no tendría nada que perder.

—Pero ¿qué estás tramando?

—Prefiero contarte lo mínimo. Cuanto menos sepas, menos peligro.

—Alucino contigo, Julie. Conozco un poco a los Debreuil y en los negocios son realmente implacables. No veo por qué serían diferentes en el resto de facetas de su vida.

—No tengo otra opción, Géraldine. Sé que no tengo derecho a pedirte ese favor, pero sin ti no podría hacer nada.

—¿Qué quieres exactamente?

—¿Me has dicho que los talleres Debreuil están buscando inversores privados?

—Sus cuentas están al límite, les falta liquidez. Y la mayoría de las obras que van a exponer están ya hipotecadas.

—Pues sus bolsos no son precisamente baratos...

—Albane Debreuil lleva un tren de vida carísimo. Dilapida los beneficios de la empresa. El año pasado pidió un crédito avalado por la empresa para financiar unas cuadras y acabó perdiendo dinero con la idea. Todo es así. Como siga a ese ritmo dos años más tendrán que pensar en vender la empresa a algún grupo.

—Si les llevaras a un inversor, ¿te escucharían?

—No somos su único banco, pero estoy segura de que sí.

—¿Verificarían su solvencia?

—Nos pedirían que lo hiciéramos por ellos.

—Me lo imaginaba.

—¿Por qué? ¿Conoces a alguien tan rico?

—Estoy en ello.

Ya sé que estaréis pensando: «Está loca». Y no vais desencaminados. Pero cuando no se tiene nada que perder, hay que intentar dar el todo por el todo. Para sentirme más segura, trato de repasar a todos los personajes que tuvieron que hacer algo muy estúpido para conseguir lo que anhelaban, pues no tenían alternativa. Así me encuentro yo.

En seis días Ric pasará a la acción. Yo debo lograrlo antes que él sin sus planes, sin su entrenamiento, sin el material. Me creo capaz de conquistar a Albane Debreuil mediante el dinero, y eso antes de saber que el estado de sus cuentas la hará aún más receptiva.

Mi plan es simple: pediré una cita con ella para ofrecerme a inyectar dinero contante y sonante en la sociedad. Luego le pediré que me deje visitar el museo en primicia. Y cuando esté delante de la vitrina diecisiete, lo romperé todo, me haré con los collares y huiré corriendo. Luego le llevaré el botín a Ric como un gato que les lleva a sus amos de regalo el ratón que acaba de cazar. Después de eso le será imposible no amarme y viviremos como Blancanieves y su príncipe, pero sin los enanos.

¿No os convence el plan? A mí tampoco. Me muero de miedo, pero ese gesto a la vez suicida, desesperado y estúpido es la única manera de demostrarle a Ric que estoy dispuesta a todo por él. Al pensar esto último me doy cuenta de que creo en ello y estoy decidida a llevarlo a cabo. No seré capaz de hacerlo sola, pero la mente retorcida que me habita ya ha elaborado el guión.

Como en el caso del coche de Xavier, me sorprende la facilidad con que la gente se adhiere a semejante locura, incluso a pesar de que yo no estoy del todo convencida. No les digo que vaya a ser fácil, de hecho les explico que lo más seguro es que nos cierren la puerta en las narices.

Comienzo por Géraldine, que me sigue el juego. A pesar de lo que le he asegurado, está asumiendo riesgos, y me siento mal. Para disculparla estaría dispuesta a confesar que entré en el banco para manipularla y que la obligué a facilitarme la información mediante un vil chantaje: si no me decía lo que quería proclamaría a los cuatro vientos que estaba liada con el director de la sucursal.

Perfilo mi plan a todas horas. Lo repaso bajo todos los ángulos imaginables. Cada cuarenta segundos encuentro una posibilidad de que se venga abajo, pero evito pensar que podría acabar entre rejas. Al mismo tiempo me imagino a Ric, que no cabría en su emoción ante tan sublime tentativa, aunque fallida, y sería él quien viniera a liberarme. Estoy tan impaciente por que me lleve a su castillo.

Paradójicamente me encuentro mucho mejor desde que empecé a idear el complot. No siento que estoy planeando un robo. Ni siquiera pienso en la agente J. T. «en la cuenta atrás infernal de una imposible carrera contrarreloj». No. Lo hago por Ric. Será la mejor sorpresa de su vida, la mayor prueba de amor que una joven estúpida puede ofrecerle a un chico guapo. La cosa más estúpida de mi vida sería al mismo tiempo la más bella.

Sablière dijo una vez: «Todo deber se eclipsa ante una falta cometida por amor». Mazarin dijo: «Hay que ser fuerte para enfrentarse a una catástrofe, pero hay que serlo más para poder utilizarla en tu provecho». La señora Trignonet, mi profesora de Arte en el instituto, solía decir: «Si decides partirte la cabeza, el resultado estará bien merecido».

Si salgo de esta, seré yo quien se encargue de hacer frases que pervivan siglos y siglos. Soy invencible. El mundo me pertenece. A ver si me acuerdo de bajar la basura antes de marcharme.

Acabo de tener un sueño. En la sala de conciertos más hermosa del mundo, subo al escenario aureolada por la luz que proyecta el traje de diamantes que llevo. Frente a mí hay cientos de asientos de terciopelo rojo, perfectamente alineados y todos vacíos, excepto uno en el medio de la sala. En él está sentado Ric.

Con un nudo en la garganta, me pongo en el centro del escenario y saludo con majestuosidad. De pronto suena la primera nota y una orquesta se eleva desde el foso. Lola está al piano.

Mi voz arranca suavemente, como un secreto o una confesión. Contenida en una canción está mi vida. Con ritmo, violines, rock, blues, slow, sostenidos y solos. Tan solo dura unos minutos y en ella está la esencia de mi vida. Canto para él, lo doy todo por él.

Escucho las melodías, pronuncio la letra. Mi canción habla de amor, de esperanza, de todo a lo que una mujer es capaz de renunciar por amor. Espero a que se quede hasta el final. Que una rosa caiga a mis pies. Que me quite todos los diamantes. Las dudas ya no están en mí, yo estoy donde debo estar, hago aquello en lo que creo, por primera vez. Solo temo despertarme y descubrir que la sala estaba llena, que no quedaba un asiento vacío, salvo el del centro. Hoy es el día en el que me juego la vida.

Xavier a menudo cuenta que justo antes de una operación los soldados quedan en silencio para poder concentrarse mejor. Quizá por eso él tampoco pronuncia una sola palabra mientras nos lleva en coche a la finca de Albane Debreuil, con quien tenemos una cita.

Xavier se ha puesto el mismo traje que llevaba en el entierro de la señora Roudan. Vestido así y cerca del sepulcro, iba perfecto para un funeral. Pero esta vez, al volante de su impresionante coche blindado, parece un guardaespaldas que, de apretar algún botón secreto, podría lanzar un misil.

El vehículo circula por las calles. Y a través de los cristales tintados veo cómo todos los peatones se quedan mirándolo.

Voy sentada detrás, al lado de la señora Bergerot. Ella lleva un maravilloso abrigo de piel. A pesar de ser sintético y demasiado pequeño, cumple con su cometido. De todas formas, maquillada y peinada por Léna, se parece increíblemente a la millonaria rusa que debe encarnar en mi plan. Ese porte de barbilla, esa clase y esa seguridad en la mirada adquiridas a fuerza de vender más de dos millones de baguettes y el mismo número de croissants a todo tipo de gente.

Yo llevo un conjunto gris, sobrio pero elegante, que me ha prestado Géraldine. Sé que me sienta peor que a ella, pero no creo que la señora Debreuil se fije en mí.

En ese momento intento no arrepentirme de lo que estamos a punto de hacer, no quiero ni pensar en el lío en el que estoy metiendo a todos mis amigos. Hace unos minutos que Sophie ha debido de llegar a la casa de los Debreuil. Se va a hacer pasar por la periodista encargada de inmortalizar el encuentro entre la descendiente de una de las más afamadas firmas francesas y la millonaria rusa dispuesta a invertir en una marca para hacerla todavía más internacional.

El coche deja la calle principal para tomar callejuelas más estrechas. Pese a la velocidad, el sistema de suspensión nos mantiene todo el rato horizontales. El XAV-1 es un vehículo excepcional. A través del retrovisor mi mirada se cruza con la de Xavier. Antes incluso de ir a la guerra, un comando tiene derecho a sentirse orgulloso de lo que ya ha logrado. La señora Bergerot también está impresionada por el coche. Casi parece haber olvidado la absurda misión que está a punto de cumplir por mí. Hace una hora estábamos sumidas en nuestra rutina de la panadería, pero al bajar la persiana para el cierre de mediodía, el decorado cambió: ella corre a que la vistan. Se cierra una persiana y se abre el telón.

Se inclina hacia mí:

—Entonces, ¿no tengo que decir nada?

—Exactamente. Solo murmure en mi oído y yo me encargaré de traducirle a la señora Debreuil.

—Y no vas a dejarme sola ni un minuto, ¿verdad? Porque si lo haces, me quedaré en blanco.

—No se preocupe. La seguiré como si fuera su sombra. Soy su intérprete y su secretaria particular.

Ni a ella, ni a Sophie, ni a Xavier les he contado lo que pienso hacer. La versión oficial es que quiero visitar el lugar para impedir que Ric cometa una locura. Ni siquiera yo sé muy bien qué haré cuando me encuentre frente a la vitrina diecisiete. Tendré que improvisar. Si veo la posibilidad, robaré el valioso contenido y saldré corriendo. Estoy dispuesta a todo y a asumir las consecuencias. Mis amigos no tendrán problemas porque no están al corriente, y ya he escrito tres cartas (una a la policía, otra al ayuntamiento y otra al juzgado). Mohamed tiene órdenes de meterlas en un buzón si no he vuelto el día siguiente. No hay vuelta atrás. Seré yo quien tenga que huir, y Ric quien deba acompañarme. Al contrario que él, yo no tendría problemas en pedírselo. Estoy segura de que Steve podría colocarnos en algún lugar de Australia. Comeríamos canguro, y Ric me curará cuando lance mi primer bumerán y al volver me golpee en toda la cara.

Acabamos de girar en la curva que lleva directamente a la finca. Está rodeada de casas lujosas que se aglutinan alrededor de la legendaria mansión, como si fueran cortesanos alrededor de un monarca. A lo lejos se ve la verja con las iniciales del fundador labradas. Por ese lado todo tiene mucho más glamour que en la parte trasera.

—¿Señoras, están listas? —pregunta Xavier.

La señora Bergerot se coloca el chal y asiente con la cabeza.

—Estamos listas —respondo.

No sé si os habrá pasado lo mismo, pero yo más de una vez he sentido, ante una prueba complicada, que daría diez años de mi vida con tal de no tener que enfrentarme a ella. En esta ocasión no. Estoy preocupada, pero no dispuesta a renunciar. De entrada porque me siento muy en mi sitio, pero también porque no renunciaría por nada del mundo siquiera a una hora de mi existencia de las que pienso pasar con Ric.

Xavier se pone unas gafas de sol y reduce la velocidad. Si tuviera un yorkshire se pondría a ladrar. Un guarda se acerca al coche. Está evidentemente impresionado por el vehículo.

Xavier baja el cristal y asegura:

—Tenemos una cita.

El hombre no se atreve ni a preguntarnos si somos esos a los que espera su jefa.

—Sigan el camino... y bienvenidos.

El XAV-1 avanza entre árboles centenarios. Pronto llegamos al edificio que he visto en las fotos. Piedra, tejaditos, torretas en las esquinas. Una mezcla de posada de caza victoriana y casa típica del Périgord. Está claro que los Debreuil saben elegir a sus decoradores. La inmensa residencia con tres alas rodea un patio con una fuente en medio. El lugar resultaría impresionante incluso dentro de una película de Hollywood. El XAV-1 se para frente a la puerta. Enseguida un hombre aparece bajo el dintel.

Veo el coche de Sophie aparcado un poco más allá. Xavier baja y le abre la puerta a la señora Bergerot. Yo salgo sola y me dirijo hacia el señor.

—Buenos días, por favor, avise a la señora Debreuil de la llegada de la señora Irina Dostoïeva.

Anoche estuve trabajando mi acento. Me dio tiempo, ya que no logré pegar ojo. Es una mezcla del ruso de opereta que se escucha en las películas de espías rusos con algo más, como si hablara con un secador en la boca. Conozco exactamente el efecto que produce, he hecho la prueba esta noche.

—Bienvenidos a la finca Debreuil. Me llamo François de Tournay y soy el encargado de los negocios de la señora Debreuil.

Le tiendo la mano.

—Valentina Serguev, asistente personal de la señora Dostoïeva. Soy también su intérprete ya que no habla vuestro idioma.

Él se precipita hacia la señora Bergerot, que ya se dirigía hacia la casa. Con un movimiento ampuloso, le besa la mano.

—Mi más sincera bienvenida, señora. Es un gran honor poder recibirla.

«No te canses, tío. Visto el estado de las cuentas de vuestra familia, ya sabemos por qué te alegras tanto de verla...»

El interior de la casa es todavía más espectacular. Las paredes, los muebles, cada objeto transmite la leyenda de la marca y de su ilustre fundador. Charles Debreuil fue el primero en hacer uso de las maletas que él mismo inventó. Pero fue su hijo Alexandre, el padre de Albane, quien hizo fortuna gracias a sus famosos bolsos. Como en las vidrieras de las iglesias, las paredes del hall narraban la epopeya familiar con todo lujo de detalles. Los Debreuil sabían cómo interpretar su propia leyenda.

—La señora Debreuil llegará en un momento.

—Tenemos poco tiempo —replico yo sin complejos.

Desaparece. La señora Bergerot se inclina sobre mí.

—Ya había visto fotos en las revistas, pero es todavía más hermoso en la realidad.

Xavier se mantiene ligeramente atrasado, con las manos cruzadas sobre su chaqueta, dispuesto a abalanzarse sobre todo aquel que se atreva a atentar contra la riquísima Irina. Sin duda para imponer todavía más, no se ha quitado las gafas de sol. Dentro está mucho más oscuro y me da miedo que se trague algún mueble.

Albane Debreuil entra en la sala. Lleva un traje de precio desorbitado y va cargada de joyas.

—Mpивет, señora Dostoïeva.

O habla ruso, y entonces la hemos jodido, o ha memorizado una palabra para epatarnos.

Las dos mujeres se dan un apretón de manos mientras se calibran la una a la otra. En cuestión de porte, la señora Bergerot no tiene nada que envidiar a la heredera. Merece el Óscar a mejor actriz. Me acerco.

—Mis respetos, señora. Me llamo Valentina Serguev y soy la secretaria particular y la traductora...

Me aprieta la mano.

—Dígale a su jefa que estoy encantada de recibirla entre estos muros cargados de historia. Me han hablado mucho de ella. Me gustan las mujeres capaces de hacerse dueñas de su destino y me llena de alegría la idea de crear una sociedad conjunta.

Fingiendo ser una traductora experta, chapurreo unas palabras del modo más discreto posible y con un acento dudoso. La señora Bergerot asiente con satisfacción. Esta vez no hay duda: me está robando el Óscar.

Entramos en el elegante despacho de la señora de esos lares. Sophie ya nos espera allí. Jamás olvidaré su expresión cuando nos vio entrar a los tres. A la panadera, al soldador profesional y a la loca de su amiga. Su cara parece la del primer conquistador que descubrió un templo inca.

Nos presentan como si no nos conociéramos. Un momentazo. Unos cuantos lugares comunes. La prensa es formidable, Rusia también y lo mismo para los bolsos. Sophie toma fotos mientras la señora Debreuil intenta hacerse la simpática con su nueva mejor amiga. Despiden muy educadamente a Sophie. Ha estado genial. No hay duda de que su actuación me costará cara cuando volvamos a vernos.

La señora Debreuil nos hace sentarnos frente a su mesa en unos sillones ligeramente más bajos que el suyo. Sutilmente, nos domina a todos, instalada bajo un inmenso retrato de su padre. Xavier se mantiene de pie detrás.

—Quizá prefiera que su guardaespaldas espere en la sala de al lado.

—Imposible —respondo—. Eso vulneraría nuestros procedimientos de seguridad.

—La señora Dostoïeva no corre ningún peligro aquí.

—No podemos transigir, lo lamento.

La señora Debreuil acepta y nos tiende dos carpetas de piel especialmente marcadas y fabricadas para la ocasión.

—Aquí están las cifras de la empresa y nuestros proyectos. Por lo que he entendido la señora Dostoïeva ha decidido invertir en empresas de lujo.

—Está en Europa para evaluar diferentes proyectos. Luego tiene planeado un viaje a América. Y a continuación decidirá.

—Entiendo.

La señora Debreuil comienza entonces a explicarnos su marca. Nos da la impresión de que todo lo que dice lo tiene muy bien ensayado. Me da miedo que la señora Bergerot nos delate respondiendo a algún comentario que supuestamente no entiende, pero desempeña su papel a la perfección. De vez en cuando se inclina para murmurarme algo y después asiente. Siento a mis espaldas la presencia tranquilizadora de Xavier.

Albane Debreuil sonríe cortésmente. Qué no hace uno con tal de llenar sus cajas fuertes vacías y seguir llevando esa vidorra.

La señora Bergerot recorre con la mirada los documentos en inglés, y señala un párrafo acerca de los fondos de la empresa. De pronto se inclina hacia mí.

—Aquí hay un desequilibrio. Pídele que te lo explique.

«Pero ¿qué hace? Esto no es una auditoría. ¿De dónde ha sacado esos conocimientos económicos? Y yo que pensaba que se había tirado el pisto para regañar a Mohamed.»

—La señora Dostoïeva me pide que le explique el párrafo seis.

Albane Debreuil suelta una risita incómoda.

—Ya veo que es experta en finanzas. Hay que matizar esa cifra teniendo en cuenta las provisiones de fondos hechas dada la desaceleración económica. Nada alarmante.

Traduzco. La señora Bergerot me pide que me incline:

—Esta explicación no es válida ya que en la página anterior ya ha deducido todas las posibles pérdidas a las ganancias. No puede ponerlo dos veces. Es un fraude.

«Alucinante. Aparte de vender croissants, la señora Bergerot podría haber obtenido el Nóbel de economía.»

—¿Hay algún problema?

—Nada importante. La señora Dostoïeva quería solo destacar que deberíamos presentarle a un consejero fiscal más experimentado que el que redactó estos documentos...

La señora Bergerot asiente:

—¡*Da, da!*

Por poco me desmayo. Afortunadamente Albane Debreuil retoma su discurso sin notar nada raro. Tras veinte minutos miro ostensiblemente mi reloj y la corto:

—Lo siento, pero tenemos una agenda muy apretada y debemos cumplirla. Nos esperan para la posible compra de un viñedo de dos mil hectáreas a bastantes kilómetros de aquí.

La señora Debreuil asiente.

—Sin embargo, ya que no va a ser posible visitar los talleres, a la señora Dostoïeva le gustaría ver el museo de su colección privada.

—La inauguración del museo es dentro de dos días, me gustaría que vinieran entonces. La señora Dostoïeva podría ser la invitada de honor en la cena. Incluso cortar el cordón. Y si quiere, puede quedarse unos días. Yo misma la alojaría en esta casa.

—Es muy amable, pero el día uno tenemos que estar en Nueva York para una gala benéfica con el Presidente.

—El Presidente... entiendo. Si les apetece podemos ir al museo ahora y yo misma se lo enseñaré. Todavía está un poco revuelto, pero lo importante ya está en su sitio. Denme un minuto, el tiempo de poner un poco de orden.

Mientras nos guía por los pasillos de su casa, Albane Debreuil habla sin parar. Su vida, sobrecogedores testimonios de mujeres a quienes sus bolsos les han cambiado la vida, las horribles imitaciones, nuevos productos en desarrollo, como un bolso para palos de golf... Apasionante. Yo escucho distraídamente. Me siento como el atleta que está a punto de entrar en el estadio. La meta me espera en la vitrina diecisiete. Acabo de correr un triatlón y apenas me siento cansada. Espero que al menos la vitrina no contenga una joya demasiado pesada o una máscara de oro macizo, o me será difícil correr con ella. En cualquier caso, pienso llevarme la medalla. Es mi objetivo final, la cúspide de mi carrera, y le saco a Ric veinticuatro horas de ventaja. Lo voy a dejar con dos palmos de narices, y después le haré una ofrenda de mi victoria.

Llegamos al pasillo que cogerán los futuros visitantes. Las alfombras todavía tienen plástico. Cables sueltos cuelgan de los falsos techos. Aunque la tentación es grande, he aprendido a la fuerza que nunca hay que llevárselos a la boca. Las herramientas dificultan la entrada. Parece como si el lugar acabara de ser evacuado de urgencia para que nosotras podamos hacer la visita tranquilamente.

En las paredes se han colgado unas fotos destinadas a ir poniendo a los visitantes en situación antes de penetrar en el santuario de la leyenda. En ellas aparece Charles Debreuil posando con todo tipo de famosas. También están todos los carteles publicitarios. En algunas fotos se ve a Albane, siempre bien rodeada.

Nuestra anfitriona nos explica:

—El público accederá a través de la entrada principal. El parking tiene cien plazas. También hay una tienda con productos de diferentes precios. Un merchandising específico para el evento.

Llegamos hasta la entrada, custodiada por tres agentes de seguridad.

—Supongo que el lugar está convenientemente protegido, ¿no? —pregunto.

—Contamos con los mayores avances tecnológicos. Todo está vigilado, desde cualquier sitio de la finca. Podemos vigilar y bloquear todos los alrededores en menos de cuatro segundos.

«Buena suerte, Ric.»

Atravesamos dos pequeñas salas en las que se explican los diferentes métodos de fabricación. Los cuartos tienen veintitrés veces el tamaño de mi apartamento y su única función es explicar cómo se hace un bolso...

La señora Bergerot murmura:

—Necesito ir al baño.

—La señora Dostoïeva quiere saber el valor de las piezas que va a exponer.

—El conjunto de la exposición está tasado en veintiséis millones. Pero más allá del precio, algunas piezas tienen un valor incalculable. Tenemos algunos bolsos y joyas que pertenecieron a la colección privada de mi abuelo. Mi padre, a su vez, incrementó considerablemente su precio. Pero ahora podrán juzgarlo ustedes mismas.

Llegamos a una sala más amplia. Creo reconocerla gracias a los planos de Ric. Albane abre los brazos como una sacerdotisa en trance.

—He aquí el corazón de nuestro museo. ¡Mi abuelo y mi padre hubieran estado tan orgullosos!

Estamos en una sala sin ventanas. Algunas luces directas logran crear un efecto elegante, pero también hay cámaras y detectores por todas partes. La puerta está blindada. Es una auténtica caja fuerte.

En la primera vitrina hay un portadocumentos, un protector de escritorio y un cartapacio.

—Esas piezas han reinado en los despachos de los monarcas de Inglaterra. Fueron un regalo personal de mi abuelo, y mi padre las recuperó hace años en una subasta de recaudación de fondos para la Corona británica.

Busco la vitrina diecisiete. La presión aumenta. Si quiero huir con su contenido no tengo más remedio que pasar por la puerta de esta sala. En el hall me encontraré con los tres gorilas. Si finjo estar tranquila y confiada, no me harán nada.

Vitrina seis: un collar de esmeraldas y diamantes. Magnífico. Un piloto rojo indica que la vitrina está correctamente cerrada y que las piezas siguen en su sitio. Con el precio de ese collar Ric y yo podríamos vivir años y años.

Vitrina diez: un maletín que perteneció al bailarín y coreógrafo Vladimir Tarkov y en cuyo bolsillo secreto llevaba una reliquia de santa Clotilde. Lo llevaba a todas partes como amuleto y antes de salir a escena, lo besaba.

Vitrina doce: la maleta en la que el cuerpo del disidente argentino Pablo Jumeñes fue arrojado al río Paraná, cerca de Rosario.

—Si se inclinan verán los restos de sangre y las marcas que hicieron sus uñas cuando intentaba escapar. Tuvo que sufrir enormemente antes de morir ahogado —explica la señora Debreuil.

Por fin vislumbro la vitrina diecisiete pero no alcanzo a distinguir lo que contiene. La catorce y la quince tienen joyas cada cual más grande y cara. Hay también un huevo de Fabergé. Parece la Torre de Londres.

Por fin llegamos a nuestro objetivo: la vitrina marcada por Ric. Cuando veo su contenido sufro un shock. Solo contiene un viejo bolso. Necesito saber. Hago un esfuerzo sobrehumano para impostar con un tono ligero:

—Su museo es maravilloso. Me encanta la alternancia de las vitrinas. ¿Cuál ha sido el criterio a la hora de distribuir los objetos?

—La escenografía está muy pensada, pero cada día hacemos cambios.

Estaba segura. Han debido de cambiar el contenido de esa vitrina en el último momento. ¿Cuál sería la joya que Ric perseguía? ¿La de la seis? Me quedo paralizada frente a la diecisiete. Eso me obliga a cambiar todos mis planes. La señora Bergerot se acerca. Se da cuenta de que algo me perturba pero no se atreve a preguntarme ya que Albane está demasiado cerca y podría oírnos. Así que se limita a contemplar el viejo bolso conmigo.

—Esta es una pieza muy especial —dice la señora Debreuil—. Confieso que tuve mis reparos a la hora de presentarla al público. Al principio habíamos ideado poner aquí una de nuestras joyas más hermosas...

«Ya lo creo. Y no sabes hasta qué punto me supone eso un trastorno.»

—¿Ah, sí?

—Nuestro comisario nos dijo que la parte patrimonial no estaba suficientemente bien representada. Ese bolso fue el primer artículo salido de nuestros talleres. Es el ancestro de todas nuestras colecciones. La base de nuestro producto más célebre.

No conseguía volver en mí y la señora Bergerot parecía estar atravesando el mismo trance que yo.

—Parecen fascinadas.

—El primer ladrillo de un edificio siempre es emocionante —consigo pronunciar.

Albane parece dudar:

—Si esto le hace feliz a la señora Irina, me encantaría regalárselo.

—Muchas gracias, pero la señora Dostoïeva no está acostumbrada a recibir ese tipo de regalos.

—Parece tan encantada con él. Pregúntele qué opina. De todas formas había pensado en regalarle nuestro último modelo. En vez de eso, ¡prefiero regalarle el primero! Si nos asociamos siempre podrá acceder a nuestro patrimonio.

Le traduzco. La señora Bergerot sigue inmóvil. Sin esperar respuesta, la señora Debreuil dirige una señal a una cámara. Un ligero clic resuena en la sala. La colección resulta realmente impenetrable. No sé cuál era la joya que quería Ric robar, pero con tantos sistemas de seguridad nunca lo habría logrado.

Albane Debreuil abre la ventana blindada y saca el bolso. Se lo da a la señora Bergerot.

—He aquí un modesto recuerdo de nuestro primer encuentro. ¡Y solo le pido a cambio una larga amistad!

Traduzco con dificultades. Mi mente está en otra parte. ¿Qué le diré a Ric? ¿Qué victoria podría ofrecerle? Si a pesar de mis explicaciones él sigue adelante con el robo, le atraparán seguro. No he conseguido solucionar nada. No he sido capaz de salvarlo. Voy a perderlo. Si fracasa, acabará en la cárcel. Si lo consigue, huirá sin mí. Y lo perderé igualmente.

Necesito otro plan para evitar la catástrofe. La única idea que se me ocurre es secuestrarlo para siempre. Y contar con que, con el paso de los años y gracias al síndrome de Estocolmo, llegue a amarme.

73

Xavier nos acompaña hasta la panadería. Durante el camino de vuelta la señora Bergerot no puede parar de reír y comentar la comedia que acabamos de interpretar. Yo no soy capaz de decir nada.

Sophie nos espera en la acera. Al ver el gran vehículo, Mohamed sale de la tienda. Cuando comprende que somos nosotros saca las tres cartas de un bolsillo.

—¿Todo ha ido bien? —me pregunta.

—Nadie tendrá problemas. Y eso ya es bastante.

—No pareces muy contenta.

—No tengo motivos para estarlo.

—Aquí tienes tus cartas. No sé qué contienen pero vistos los destinatarios, estoy contento de no haber tenido que enviarlas. Recupera los sellos antes de tirarlas.

—Gracias, Mohamed.

Lo abrazo.

Sophie se arroja sobre mí.

—¿Entonces?

—Nada. No puedo hacer nada por Ric.

—¿Y qué vas a hacer?

—Ni idea.

La abrazo.

—En todo caso jamás podré olvidar lo que has hecho por mí hoy. Si tengo una hermana, sin duda eres tú.

Vuelvo a abrazarla como si no fuera a verla nunca más.

—Pero ¿qué te pasa? Ya está hecho. ¡Y no ha sido tan difícil! Podrás decirle a Ric que por lo menos lo has intentado y que no es tu culpa, has hecho todo lo posible.

—Sophie, por favor, no borres las fotos de tu cámara. Serán un bonito recuerdo.

—¡Pensaba hacer incluso un póster y luego chantajearte con él!

—Malvada.

—Lianta.

—Te adoro.

Xavier se acerca.

—Lo siento, Julie, pero tengo que regresar al trabajo. Estoy hasta arriba.

Lo abrazo a él también. La acera cada vez se parece más a un andén de estación donde tiene lugar una emotiva despedida.

—Xavier, gracias por todo. Tu coche es una obra maestra y tú eres una persona maravillosa.

—No te preocupes, ha sido muy divertido. No sé muy bien cuál era tu intención con todo esto, pero espero que obtengas lo que buscas.

—Ver cómo me ayudabais, cómo habéis arriesgado tanto por mí..., es el mejor tesoro que he descubierto en ese museo. Tengo una suerte extraordinaria de teneros como amigos y me siento estúpida por querer algo más.

Voy a echarme a llorar sobre su disfraz. Él pone sus manos sobre mis hombros.

—Julie, si Ric no se da cuenta solo de lo fantástica que eres, avísame para que le ayude a abrir los ojos a base de patadas.

Nos separamos. Sophie y Xavier se meten cada uno en su coche. El de Sophie mide de largo como el de Xavier de ancho. El curioso cortejo desaparece al final de la calle entre pitidos.

—Cambiando de tema —me dice la ex mujer de negocios rusa—, tenemos que volver al trabajo.

—No sé cómo agradecérselo.

—No he hecho nada. Lo más duro fue aguantarme el pis.

Quiero abrazarla también pero no me atrevo.

—¿Puedo hacerle una pregunta?

—Claro, pero date prisa que dentro de poco es la hora de la salida de los colegios.

—¿Por qué aceptó tomar parte en una idea tan loca?

Duda, y luego dice con suavidad:

—¿Sabes, Julie? Nunca tuve la suerte de tener un hijo. Te conozco desde hace tiempo y que llegaras a la panadería ha sido como una bocanada de aire fresco. Tú eres la hija que Marcel y yo hubiéramos podido tener. Así que esta tarde he cometido de una sola vez todas las locuras que los padres suelen hacer por sus hijos. Y ahora corre a abrir.

La señora Bergerot se ajusta su abrigo y recoloca su peinado. No es que parezca una gran señora, es que lo es.

74

Siempre he mirado a la gente y las cosas sabiendo que antes o después las perderé. He fracasado en mi plan. Aun así pienso ir a ver a Ric para confesarle lo que he intentado. No creo que eso cambie la situación. Me basta con recordar la última mirada que me lanzó para tener miedo.

Llamo a su puerta. Termina por entreabrir.

—Julie, te dije que volvería yo a buscarte antes o después.

-—Lo sé, Ric, recuerdo perfectamente todo lo que me dijiste. Pero necesito hablar contigo hoy. Y te prometo que ya nunca más volveré a molestarte.

Confundido, me deja entrar.

—No tengo mucho tiempo —dice.

«No me cabe duda.»

—No me cabe duda, con eso que te traes entre manos.

Sorprendido, levanta una ceja.

—¿Qué quieres decir?

—Sé que pretendes entrar en la finca de los Debreuil para cometer un robo.

Palidece.

—Sé también que quieres el contenido de la vitrina diecisiete.

—Julie, ¿de qué estás hablando?

—No me interrumpas, por favor. Luego no volverás a saber de mí. Solo he venido a avisarte de que esa vitrina está vacía. No contiene ninguna joya. Quiero que sepas que jamás podrás entrar en esa habitación. Está protegida por una puerta blindada, guardias y muchos sistemas electrónicos.

Coge una silla y se sienta en ella. Yo sigo en pie.

—No tienes ninguna posibilidad, Ric. No sé cómo pensabas hacerlo, pero nunca lo lograrás. Había pensado en ofrecerte mi ayuda. Por ti hubiera sido capaz de reptar por los conductos de aire o vigilar. Pero es inútil.

—¿Cómo sabes todo eso? ¿Cómo conoces el lugar? ¿Trabajas para ellos?

—No, Ric. Esta tarde he estado allí por ti. Lo he visitado todo. Lo he visto todo.

—Pero bueno, ¿cómo lo has hecho?

—Eso no importa. Lo que cuenta es que he podido comprobar lo imposible de tu acción. Ric, olvídate de mí si quieres, pero te ruego que también olvides ese plan.

Presa de sentimientos tan violentos como contradictorios, se agita en su silla. Me mira:

—¿Por qué has hecho eso?

—Porque te amo, Ric. Porque prefiero arriesgarlo todo contigo a aparentar que soy feliz sin ti. Si desapareces, te llevarás mi vida contigo. Ya no tendrá ningún interés para mí. No sé la razón por la que quieres robar esas joyas y te confieso que esa pregunta me tortura desde hace meses. Pero a pesar de todo, sé quién eres. Lo sé por el modo en que hablas, corres e incluso duermes.

No sé si seré capaz de retener las lágrimas.

—No sé gran cosa, Ric. Lo que sé es que si te pierdo mi vida nunca será la misma. Habré dejado pasar mi oportunidad. Solo podré querer al resto del mundo a condición de que pueda quererte de una forma única. Estoy dispuesta a dejarlo todo para vivir contigo.

Él baja la cabeza, pero yo no he terminado.

—Llegados a este punto no me importa reconocerlo. Me pillé la mano en tu buzón para averiguar quién eras. Cada vez que me dices algo, yo lo retengo. Recuerdo todas tus miradas, cada beso que me has dado. No han sido tan numerosos. ¡Si supieras la cantidad de veces que he deseado que me tomes en tus brazos!

Apoya su cabeza entre las manos y suspira.

—¿Por qué no me lo habías dicho antes?

—¡Porque tenía miedo! ¡Miedo a perderte, miedo a que me rechazaras! Mira, por cierto, te he traído un pequeño recuerdo del museo.

Saco la bolsa de plástico que llevo una hora cargando.

—Como tú me regalaste un jersey de hombre, no te importará que yo te regale un bolso de mujer.

Le tiendo el viejo bolso. Se queda de piedra.

—Mira lo que había en la vitrina diecisiete. Nada con lo que puedas pagarte un viaje a las Bahamas.

Se queda quieto como una estatua.

—¿No lo quieres?

Lo dejo sobre la mesa. Bañada en lágrimas.

—Y ahora ya me voy. No te olvidaré nunca.

Tiende la mano para coger el bolso.

—No, Julie, quédate por favor. Tengo que hablar contigo.

75

Ric me mira y comienza a hablar con una voz que le cuesta dominar.

—Mis padres trabajaban como zapateros más al sur. Éramos un familia modesta. Mi madre iba por los mercados y hacía horas con los zapateros de la zona. Mi padre se pasaba los días en nuestro garaje, pegado a máquinas de segunda mano. Durante algún tiempo había trabajado en una fábrica de coches, pero tenía la impresión de que allí lo explotaban. Así que juntos decidieron vivir modestamente pero libres. En su tiempo de descanso solía fabricarme juguetes con los restos de cuero, fundas para mis pistolas de plástico, animales fantásticos, disfraces. Me encantaba observarlo. Con él aprendí que el trabajo siempre debe poseer un componente de amor. Había que verlo pasar la aguja a través de la piel, aplicar cuidadosamente el tinte, lustrar con delicadeza cada par de zapatos... Un día mis padres oyeron hablar de un concurso para una marca importante. Se trataba de idear el bolso del futuro. Decidieron conjugar su talento y dar lo mejor de sí mismos.

Pone su mano sobre el viejo bolso y lo acaricia suavemente.

—Julie, sin saberlo, me has traído lo que estaba buscando. Este bolso, más que un recuerdo, es una prueba.

Se levanta y va a buscar un cúter. Abre el bolso con cuidado y comienza a cortar el forro.

—Mis padres crearon este prototipo para Alexandre Debreuil. Él jamás les pagó. Les dijo que los contrataría. Pero no volvieron a saber de él. Unos años más tarde, en una visita al dentista, mi madre se puso a leer una revista.

Y allí estaba, en un anuncio: el bolso que ellos habían creado. El resto pertenece a la historia. Los Debreuil amasaron una fortuna gracias a lo que mis padres habían creado. Mi padre no pudo soportarlo. Un cáncer se lo llevó un año más tarde. Mi madre perdió las fuerzas para seguir luchando. Se dedicó a mí en cuerpo y alma antes de dejarse consumir poco a poco. Y yo me juré que habría de vengarlos, que vería su honor restablecido. Y que llevaría a cabo el proceso que ellos no se habían atrevido a emprender.

Levanta el forro. Debajo de éste, trazadas con tinta en el interior del bolso, había tres firmas: las de Chantal y Pietro y, debajo de ellas, un dibujo de un perro y la firma de Ric. Al lado habían escrito: «Que este proyecto nos traiga por fin suerte». A Ric se le saltaban las lágrimas.

—Ya lo sabes todo, Julie. Vine aquí a recuperar lo que había pertenecido a mis padres y llevar ante la justicia a aquel que los había estafado. Pero lo que no había previsto es que en el camino te encontraría a ti. Llegué a plantearme olvidar mi venganza para poder vivir contigo. Pero la promesa que les había hecho a mis padres era demasiado fuerte. Así que preparé ese robo contigo pegada a mí.

—Pero ya no lo necesitas...

—No, gracias al riesgo que tú has asumido.

—¿Y qué vas a hacer ahora?

—Contar la historia a la prensa y a la justicia y esperar que me escuchen.

Parece agotado. Es como si la presión en la que llevaba años sumido se manifestara ahora a través de ese cansancio.

—Tengo ganas de llorar, de cantar, de arrojarme sobre ti y besarte.

«No me gusta cuando lloras. Tampoco me gusta cuando cantas, ya te oí en la boda de Sarah. Y sin embargo lo del beso...»

—Julie, ¿te gustaría vivir conmigo?

—Sí.

Lo que sigue es asunto nuestro. Pero tengo que confesar que le deseo a todo el mundo que aunque sea solo una vez en la vida experimente lo que yo sentí ese día. Aunque a veces todo parece ir mal, la vida siempre da nuevas oportunidades. Hasta los gatos podrían llegar a ser mis amigos. Son las 21.23 y estoy viva.

Prometo que yo no fui la culpable, aunque las apariencias indiquen lo contrario. El lunes pasado, cuando el miserable comercial de medicamentos falsos acababa de lavar su coche descapotable, un individuo surgió de las sombras y echó un cubo de caca de perro mientras él arrancaba. El agresor desapareció antes de ser identificado. El interior del coche no se pudo limpiar. Yo no tengo la culpa. De acuerdo, fui yo quien ideó aquello, y en la lista de mis sospechosos particulares se encuentran Xavier, Steve, Ric e incluso Sophie. Pero aún no he averiguado quién es el culpable.

Me he inscrito en un curso a distancia y la señora Bergerot me ayuda con la Economía.

Mohamed y ella han dejado de discutir desde que él tuvo que ser hospitalizado. Durante los días de su internamiento ella no se despegó de su cama. Julien y Denis han apostado que acabarán juntos.

Jamás volvimos a ver al señor Calant. Théo, el hijo de la librera, se ha tranquilizado desde que le van mejor las cosas con su novia. Lola sigue con el piano y va a dar un concierto en tres semanas. Todos iremos a verla.

Albane Debreuil ha aceptado un acuerdo económico para sofocar un escándalo que habría debilitado todavía más su empresa. Dentro de un mes, una vitrina del museo será dedicada a los padres de Ric y su trabajo.

En vacaciones Sophie se va a ir a Australia. El padre de Brian ha muerto. A pesar de la vergüenza que le da el alegrarse por tan mala noticia, no puede evitar sentirse esperanzada de que él contemple la posibilidad de venir a vivir aquí.

Léna ha tenido un accidente de coche, pero no le ha pasado nada. Los médicos dicen que su pecho le ha salvado la vida. Ya no sé qué pensar.

Géraldine está embarazada. Se pasa todo el día mareada, vomita a todas horas. La sucursal apesta. Incluso los clientes se han quejado. La última vez potó en el bollo que se iba a comer Mélanie. Yo traté de explicarle que tener un hijo es un milagro.

En cuanto a mí, ¿qué puedo decir? Quizá alguien se ría cuando vea que mi nombre es Julie Patatras, pero me da igual. Ric está conmigo. Todos los días me duermo una hora más tarde que él para poder contemplarlo. Es el hombre que yo creía. Su presencia me ayuda a saber además quién soy yo. Sé que la vida no es sencilla, que siempre habrá idiotas, cínicos, trabas e injusticias. Sé que las cosas rara vez son como deberían. Pero por encima de todo creo que en nuestra mano está mejorar nuestros destinos.

Cuidaos. Amad, arriesgad. No tiréis nunca la toalla. Un saludo afectuoso,

Julie

P.D.: No permitáis nunca que los gatos os convenzan de que los gorros peruanos os sientan bien.

Y para terminar

Una de las últimas veces en las que mi padre y yo nos sentamos para hablar lo hicimos bajo un tilo, frente a un valle. Me dijo algo que no podría olvidar nunca: «Los hombres son estúpidos y las mujeres están locas. Pero a veces cuando se encuentran dan lugar a cosas muy bellas».

Nada en mi vida ha conseguido desmentir esa revelación.

Como soy un hijo adoptado sé que los lazos de sangre muchas veces no son los más fuertes. La gente a la que quiero, ya sea de mi familia o de mis amigos, me lo demuestra todos los días. Sé que nadie me espera en este mundo y que ser útil cada día es la mejor manera de que nunca me abandonen.

Me dedico a esto para conocer gente. Espero divertir, sorprender, y de vez en cuando, poder aportar una mirada diferente y constructiva. Soy como todos los de mi especie: ambicioso sin tener los medios para conseguir mis objetivos, con buena voluntad aunque a veces no sepa utilizarla. Nunca seré aquel que tire la primera piedra. Más bien soy el primero que la recibiría.

Desde que soy pequeño me dedico a observar y a escuchar. Y a mi pesar, lo memorizo todo. Porque una familia quiso acogerme, porque hubo familias que quisieron acogerme, porque me dejáis ser el testigo de vuestras existencias, hoy puedo ponerme frente a vosotros y deciros que yo también soy débil, imperfecto, que soy uno de los vuestros y que os amo a todos.

Como al fin y al cabo soy un hombre y tengo que confesar que si bien muchas veces los que me han hecho

avanzar han sido mis semejantes, son casi siempre las mujeres las que me han impedido caer y las que me han ayudado a levantarme. Es por ello que esta historia es para vosotras. Para vosotras, que muchas veces sólo tenéis ojos
para nosotros a pesar de que nosotros en tantas ocasiones
no os vemos como deberíamos. Pero ningún hombre puede llegar a serlo sin vosotras.

Gracias por haberme acompañado hasta esta página. Cada libro ayuda a encontrar nuevos amigos, nuevos
apoyos. Y esta fuerza merece ser compartida.

Es por ello que le dedico este libro a Janine Bris-
son, Martine Busson, Mathilde Bouldoire, Marie «Mimi»
Camus, Sandrine Christ, Catherine Costes, Chantal Des-
champs, Géraldine Devogel, Germaine Fresnel, Élizabeth
Héon, Cathy Laglbauer, Hélène Lanjri, Gaby Le Pohro,
Gaëlle Leprince, Christine Mejecaze, Christiane Mitton,
Céline Thoulouze, Yvette Turpin, Isabelle Béalle-Tignon,
Catherine Würgler. Os dedico este libro y os lo agradezco.
No me olvido de Hélène Bromberg, Alice Coutard, Jacque-
line Gilardi y Charlotte Legardinier. Os considero amigas,
hermanas y madres; admirables, sorprendentes, algunas
veces locas (es papá quien lo piensa), valientes, enamora-
das, perdidas, abatidas, con una paciencia que los hombres
no conoceremos nunca pero sin la cual estamos condenados. Dad besos a vuestras familias de mi parte.

Gracias a Pascale y a Willy Joisin, dueños de la fa-
bulosa panadería Les Larmes d'Osiris en Saint-Leu-la-
Fôret por haberme permitido aprender más. Gracias también a Pascale Bazzo, Delphine Vanhersecke, Sandrine
Jacquin, Nathalie Vandecasteele por su mirada y su apoyo.

A ti, Michèle, por todo lo que compartimos desde
el jardín de infancia: desde las cabañas en los árboles,
nuestras risas y tristezas y tu presencia fiel en los momento claves de mi vida. Cómo olvidar que la primera vez que
oí hablar de problemas del corazón estábamos juntos en
primaria. Yo jugaba con mis amigos a policía y ladrón y tú

llegaste gritando: «Gilou, Gilou, llévame rápido al doctor que estoy embarazada. Paul acaba de besarme en la boca». Para ser más discreto he cambiado el nombre de Pascal Goulard por el de Paul.

Para ti, Sylvie, porque a pesar de tus quince años en la medicina no consigues vacunarme sin destrozarme la espalda. Me gustan mucho tus consejos, tu risa, tus ideas que nos aterrorizan a todos pero van acompañadas de una mirada que consigue reconfortarnos al mismo tiempo.

Para ti, Brigitte, por la energía bienhechora con la que nos inundas y por haberte convertido en un anclaje, en un faro capaz de guiarme en los momentos más oscuros. Decir la verdad es el lujo más grande de una existencia y contigo uno solo obtiene verdades. Para ti, porque no tienes miedo de las moscas, porque puedes explotar de risa en el peor momento. Te propongo que sigamos juntos en esta vida y en la siguiente. Para las demás, ya negociaremos más adelante.

Para ti, Annie, mi querida suegra, por tu dulce locura, por tus ensayos que siempre se dejan comer, por esos momentos en los que puede suceder cualquier cosa ya que tienes el gas y las cerillas. Si te das prisa todavía puedes cerrar la puerta de la nevera que lleva abierta desde hace dos horas sin que Bernard se dé cuenta. Gracias por estar ahí.

A mi madre. Siento que no puedas leer esto. Gracias por tu carácter, tus miedos, tus esperanzas, tus patatas quemadas y tus siempre emotivas palabras. Has ayudado a crear el hombre que soy hoy en día. No vendrás a comer el domingo, y lo lamento.

Que me perdonen las mujeres, pero tengo que agradecérselo también al resto de compañeros:

A mis amigos, a mi familia, a Roger Balaj, Patrick Basuyau, Stéphane Busson, Steve Crettenand, Jean-Louis Faucon, Michel Héon, Christophe Laglbauer, Éric Laval, Sam Lanjri, Michel Legardinier, Philippe Leprince, Marc Monmirel, Andrew Williams. Os pido que no me dejéis

nunca. Si me encontrara solo en medio de tanta mujer en-
loquecería.

Para Soizic y Stéphane, por vuestra energía, vuestro valor y vuestros valores. ¿Cómo olvidar esa cena el
mismo día en que escribo estas palabras? ¿Cómo creer en
la casualidad? Recuerdo ese melón bajo la lluvia antes de
que a Stéph se le cayera al suelo la carne. Es una señal.
Muchas gracias por esa maravillosa complicidad que me
ofrecéis desde hace tanto tiempo. Un abrazo a Jean-Bap-
tiste y Oriane de mi parte.

Para ti, Bernard, porque iluminas mis horas al
dejarte la luz encendida en el estudio. Por todas esas verduras bio que son la alegría de las palomas y de los erizos.
Gracias por esas ideas que de pronto tienes y por todo lo
que les enseñas a los niños y a mí mismo. Con ochenta
años ya puedes quitarte la máscara de «ingeniero-severo-
que-se-molesta-por-todo-lo-que-no-funciona», para pasar
a ser todo a tiempo completo «el-hombre-afectivo-lleno-
de-talento-y-esperanza». Sabía que el pórtico cabría en el
maletero, sin embargo no creo que se pueda almacenar
agua en un contenedor roto.

Para vosotros, Katia, Thomas y Philippe. Gracias
por vuestra presencia, vuestro apoyo y vuestra confianza.
No sé muy bien cuál es el lazo que nos une pero está claro
que el mundo parece un lugar mejor cuando este existe.
Katia, tengo que devolverte tu gorro peruano. Philippe,
cuando puedas leer esta historia pregúntame sobre tus padres, tengo muchas cosas que contarte.

Y gracias a ti, Éric, porque cruzarme contigo ha
sido una de las mejores cosas que me han pasado. Porque
verte hacer las tonterías a las que a veces me asocian es una
alegría sin fin y porque hace falta tener hermanos para
reírnos de las cosas de la vida. El día que te preguntes qué
es la cosa más tonta que has hecho en tu vida, consúltame
que yo te puedo dar ejemplos ordenados por orden alfabético o cronológico. Con la A: araña, con la P: plancha.

Vaya, qué raro, los dos sucedieron a la vez y a la misma hora. ¿Has visto? Estoy progresando, ya he dejado de contar tus ideas y sin embargo todavía me planteo el publicar LA foto. Así que más te vale ser bueno.

Para Guillaume, mi hijo, el chico que crece. Cada segundo que compartimos es un tesoro, salvo cuando tienes entre las manos la M4 y apuntas hacia mí. Espero que los diamantes del Panda Rojo no se equivoquen.

Para Chloé, mi hija, la mujer que cada día se revela un poco más. Tienes demasiado poder sobre mí, pero yo voy a hacer lo posible para que nada de eso cambie. Escribe, si quieres, pero sobre todo ama.

Para ti, Pascale, que quisiste abandonar tu apellido para adoptar el mío que suena peor pero que figura en nuestro buzón. Gracias por haberme esperado, empujado, ayudado. Mi padre tenía razón: estás loca y yo soy estúpido, pero tenemos la suerte de vivir aquello que se produce cuando dos personas como nosotros se encuentran.

Y para terminar, gracias, lector. Espero que esta historia te haya hecho feliz. Trabajo para ti y es por ti que me levanto todas las mañanas. Es una cita a la que no querría faltar por nada en el mundo. Espero que podamos seguir andando juntos. Mi vida, como este libro, está en tus manos. Desde lo más profundo de mi alma, muchas gracias.

Gilles Legardinier

Sobre el autor

Gilles Legardinier (París, 1965) escribe para cine y teatro, y es también autor y productor de anuncios publicitarios y documentales. Ha publicado, entre otras obras, las novelas juveniles *Le Sceau des Maîtres* y *LeDernier Géant,* y el thriller *L'Exil des Anges,* ganadora del Premio SNCF a la mejor novela policiaca del año en 2010, y del Prix des Lycéens et Apprentis de Bourgogne. *Mañana lo dejo,* su primera novela romántica, ha cautivado a los libreros y lectores franceses, convirtiéndose en un gran éxito. Fue elegida Libro del Año por los lectores de *Plume libre* y está siendo traducida en varios países. Su última novela es *Complètement cramé.*

Alfaguara es un sello editorial del Grupo Santillana

www.alfaguara.com

Argentina
www.alfaguara.com/ar
Av. Leandro N. Alem, 720
C 1001 AAP Buenos Aires
Tel. (54 11) 41 19 50 00
Fax (54 11) 41 19 50 21

Bolivia
www.alfaguara.com/bo
Calacoto, calle 13 nº 8078
La Paz
Tel. (591 2) 279 22 78
Fax (591 2) 277 10 56

Chile
www.alfaguara.com/cl
Dr. Aníbal Ariztía, 1444
Providencia
Santiago de Chile
Tel. (56 2) 384 30 00
Fax (56 2) 384 30 60

Colombia
www.alfaguara.com/co
Carrera 11A, nº 98-50, oficina 501
Bogotá DC
Tel. (571) 705 77 77

Costa Rica
www.alfaguara.com/cas
La Uruca
Del Edificio de Aviación Civil 200 metros
  Oeste
San José de Costa Rica
Tel. (506) 22 20 42 42 y 25 20 05 05
Fax (506) 22 20 13 20

Ecuador
www.alfaguara.com/ec
Avda. Eloy Alfaro, N 33-347 y Avda. 6 de
  Diciembre
Quito
Tel. (593 2) 244 66 56
Fax (593 2) 244 87 91

El Salvador
www.alfaguara.com/can
Siemens, 51
Zona Industrial Santa Elena
Antiguo Cuscatlán – La Libertad
Tel. (503) 2 505 89 y 2 289 89 20
Fax (503) 2 278 60 66

España
www.alfaguara.com/es
Avenida de los Artesanos, 6
28760 Tres Cantos, Madrid
Tel. (34 91) 744 90 60
Fax (34 91) 744 92 24

Estados Unidos
www.alfaguara.com/us
2023 N.W. 84th Avenue
Miami, FL 33122
Tel. (1 305) 591 95 22 y 591 22 32
Fax (1 305) 591 91 45

Guatemala
www.alfaguara.com/can
26 avenida 2-20
Zona nº 14
Guatemala CA
Tel. (502) 24 29 43 00
Fax (502) 24 29 43 03

Honduras
www.alfaguara.com/can
Colonia Tepeyac Contigua a Banco Cuscatlán
Frente Iglesia Adventista del Séptimo Día,
  Casa 1626
Boulevard Juan Pablo Segundo
Tegucigalpa, M. D. C.
Tel. (504) 239 98 84

México
www.alfaguara.com/mx
Avda. Río Mixcoac, 274
Colonia Acacias, C.P. 03240
Benito Juárez, México D.F.
Tel. (52 5) 554 20 75 30
Fax (52 5) 556 01 10 67

Panamá
www.alfaguara.com/cas
Vía Transísmica, Urb. Industrial Orillac,
Calle segunda, local 9
Ciudad de Panamá
Tel. (507) 261 29 95

Paraguay
www.alfaguara.com/py
Avda. Venezuela, 276,
entre Mariscal López y España
Asunción
Tel./fax (595 21) 213 294 y 214 983

Perú
www.alfaguara.com/pe
Avda. Primavera 2160
Santiago de Surco
Lima 33
Tel. (51 1) 313 40 00
Fax (51 1) 313 40 01

Puerto Rico
www.alfaguara.com/mx
Avda. Roosevelt, 1506
Guaynabo 00968
Tel. (1 787) 781 98 00
Fax (1 787) 783 12 62

República Dominicana
www.alfaguara.com/do
Juan Sánchez Ramírez, 9
Gazcue
Santo Domingo R.D.
Tel. (1809) 682 13 82
Fax (1809) 689 10 22

Uruguay
www.alfaguara.com/uy
Juan Manuel Blanes 1132
11200 Montevideo
Tel. (598 2) 410 73 42
Fax (598 2) 410 86 83

Venezuela
www.alfaguara.com/ve
Avda. Rómulo Gallegos
Edificio Zulia, 1º
Boleita Norte
Caracas
Tel. (58 212) 235 30 33
Fax (58 212) 239 10 51

Este libro se terminó de imprimir en el mes de
Marzo de 2013, en Edamsa Impresiones S.A. de C.V.
Av. Hidalgo No. 111, Col. Fracc. San Nicolás Tolentino C.P. 09850,
Del. Iztapalapa, México, D.F.